# 百年经典：青少年美文阅读

# 小小说精读

总 主 编　刘海涛
本册主编　刘天平　陈　雄

读名篇　学写作　懂人生

南京大学出版社

## 图书在版编目(CIP)数据

小小说精读 / 刘海涛主编．—南京：南京大学出版社，
2013.1（2016.12 重印）
（百年经典：青少年美文阅读）
ISBN 978-7-305-05441-9

Ⅰ．小… Ⅱ．刘… Ⅲ．小小说—作品集—世界 Ⅳ.I14

中国版本图书馆 CIP 数据核字 (2008) 第 072472 号

出 版 者　南京大学出版社
社　　址　南京市汉口路 22 号　　邮　　编　210093
网　　址　http://press.nju.edu.cn
出 版 人　左　健

丛 书 名　百年经典：青少年美文阅读
书　　名　小小说精读
总 主 编　刘海涛
责任编辑　陆蕊含　　　　　　编辑热线　025 - 83686308

照　　排　南京紫藤制版印务中心
印　　刷　南京人民印刷厂
开　　本　880 × 1230　1/32　印张 15.5　字数 307 千
版　　次　2013 年 1 月第 2 版　2016 年 12 月第 3 次印刷
ISBN　978 - 7 - 305 - 05441 - 9
定　　价　25.00 元

发行热线　025-83594756
电子邮箱　sales@press.nju.edu.cn （销售部）
　　　　　　nupressl@publicl.ptt.js.cn

# 目　　录

**第一辑　情感的小精灵**

杭州路 10 号 / 于德北 / 003

醉人的春夜 / 吴金良 / 008

穷苦人 / ［俄罗斯］列夫·托尔斯泰 文　万宇 译 / 011

幸存者 / ［美国］休·B.卡夫 / 016

青衣花旦 / 海　飞 / 020

山路弯且直 / 傅昌尧 / 024

最后一个便士 / ［英国］I.V.玛利斯 文　楼飞甫 译 / 028

奇妙的礼物 / ［英国］富·奥斯勒 / 031

累犯 / 于在涛 / 036

丢失的香柚 / 梁晓声 / 039

生命中的两袋红枣 / 陶柏军 / 043

不买车票的小女孩 / 阎耀明 / 047

漂亮的金狮车 / 牛传综 / 051

回马枪 / 申　弓 / 055

酒事 / 于德北 / 059

苏保安的错误 / 李培俊 / 063

赵一枪 / 林朝辉 / 067

大兵 / 梁晓声 / 072

爱心的力量 / 苁　蓉 / 077

延安旧事 / 尹全生 / 081

我要画什么……／瞿　琮／085

## 第二辑　活着的众生相

"诺曼底"号遇难记／[法国]雨　果 文　张汉钧 译／091

"水手长，接替我！"／[美国]奥斯卡·希斯高尔 文　徐
永健 译／096

迟到的候选人／王金明／101

高手／胥得意／104

施舍／[印度]林中花 文　黎宇 译／108

苏七块／冯骥才／111

捉鳖大王／孙方友／114

领悟／潘　格／118

与周瑜相遇／迟子建／124

快手刘／冯骥才／129

李一刀／杨小凡／134

定风珠／魏继新／138

刷鞋匠的绝招／曾　颖／142

回乡／刘立勤／146

英雄的眼泪／何天谷／149

## 第三辑　抉择的分岔口

雪夜出诊／[美国]比利·罗斯 文　叶嘉 译／155

奥利弗与其他鸵鸟／[美国]詹·瑟伯／158

亮光／兰小宁／161

选择／[美国]鲁·克·库克／166

试用期／徐全庆／170

谢谢你教我／徐慧芬／174

好人坏人 / 魏金树 / 177

四个男人和一个盒子 / ［美国］巴纳德 / 181

你的内心藏不住 / 田双伶 / 189

自信心 / ［美国］山姆·F.修利尔 / 193

弯弯的月亮 / 袁炳发 / 199

蜡烛 / 胡 炎 / 202

## 第四辑　成长的那扇门

泥活 / 房树民 / 209

无言的骡子 / 相裕亭 / 212

人生试题 / 邱成立 / 217

疏忽 / 刘正权 / 221

身教言教 / ［苏联］B.勃罗多夫 文　杨郁 译/ 224

那个冬夜 / 牧 毫 / 226

沃夫卡和祖母 / ［苏联］阿·阿克谢诺娃 / 229

怀念战队 / 王 凯 / 233

马鸣的同学会 / 无 风 / 237

清风流水 / ［日本］北皇人德 / 241

女儿出走 / 张小失 / 244

维佳,往窗外看 / ［俄罗斯］格·叶·雷克林夫 / 247

我的绝妙坏诗 / ［美国］巴德·舒尔伯格文　居若水 译
　/ 250

老师,我站着呢! / ［日本］菊池哲哉 文　陈晓光 译 / 253

## 第五辑　人生的多棱镜

立正 / 许 行 / 259

军犬黑子 / 吴若增 / 263

柔弱的人 /［俄罗斯］契诃夫 文　侯存治　于鹏飞 译 / 267

雅普雅普岛的金喇叭 /［美国］奎因 文　张名 译 / 271

卖笑人 /［德国］伯尔 文　孙坤荣 译 / 275

奇妙的警棍 / 木　桦 / 279

医院需要病人 /［美国］阿·巴彻沃尔德 / 283

知己话 / 何开文 / 287

桥之过 / 俞凤斌 / 292

最后的犹太 / 李　黎 / 295

二十年以后 /［美国］欧·亨利 文　罗国良 译 / 298

诗人李晓晓的生存之路 / 朱传辉 / 303

满票 / 孙方友 / 307

一步棋 / 许　行 / 310

老黑报靶 / 肖建国 / 314

一局台球 /［法国］都　德 / 318

叶琳卡 /［苏联］叶·米恩 文　杨永红 译 / 324

奸细 / 孙方友 / 328

地狱之旅 /［德国］梅洛利 文　仲丹 译 / 331

## 第六辑　生活的魔方盒

邂逅 /［苏联］克拉夫琴科 文　黎皓智 译 / 339

第八棵馒头柳 / 刘心武 / 343

身后的眼睛 / 曾　平 / 346

鸟的故事 / 刘　璟 / 350

"喂，儿子，我也爱你" /［美国］史蒂沃特 / 355

打电话 /［中国台湾］爱　亚 / 358

错寄情书给父亲 / 贺双龙 / 361

两地书 / 唐训华 / 365

豪赌 / 朱耀华 / 368

宽恕 / 〔俄罗斯〕屠格涅夫 / 372

闪闪发亮的音乐 / 海 飞 / 376

系于一发 / 〔奥地利〕卡尔·施普林根施密特 文 华宗德 译 / 381

女囚身后的男人 / 纪 萍 / 385

我看见了大海 / 马 得 / 390

父亲是个"大忽悠" / 宁国涛 / 394

弗利克斯回来了 / 〔德国〕凯斯特纳 文 张念东 译 / 398

父母心 / 〔日本〕川端康成 文 小竹 译 / 402

大钱饺子 / 张 林 / 405

一个老人的问题 / 〔埃及〕阿里 文 张亮 译 / 409

两棵枣树 / 生晓清 / 412

真情从头说 / 王海群 / 415

## 第七辑 荒谬的存在式

独角兽 / 〔美国〕詹姆斯·瑟巴 / 421

照章办事 / 〔德国〕拉里夫·维内尔 文 颇志侠 译 / 424

新鲜空气可以使你致命 / 〔美国〕阿特·布奇沃德 文 郑恩 译 / 428

新型的农村副业 / 〔美国〕马克·吐温 文 孙善康 译 / 432

第一位委托人 / 〔德国〕威吉兰兹 文 否定 译 / 435

彩票 / 〔德国〕哈尔姆 / 438

优哉游哉 / 〔德国〕海因里希·伯尔 文 雷夏鸣 译 / 440

给爸爸买苹果 / 〔德国〕施悌恩 文 华霞 译 / 444

上班诀窍 /〔德国〕席波赖特 文　肖通 译 / 447

我是一只实验室老鼠 /〔美国〕亨特·佩雷特 文　郭君 译 / 451

与一个窃车贼的通信 /〔德国〕内尔比 文　冯小虎 译 / 455

忏悔 /〔日本〕佐佐木大善 / 460

特技 /〔日本〕星新一 文　郭富光 译 / 462

退刀记 /〔新加坡〕希尼尔 / 465

电话时代 / 金　波 / 468

进城·出城 / 卞之琳 / 474

强盗的苦恼 /〔日本〕星新一 / 476

策划大师的时代 / 吴晓波 / 481

# 第一辑

## ～情感的小精灵～

或许只是萍水相逢，然而却惺惺相惜；或许无意于做英雄，却在默默奉献；或许只是他人生命中的过客，却付出了信任和爱心。何时何地，我们又曾不经意间，被一只善良热情的小精灵感动过？他们美丽的心灵，那份暖暖的温情，此刻依然让我们赞叹不已，无法释怀……或许，你也曾是这样一只小精灵，从别人的生活中飞过，为别人留下过幸福？

# 杭州路 10 号

于德北

我讲一个我的故事。

今年的夏天对我来说很重要。

随着待业天数的不断增加,我愈发相信百无聊赖也是一种合理的生活方式。这当然是从前。很多故事都发生在从前,但未必从前的故事都可以改变一个人。我是人。我母亲给我讲的故事无法诉诸数字,我依旧一天到晚吊儿郎当。

所以,我说改变一个人不容易。

夏初那个中午,我从一场棋战中挣脱出来,不免有些乏味。吃饭的时候,我忽然想出这样一种游戏:闭上眼睛在心里描绘自己所要寻找的女孩的模样,然后,把她当做自己的上帝,向她诉说自己的苦闷。这一定很有趣。

我激动。

名字怎么办? 信怎么寄?

我潇洒地耸耸肩,洋腔洋味地说:"都随便。"

乌——拉——!

万岁! 这游戏。

我找了一张白纸,在上边一本正经地写了"雪雪,我的上帝"

几个字。这是发往天国的一封信。我颇为动情地向她诉说我的一切,其中包括所谓的爱情经历(实际上是对邻家女儿的单相思),包括待业始末,包括失去双腿双手的痛苦(这是撒谎)。

杭州路 10 号袁小雪。

有没有杭州路我不知道,也不必知道。我说过,这是游戏,是一封类似乡下爷爷收的信。

信寄出去了。

我很快便把它忘却。

生活中竟有这么巧的事,巧得让人害怕。

几天之后,我正躺在床上看书,突然一阵急切的敲门声把我惊起。我打开门,邮递员的手正好触到我的鼻子上。

"信。"

"我的?"我不相信是因为从来没有人给我写信。

杭州路 10 号。

我惊坐在沙发上。仿佛有无数只小手在信封里捣鬼,我好半天才把它拆开。字很清丽,一看就是女孩子。信很短:谢谢您信任我向我诉说您的痛苦我不是上帝但我理解您别放弃信念给生活以时间您的朋友雪雪。

人都有良心。我也有良心。从这封信可以知道袁小雪是个善良的女孩子,欺骗善良无疑是犯罪。我不回信不能回信不敢回信。

这里边有一种崇敬。

我认为这件事会过去。只要我再闭口不言。

但是，从那封信开始，我每个月初都能收到一封袁小雪的信。信都很短，执著、感人。她还寄两本书给我：《张海迪的故事》、《生命的诗篇》。

我渐渐自醒。

袁小雪，你这是为什么为什么为什么呀?!

我渐渐不安。

四个月过去了，你知道我无法再忍受这种折磨。我决定去看看袁小雪，也算负荆请罪。告诉她我是个小混蛋，不值她这样为我牵肠挂肚。我想知道袁小雪是大姐姐小妹妹还是阿姨老大娘。我必须亲自去，不然的话我不可能再平静地生活。

秋天了。

窄窄的小街上黄叶飘零。

杭州路 10 号。

我轻轻地叩打这个小院的门，心中充满少有的神圣和庄严。门开了，老奶奶的一头花发映入我的眼帘。我想：如果可以确定她就是袁小雪，我一定会跪下去叫一声奶奶。

"您是?"

"我，我找袁小雪。"

"袁? ……噢，您就是那个……写信的人?"

"是，是她的朋友。"

"噢，您，进来吧。"

我随着她走过红砖铺的小道走进一间整洁明亮的屋子里,不难看出是书房。就在这间屋子里,我似被杀死了一次。从那里出来,我就是另外一个人了。

"她不在么?"

"……"她转过身去,从书柜里拿出一沓信封款式相同的信,声音蓦然喃喃:"人,死了,已经有两个多月了,这些信,让我每个月寄一封……"

我的血液开始变凉。这是死的征兆。

"她?"

"骨癌。"

她指了指桌子让我看。

在一个黑色的木框里镶嵌着一张3寸黑白照片。照片是新的。照片上的人的微笑很健康很慈祥。照片上的人,是一位白发苍苍的老爷爷。

他叫骆瀚沙。

他是著名的病残心理学教授。

### /// 学写作 ///

一边是待业在家,百无聊赖的"我";另一边是著名病残心理学教授骆瀚沙。而作者则异想天开,通过袁小雪这样一个虚构的人物,一个寄信的游戏,将他们联系在一起了,并且由此演绎出了一段让人感动的故事。两点的真实,一条虚构的线段,连起来,造

就了一个美丽的故事。只要你大胆想象和创造，那么你也可以找到生活中那些真实的"两个点"，画出一条漂亮的"虚构的连线"。

### /// 懂人生 ///

对于素未谋面的陌生人的苦诉，心理学教授以敬业、耐心的态度进行开导和劝解，那样的关怀，使得本有点"恶作剧"心态的"我"也感动、负疚。由此可见，人生中，若我们都以一颗善良的心去对待别人，往往会使事情变得美丽动人起来。

·文刀天平·

# 醉人的春夜

吴金良

"再遇到人，一定开口。"陈静想着，抬眼望了望胡同里昏黄的路灯，夜深了，到处是一片片黑黢黢的怪影。"唉！这倒霉的自行车！"她从心底发出一声无可奈何的喟叹。

身后传来一串自行车铃声，陈静只来得及"哎"了一声，骑车的小伙子已经一掠而过。

咦！骑车的小伙子又回来了。陈静心里却紧张起来："这么晚了，他……""您刚才喊我？"小伙子跳下车。"啊，没。"矜持和自卫的心理占了上风，她语无伦次了。"是车子坏了吧？"一双似笑非笑的细长眼睛望着她。陈静稍稍镇静了一下："链子卡在大套里了。"她讷讷着，低着头，心里升起一线希望的光。"那，我也爱莫能助了。没工具，谁也拆不开大链套呀。"陈静心里又是一片黑暗。"你家远吗？""我家？"她没了主意，下意识地推着车子往前走了几步。"这样吧，胡同口外左边，有个车铺，这会儿可能还有人，你去看看吧！"小伙子在她身后跨上车子，边说边飞快地骑跑了。"这号人！"陈静差点哭了。十一点了。哪家的车铺这时候还有人？她心里咒那小伙子："骗人！叫你今晚做个噩梦。"

不信归不信，出了胡同口，陈静忍不住真朝左手方向看了一眼。便道上，果然有间小屋还亮着灯。她踌躇地站住了，小屋里走出一位二十来岁的姑娘，冲着陈静喊："同志，来吧!""哎呀，真是车铺!"陈静觉得周围一下子亮了起来，沮丧、恐惧，一股脑儿没了。

这是间临街筒子房，通里屋的门关着。外面这间，只有一桌一床和一辆自行车。一个年轻人正蹲在桌边翻看什么。"请进，就是地方小了点。"年轻人站起身，手里拿着把铁锥。陈静一愣："是你?""是我。"年轻人笑了，"我说有人嘛，还能骗您。"他狡黠地眨了眨细长的眼睛。"我哥送我嫂子上夜班回来就急火火地把我叫起，说有要事，原来是……"跟在陈静后面的姑娘说话像是放机关枪。"还是有个体户好。"陈静心里想着，感激地冲着那姑娘笑了笑："太麻烦你们了。""没什么，我哥怕您不敢来，才让我起来招呼您，其实您也是胆子太小，我就不怕。"说得陈静怪难为情的。

会者不难，车很快修好了。"多少钱?"陈静打心里希望这小伙多收她点儿钱。"钱?"小伙子一愣，旋即笑了，"给五块钱吧。"一只大手，满是油污，伸到陈静面前："五块? 敲诈!"陈静心里一惊，却又无可奈何地掏出钱包。"哥——"快嘴的姑娘拉长了声音叫着，"这么晚了，你还开玩笑!"她娇嗔地把那只油污的手打下去，转头对着陈静："同志，您别多心，他就这样跟谁都瞎逗。我们又不是专业修车的，哪儿有帮帮忙就要钱的?"姑娘有点不好意思了，脸上泛着红潮。"好了，不开玩笑了。"小伙子搓了搓手，咧开嘴笑着，露出一排洁白整齐的牙齿。

一路上，微风吹着陈静的长发，拂到脸上，怪痒痒的，又很舒服。她觉得今天晚上的路灯格外地亮；亮得耀眼；空气中，也仿佛有种醇美的甜味。

呵，这醉人的春夜！

### /// 学写作 ///

小说中女主人公的心理变化成为故事起伏的主导。恐惧、紧张、疑虑、放心、困惑……如此频繁微妙的心理变化，使得故事生动曲折、悬念迭起。同时，小说中多处细腻抒情的文字表达方式，也拓宽了人物的心理空间，使得文章更加优美动人。

### /// 懂人生 ///

当今社会越来越杂乱，越来越冷漠，但我们不应该过于悲观。在必要的时候，请用信任去消除人与人之间的隔阂吧！请用善良和友爱去重塑一个和谐的社会吧！

·文刀天平·

# 穷 苦 人

[俄罗斯]列夫·托尔斯泰 文　万宇 译

　　在一间渔民住的茅屋里,渔夫的妻子冉娜坐在灯下缝补旧渔帆。风在院子里呼啸、哀嚎,浪涛冲击着海岸,发出哗啦哗啦的声响……天气又黑又冷,但渔夫的茅屋里却温暖如春,炉火还没有熄灭。挂着白蚊帐的床上有五个小孩在大海的咆哮声中熟睡。冉娜的丈夫,一大早就出海了。现在还没有回来。她倾听着波涛的喧嚣和狂风的呼啸,心里忐忑不安。

　　旧式的木制钟嘶哑地敲过了十点、十一点……丈夫还是没有回来。冉娜直嘀咕。丈夫从不顾自己的身体,时常冒着严寒在风浪中打鱼。她从早到晚忙着干活,又怎样呢? 一家人勉强糊口而已。孩子们连鞋都穿不上,不管夏天还是冬天都光着脚跑路。吃的不是白面包,要是黑面包够吃,就算不错了。下饭的只有鱼。"咳,总算命好,孩子们没灾没病,没有什么可抱怨的。"冉娜这样想道,又留心听着风暴的呼啸。"他在哪儿呢? 上帝保佑他,救救他,可怜他吧!"她一边说,一边划着十字。

　　睡觉还嫌太早。冉娜站了起来,往头上披了一块厚头巾,点着提灯,走出门外,看看大海是不是平静一些了,灯塔上的灯是不是还亮着,能不能看得见丈夫的小船。但是,海上什么也看不见。风使劲地刮着

她的头巾，一块掉下来的什么东西叩打着街坊小屋的门，于是冉娜突然想起来，从傍晚起她就想去看望生病的街坊。"还没有人去照料过她呢！"冉娜想道，敲了敲房门。仔细听着……没有人应声。

"寡妇的处境真难啊！"冉娜站在门口想道，"孩子虽然并不多，只有两个，可是一切都得她一个人操心。而她自己又有病！唉，寡妇的处境真艰难啊！我进去看看她。"

冉娜又敲了敲门。还是没有人应声。

"哎，街坊！"冉娜喊了一声。"出了什么事情了?!"她想道，推了一下门。门开了，冉娜走进了屋。

小木屋又潮又冷。冉娜提起灯，看看病人在哪儿。首先映入她眼帘的是正对着门的一张床，床上躺着她的街坊。她如此安静地，一动也不动地仰卧着，好像刚刚咽气一样。冉娜把提灯再靠近一些，不错，她脑袋向后仰着，在那张冰凉发青的脸上呈现出死的安详。死者一只苍白的手仿佛要去拿什么东西，落了下来，垂在草垫上，而就在死去母亲的旁边，睡着两个胖脸蛋、卷头发的娃娃，身上盖着一件破衣裳，蜷着腿，两个黄头发的小脑袋紧紧靠在一起。看来，母亲在临终前还曾来得及用旧头巾裹住他们的小腿，用自己的衣服把他们盖上。他们呼吸得匀称而平静，睡得香甜而酣畅。

冉娜取下摇篮，用头巾把他们裹好，抱回家来。她的心跳得很厉害，她自己不知道，她怎么会这样做，又为什么要这样做，但是她知道，她不能不做她已经做了的事。

回到家,她把没醒的孩子放在床上自己孩子的旁边,急忙把帐子拉好。她激动得脸色发白,好像受到良心的折磨。"他会说些什么呢?"她自言自语道,"养活五个孩子可不是闹着玩的事,还不够他操心的……是他回来了? 不是,他还没有回来,为什么要把这两个孩子领回来呢?! ……他会揍我一顿?! 那也活该,我该挨揍。他回来了! 不是! ……唉,不回来更好。"

门"吱呀"响了一下,仿佛有人进来了。冉娜颤抖了一下,从椅子上欠起身子。

"没人。还是一个人也没有! 上帝啊! 我干吗要做这件事? 我现在怎么还敢看他的眼睛?"冉娜心事重重,久久坐在床边,默不作声。

雨停了,天亮了,但是风还在呼啸,海仍在咆哮。

突然大门开了,一股新鲜的海上空气冲了进来,一个身材高大面色黝黑的渔夫拖着湿漉漉的刚破了的鱼网走进小屋,说道:

"我回来了,冉娜!"

"哎,是你!"冉娜说道,没有勇气抬头看丈夫。

"嘿,夜真黑啊,可怕极了!"

"是呀,多可怕的天气! 咳,打了多少鱼?"

"真是糟透了,糟透了,什么也没有打着,鱼网还刚破了。情况很坏啊! ……我告诉你,碰上了倒霉的天气。我好像从来没碰见过这样的黑夜。还说打什么鱼! 能活着回来就算万幸了。得啦,我不在家的时候你都干了些什么事?"

渔夫把网拖进屋里,坐在火炉旁。

"我?"冉娜说,脸色苍白,"我干了什么事……我在家缝缝补补……大风呼叫得我都有点害怕了。我真为你担心。"

"对,对,"丈夫低声说,"天气坏透了! 有什么办法呢!"

两人沉默了一会儿。

"你知道吧,"冉娜说,"街坊西玛死了。"

"真的?"

"不知是什么时候死的,大概是昨天吧,看来死时很痛苦。想必是心疼孩子。两个孩子还都是小不点呢……一个不会说话,而另一个刚刚会爬……"

冉娜沉默下来。渔夫皱起眉头,他的脸色变得严肃而忧虑。

"是呀,这倒是件事!"他说道,不时地搔搔后脑勺,"好吧,又有什么办法呢! 得把他们抱过来,要不他们就醒了,孩子们怎能同死人在一起呢! 好吧,就这么办吧,咱们总能熬得过去。快去领他们吧!"

但冉娜没有动地方。

"你是怎么啦? 不愿意吗,冉娜?"

"他们就在这儿。"冉娜说着,把蚊帐拉开了。

/// 学写作 ///

作者通过环境描写和女主人公的心理刻画,描绘出渔民穷困艰辛的生活环境,为后面渔民夫妇抱养死去邻居的孩子这一简朴

却神圣的举动做好了铺垫。另外,作者通过三个场面中的动作、线条、色彩、声音及言辞描写,准确地表达了人物丰富的内心世界,让读者轻易地进入人物的内心,引起共鸣。

### /// 懂人生 ///

穷困不能抹杀人的同情心及良知。我们就算多么的穷困,但我们都应该尊重生命,让每个生命都有活下去的权利。我们应该用善良、用爱去战胜饥饿,走出生活的困境。

·文刀天平·

# 幸 存 者

[美国] 休·B. 卡夫

熬到第三个饥饿的夜晚,诺尼把眼睛盯在那条狗上面。在这座漂流的冰岛上,除了高耸的冰山之外,没有任何的血肉,就剩他们两个了。

在那次撞击中,诺尼失去了他的雪橇、食物、皮衣,甚至他的尖刀。他只救起了心爱的猎犬——尼奴克。如今,一人一狗被困在冰岛上,维持着一定的距离,虎视眈眈地注视着对方。

诺尼以往对尼奴克的宠爱是绝对真实的,真实得如同此刻的饥饿、夜晚的蚀寒以及那只受伤的脚上咬啮着的痛苦。然而家乡的人在荒年不也屠杀他们的狗来果腹吗? 不是吗? 他们甚至想都不想一下就做了。

他告诉自己,当饥饿到了尽头一定得要觅食,“我们二者之中注定要有一个被对方残杀,”诺尼想,“所以……”

他无法徒手扑杀那只狗。尼奴克凶悍有力远胜于他。此刻,他急需要一件武器。

脱下手套,他把腿上的绷带拆下来。几个星期前,他伤了自己的腿,而用一些绳索和三片铁板绑成了绷带。

他跪在地上,把一片铁板插入冰地的细缝里,并且使劲地用

另一片铁在上面摩擦。

尼奴克聚精会神地看着他。诺尼仿佛感觉到那炯炯的眼神，并发出愈发炽烈的光芒。

他继续工作，并且企图使自己忘记它的目的。那片铁板现在已经有一面的刃了，并且愈磨愈锋利，太阳升起时他刚好完成了工作。

诺尼将那把新磨的尖刀从冰地拔出来，用拇指抚拭着刀刃。太阳的光芒，从刀面反射过来，几乎使他一时眼花目眩。

诺尼把自己完全变得残酷起来。

"这里，尼奴克！"他轻轻地叫着。

狗疑惑地看着他。

"过来，快！"诺尼唤着。

尼奴克走近了一点。诺尼在它的眼神中看到恐惧。从它沉滞的喘息和蹒跚、笨重的脚步可以得知它的饥饿和痛楚。他的内心开始哭泣了。他痛恨自己，但又不得不狠下心来。

尼奴克越来越近了，保持着它的警戒。诺尼感到喉间一股浓重的呼吸，他看出它那两只眼睛好似两股痛苦哀怨的井泉。

现在，就是现在！快攻击它！

诺尼跪倒在地上的身体因一阵激烈的哽咽而颤抖着。他唾骂着那把尖刀，把它疯狂地往远处掷去。他空着双手，颠颠地向狗爬去，终于倒在雪地里。

狗发出凶狞的咆哮，环绕着他的身体走动，诺尼现在充满了

恐惧。

掷出那把刀子以后，他变成毫无防备。诺尼现在虚弱得毫无反抗的力气。他的性命就好像悬在尼奴克面前的一块肉，而它的眼中充满饥饿的眼神。

狗绕着他徘徊，并且开始从后面匍匐前进。诺尼听到那饥饿的喉头发出"咕噜咕噜"的唾液声音。

他闭上眼睛，祈求着这次的攻击不要太痛苦，他感觉到它的爪子踏上他的腿，尼奴克温热的喘息逼近他的颈子，一股强烈的气流聚集在他的喉头。

然后，他感觉到一条热热的舌头轻轻地舔着他。

诺尼睁开眼睛，怀疑地注视着它。他伸出一只手臂把狗和自己紧紧地抱在一起，悲伤地开始"呜呜"哭泣——

一小时之后，一架飞机从南方起飞，上面一位年轻的驾驶员沿着海岸巡逻，他往下注视着那片漂流的浮水，在冰山的正上方盘旋，此时他看到一道刺眼的闪光。

那是阳光在某件物体上反射起来的光芒。他的好奇心渐渐升起，他降低了高度，沿着冰山盘旋。此时，他发现在冰山的阴影之中一堆黑色的影子，从形状上看起来似乎是人类。仿佛那影子之中还分成两个。

他把飞机降落在水边，开始巡查，发现了那两个影子，一个人和一条狗。那个男孩已经昏迷不醒，但确信还活着，那只狗"呜呜"地在一旁哀鸣，已经虚弱得不能移动了。

至于那道引起驾驶员注意的光芒，就是那把磨得雪亮的尖刀。它挺直地插在不远的雪地上，在风中微微地颤抖着……

### /// 学写作 ///

作者先是用大量的笔触去描写饥饿给人与动物带来的残酷挑战与信任危机，但到最后关头却笔锋一转，虽然猎犬非常饥饿，甚至曾被主人试图用尖刀宰杀，但它却依然忠诚地守护在主人的身边。这一个细微的动作，让前面所营造的紧张恐慌的气氛瞬间瓦解，一股流泪的冲动就此直涌读者的心头。

### /// 懂人生 ///

最感人、最幸福的事莫过于在面对死亡的威胁时，依然有一份信任与忠诚默默地守候着你，对你不离不弃，患难与共！

·文刀天平·

# 青 衣 花 旦

海 飞

　　村主任在县剧团找到青衣和花旦的时候是下午,她们正在练功房里练功。她们看到斜阳把村主任的脸劈成了半明半暗的两半。村主任很年轻。但是穿得很土。村主任说我是球山村的村主任。她们就问球山村在哪儿?村主任说球山村在很高的山上。她们这才看到年轻的村主任脚上的解放鞋沾满了黄泥。村主任看到了她们的目光,就很局促地移了移自己的脚步。村主任又说想请青衣和花旦去村里唱一场戏,清唱就行了。青衣和花旦相互看了看,她们不愿意去,她们就说我们要收钱的。村主任说收就收吧。她们说很贵的,村主任问多少?她们就说了多少。沉吟了许久,村主任说,贵就贵吧。她们说,我们怎么去,得坐车吧,还有山路怎么吃得消走?村主任说,我们早就有人等在山脚了,我们准备了轿子。如果你们不去,那么我也不回去了,请不到你们村里人不准我再回去。青衣和花旦对视了一眼,只好点点头。

　　于是她们就去球山村。跟着村主任乘了两个小时的车,到一座山脚时,看到了两乘简陋的轿子,她们就上了轿。又走了三个小时的山路,她们终于到了那个叫球山村的地方。许多村民围过来看,他们的表情很漠然,他们没有看过穿得这么光鲜又长得这

么漂亮的女孩子。青衣和花旦往山脚下一看,怎么也没见底,云雾一片。青衣和花旦就面面相觑,吐了吐舌头。

村主任指挥着大家干这干那,村主任说去把大爷、大婶接来。那两乘小轿就又开始工作了。简易的戏台已经搭了起来,村主任在家里招待青衣花旦吃过晚饭后,就陪着她们去了晒场。戏台上点起了松明灯,台下也亮起了星星点点的火把,全村人都赶来了。青衣花旦就上台,她们是收钱的,而且也不便宜,所以她们唱得很认真很卖力。

她们唱了很多折子戏,从《楼台会》到《送凤冠》,又从《宝玉哭灵》到《黛玉葬花》。她们看到台下第一排坐着一对老夫妇,四周站满了人。演出快结束的时候,村主任站到了台上,松明灯"噼噼啪啪"的响声中,村主任中气很足地说:"乡亲们,从今后,桂子的爹妈就是我们球山村人的爹妈!"台下一片寂静,一会儿,呼声如潮:"桂子的爹妈就是我们的爹妈!"青衣和花旦被吓了一跳,不知道他们想干什么。她们看到坐头排的老夫妇的眼里泪光一闪一闪。

然后她们接着唱,唱到月上中天,就结束了。村里人渐渐散去。村主任安排青衣和花旦住他对象家。村主任的对象长得很俊,一双大眼睛,两根大辫子。在对象家门口,村主任对她们说,你们先住下,明天一早我和你们结了账,然后派轿子送你们下山。青衣和花旦就说,好的。

青衣和花旦与村主任的对象很聊得来,对象送给她们自己剪

的剪纸,说可以贴窗花。青衣和花旦家里的铝合金窗不需要贴窗花,但她们还是收下了。

第二天早上村主任来对象家送青衣和花旦下山,却四处没找到人。村主任的对象也急了,说,怎么会找不到?村主任说,你们昨天什么时候睡的?对象说不知道反正睡得很迟。村主任说你们说什么了吧。对象说她们问我桂子是谁,我就说桂子是我们村的小伙子,去外面当了兵,在洪水里救一个女人时被淹死了。骨灰送回来,明天就要下葬。桂子爹妈爱看戏,我们全村人凑钱请了你们来唱戏,算是代桂子孝敬他们二老的。村主任说,她们两个嫩女娃子,这么高的山,她们能走到哪儿去?

后来村主任的对象在八仙桌上看到了一小沓钱,旁边还留了字:桂子和我们一样,也是二十岁,桂子爹妈也是我们的爹妈。演出的钱我们不能收,这点钱就算是桂子孝敬爹妈的。不用再找我们了,我们自己能下山。落款是:青衣花旦。

村主任猛拍了一下自己的脑袋,蹿了出去,不一会儿,两乘小轿出现在弯弯的山道上,快得像风一样。

/// 学写作 ///

作者先是平叙穷村主任请俏青衣花旦唱戏,此时我们看到的只是村主任的谦卑与青衣花旦的傲慢。但作者在这里其实是卖了一个大关子——村主任请唱戏的原因。当青衣花旦发现原来是全村的穷人凑钱请英雄战士的爹妈看戏时,她们也做出了让人

感动得流泪的举动：不收演出费，并留下一沓钱独自偷偷下了山。前后相反的态度对比，也使小说的内涵得到了提升。

### /// 懂人生 ///

英雄，他们的勇敢和高尚，总是让人万分敬佩，他们的牺牲总是让人心痛。表达对英雄敬仰之情的最好方式，莫过于用善良去回报他们的家人，去回报这个社会。

·文刀天平·

# 山路弯且直

傅昌尧

进城的路是山路，回，也是山路。

车子颠，一跛一跛，像摇窝，一车人睡得香，红扑扑的脸，长长的哈喇子一抽一抽。山里的雨，细，有一阵没一阵，下在车顶、玻璃窗上，吱吱地像猫爪子在挠，不烦人。山里黑得早，夜色一缕缕从岙里往外爬，车子慢下来，车灯亮了，把夜撕个大口子。

奎坐在后排，车里的一切都能看清，这是奎的习惯。边上靠着奎的拐杖，拐杖被奎摩挲得发亮，它是奎的伙伴，奎心里有苦就对它诉，奎现在有苦的时候多。奎比别人少一条胳膊少一条腿，奎的胳膊腿是管闲事管没的。那天，有伙人把奎摁在地上，说奎你再管闲事，就废你的一条腿。奎没听……又一天，另一伙人说，奎你再不识趣，就废你一条胳膊。奎还是没听……奎像山里高高的柞树，没啥枝枝叶叶，只断不弯。

奎剩下的左手紧紧捏着坐在屁股底下的包，迷迷糊糊地也瞌睡起来。奎是太累了，一早到现在，为了屁股底下这一万块钱，他一条真腿领着一条假腿，跐了许多门槛（台阶）很高的大单位，在许多大大小小、长长方方的纸上摁手印。麻烦奎倒不介意，奎怕看那些人的目光，那些在奎身上瞟来瞟去的目光，像松针树上的毛刺刺

直往奎的心里扎。有几次,奎真想回,不想要那些钱,他觉得人们不像他在戴红花拍电视时那样看他,奎不明白,是自己变娇气了,还是人们变漠然了? 奎坐在城里冰冷的马路上想了很久,想得泪蛋蛋砸在那只真腿上,滚热滚热……奎擦了泪,还是揣上那些钱,奎没办法,奎要养家,奎要用这些钱弄一个自己能干的营生。

车猛然立住,头撞在前排靠背上,夜醒了,一车人愣了。

两把亮闪闪的刀在人们头顶上晃动,两个不知啥时上车的青年,瞪着四只凶残的眼:"打劫! 钱和首饰都交出来,快!"赤裸裸的表白,不容置疑。

愣怔是短暂的,骚动也是短暂的,有人开始掏钱,有人摸自己金灿灿的耳环和戒指。

奎差不多是在一秒钟内就清醒了,当他确认车上只有两个劫匪时,噌地站起,由于用力过猛,他听到假肢发出刺耳的金属声,那个站在中间的劫匪立即冲了上来,奎用左手举起拐杖,大声说:"大伙听着,我是奎! 不要给他们钱,他们只有两个,不要怕,抓住他们!"话音刚落,前排站起一个高高的身影。另一个劫匪扑上去,嘶喊着:"别动,动就捅了你!"高大的身影定格了,奎大叫:"上啊!"刚往前跨一步,便一个趔趄,差点摔倒。

劫匪狞笑着说:"你就是大名鼎鼎的奎? 你上啊? 冲啊? 怎么不动啦? 没腿了吧? 没胳膊了吧? 上啊?"他夺下奎手里的拐杖,敲碎窗玻璃,扔了出去,外面是陡峭的山崖。

劫匪再次命令人们交出钱物,奎大声阻止着,扶着靠背向劫

匪冲去,可对方一脚将奎端了回来,第三次被端倒后,奎跌倒在座位上再也站不起来了。先前被奎唤起的那个高大的身影也慢慢矮了下去。

洗劫在奎悲愤的目光中开始,只有哭声钻出车窗,在夜的山里回荡。

一对就要结婚的新人死死压住身下的提箱,刀在这对新人的手上划动,血腥气弥漫在车厢里,但他们没有松手。刀移向了新娘的脸。

奎挣扎着站起,异常冷静地说:"行了,他们没有钱,放过他们吧!"奎举起手里的包,"别破了人家的相,钱我这里有。"说着,奎从包里拿出那些钱,"看见了吧? 整整一万块。"

劫匪显然没料到奎有这么多钱,那个端奎的劫匪刚要上来,奎举包到窗口:"慢! 听着,让我下车,你们下车来拿钱,否则我扔下山崖。"

劫匪互相看看,又看看奎和奎手中的钱,点点头:"你先下。"

奎挪动假肢,一点点朝车门摸去,车门早就开了,奎的心一紧,被寒气裹住,奎没让泪掉下来。

雨停了,月出山,亮汪汪的山岭,黑黝黝的壑。奎站在月光里,山风吹起他空空的衣袖,猎猎如一面旗。

车门在劫匪的身后关上,发动机响了,奎从没听到过如此响的声音,他坚持着没叫这声音轰倒。奎寻思着是不是和钱一起飞下山崖。

这时,发动机突然熄火,接着,车门打开了。奎和劫匪都愣住。

最先走下来的是那对新人,后面是那个高大的身影,接着是胖胖的鱼贩子、穿西服的机关干部……司机最后一个走下来,手上握着油亮的扳手。他们朝奎围过来,向奎聚拢。

奎的泪如决堤的海,从来不哭的奎哭出了声,他在那对新人的搀扶下,和大家一起朝劫匪逼近……

### /// 学写作 ///

作者先是用大量的笔墨描写一个少一条胳膊少一条腿的英雄形象奎。继而设置了这么一个情节,在车上遇上抢劫的歹徒,这就抛给了读者一个疑问,多次因管闲事而伤残的英雄还敢再次管这个闲事吗?而第二个疑问是,当奎悲壮地与歹徒斗争时,人们还会继续冷漠地自保吗?而最后人们麻木的心灵终于被奎唤醒时,情节也被推向了最高潮。如此一波三折,使得故事异常生动,也易于引起读者的共鸣。

### /// 懂人生 ///

当我们对这个社会悲观失望时,当人们都以为这个世界冷漠无情时,却依然有着像奎这样甘于牺牲的英雄人物。难道,我们还要这样麻木和冷漠地对世界观望?那样的话,英雄将会越来越少,世界将会越来越冷。

·文刀天平·

# 最后一个便士

[英国]I. V. 玛利斯 文　楼飞甫 译

一个穷苦的老人，站在露天寒冷的空气里，往一家商店的玻璃窗里看着。他的靴又脏又破，薄薄的大衣，抵挡不住向他迎面吹来的风雪。然而一丝慈祥的微笑，却挂在他已经冻僵的脸上。

商店里有很多人。这是全镇最好的地方，每个人都知道，这家店里的甜点心和糕饼是很出色的。而今天又不同于往常，因为在商店的窗口，又挂出了一块巨大的广告牌，上面写道：

试一下我们新做的苹果蛋糕吧，谁都能尝，免费供应。

很多人都来尝新蛋糕了。老板十分讲信用，任何人一进他的店堂，离开时一定会带走一盒甚至两盒甜点心的。因为他想："今天，他们不一定个个都会买蛋糕的。对于几个穷人，免费让他们吃一点，我的心里同样感到很快活。"

这时候，他透过另一扇窗户的玻璃，看见了老人的脸，他急忙奔过去，微笑着拉开门，就像迎候一个衣冠楚楚的阔佬："快进来，我的朋友，外面冷。你不想吃一杯茶和一些蛋糕吗？我新做的一种苹果蛋糕，看来很受欢迎。"

"非常感谢你，先生，"老人回答，"是的，我很愿意尝尝新蛋

糕。当然，你们另外的蛋糕也很不错。"

老人坐在一个角落里，吃着放在面前的每一块蛋糕。店堂里另外的人正忙碌着，没有人注意到老人正抹着泪水。但老板看到了，于是他又拿了几块蛋糕，送到老人的餐桌上。因为他知道，像这样一个穷老人，是不可能为自己买一整块蛋糕的。

最后，老人站起来走了，店老板提着一个大盒子走到门边，"请吧，"他对老人说着，把盒子递给他，"请拿上这盒蛋糕，作为我送给你的一份薄礼吧！"

老人的脸色变红了。"不……不，先生，谢谢你！"他低声说，"我决定为家里买一盒蛋糕回去！"

他持重地走回到放蛋糕的大桌子边。因为他不能让好心肠的店老板为他感到遗憾，他的自尊心不允许他这样做，他指着最大的一块蛋糕说："我要那一块。"

他把手伸进口袋，拿出所有的钱数了数，付清了蛋糕的钱。他离开商店时心里明白，他刚好花光了最后一个便士。

慢慢地，老人向自己的家走去。"我不能吃它，"他悲哀地说，"我不能享受它，但我也不能把它浪费了。"

突然，他再一次笑了。他走到一家和他一样穷的邻居房前，把蛋糕放在门口的台阶上，然后悄悄离开了。街道上，冷风依然使劲地吹着，但在老人的心里，却感到一阵温暖。他一步步向家里走去。

### /// 学写作 ///

一个巧妙的构思,能让读者拍手叫绝;一份真挚的情感,能让人泪流满面。这篇作品就是有了一个让人动容的核心细节:善良的老板慷慨地馈赠,懂得感恩的穷人决定用所有钱买一个自己不需要的蛋糕作为对老板善意的回报,并极具爱心地把这个蛋糕送给了另一个穷人家庭。如此,平实的语言中,却蕴含着能击碎千层浪的力量! 那是真情的力量!

### /// 懂人生 ///

爱心是上帝赐予人类最温暖的衣裳,感恩是上帝赐予人类走出寒冬的明灯。老人无限的温情和博大的爱心,让他在凛冽的寒风中花掉最后一个便士时依然感到温暖和快乐。

·文刀天平·

# 奇妙的礼物

[英国]富·奥斯勒

正在店主彼得·理查兹忧心忡忡烦心的时候,小金·格里丝从外面走进店来。

彼得的祖父开了一家古玩店,死后,店铺就留给了彼得。小店门口的橱窗里摆满了各式各样漂亮的古玩。

冬日的一个下午,一个漂亮的小女孩隔着橱窗正仔细、认真地观看着各种古玩,她那双天真烂漫的大眼睛对每件东西都仔细端详。过了好一会儿,她脸上露出笑靥,似乎很满意了。她离开橱窗,快活地走进古玩店。

彼得站在柜台后面。他只有三十岁左右,头发却过早地花白了。他眼光冷漠,俯视着面前的小女孩。

"请你把窗子里那串漂亮的蓝珍珠项链拿出来,我要看一下,可以吗?"小女孩开门见山地说。

彼得从橱窗里把项链取出来,举在手中让小女孩看。那蓝珍珠项链在他手里泛着蓝色光芒,十分好看。

"真好看,我就要它!"女孩拍手雀跃,"请你用漂亮的纸给我包起来,好吗?"

彼得冷冷地打量着她:"可以告诉我你要把这项链送给谁?"

"给我的姐姐,她一直照顾着我。这是妈妈死后的第一个圣诞节,我要把最好的圣诞礼物送给她。"

"你有多少钱呢?"彼得问。

女孩从衣袋里掏出一把零钱放在柜台上。"呶!全都在这儿!"她又补充说,"这是我能够拿出的所有钱。"

彼得看了看女孩,心中不由一动,然后小心翼翼地用手盖住了项链的价格标签。他怎能把价钱告诉她呢?

"你在这儿等一会儿,我去一下。"彼得说完转进店房内间。

"你叫什么名字,小姑娘?"彼得在内间大声问道。

"金·格里丝。"女孩回答。

当彼得从内间转出来时,他手中托着一个用漂亮的圣诞纸包着的小包,上面系着一条绿色丝带。

"给你,"他说,"路上要当心,不要弄丢了。"

小女孩欢快地答应一声,接过小包转身轻快地跑了出去。彼得目送小女孩渐渐远去,突然感到更加孤单了。

小金·格里丝和那串蓝珍珠项链又一次唤醒了彼得痛苦的记忆。小女孩的头发像阳光一样金黄灿烂,眼睛像海水一样湛蓝湛蓝。这同彼得深爱的一个女友有着惊人的相似,那条刚被买走的蓝宝石项链就是他们的定情之物,可是——

在一个阴雨绵绵的夜晚,一辆汽车驶离了车道,夺走了彼得倾心热恋的那位姑娘的生命……

自此,彼得变得沉默寡言,白天他跟顾客谈生意,晚上关了店

门,便沉浸在莫可名状的悲痛中。久而久之,他在这种自悲自怜中,变得更加孤僻,往事对于他如一场噩梦。

小金·格里丝使他重新记起了失去的一切。回忆使他倍感神伤,以至于在以后的几天里,他真想关上店门,躲开接连不断、专为购买圣诞礼物的人们。

但他坚持了下来,直到最后一个买圣诞礼物的人离开。彼得感到一阵轻松,一切总算过去了,新的一年开始了。

哪知道,圣诞节前夜的最后一个客人才走,彼得正要休息,一位妙龄女郎走了进来,她的头发如阳光一样金黄金黄,眼睛如海水一般湛蓝湛蓝。

女郎没有说话,只把一个用漂亮的圣诞纸包着的小包放在柜台上,上面有根绿色丝带。彼得打开小包,那条蓝宝石项链便又重新呈现在他眼前。

"这是你店里的东西吧?"女郎开口问道。

彼得看着她,目光已不是冷漠的了。

"以前是,但现在它已不属于我了。你放心,它是一条上乘的项链。"

"你还记得把它卖给谁了吗?"

"一个叫金·格里丝的小姑娘。这是她给她姐姐买的圣诞礼物。"

"值多少钱?"

"这个请你原谅,我不便说。"彼得说,"这是我必须遵守的职

业道德。"

"但是,她最多也只有几个便士,无论如何也……"

彼得小心翼翼地用圣诞纸重新把项链包好,又用绿色丝带系起来,又把它递给了面前如他恋人的妙龄女郎。

"但对她来说,她付出了最高价!"他说,"她拿出了她自己全部的钱。"

好长时间,彼得和这女郎都没有说话。教堂的钟声响起来了,午夜了,又一个圣诞节日开始了。

"能告诉我,你这么做的原因吗?"女郎关切地问。

"很早我就想把它送给有资格佩戴的人,现在我终于找到了。"彼得说,"已经是圣诞节的凌晨了,请允许我陪你回家好吗?我愿意在你家门口,祝贺你圣诞节快乐。"

就这样,迎着圣诞的钟声,彼得·理查兹和这位他还不知道姓名的女郎迈出古玩店的大门。迎接他们的必定是一个祥和、温馨而幸福快乐的圣诞节。

### /// 学写作 ///

一个天真烂漫的小姑娘小金·格里丝,勾起了彼得对一段伤心往事的回忆。也正是由于小金·格里丝的出现,让彼得沉寂多年的心得以苏醒,并重新踏上爱的征程。作者用一串蓝珍珠项链作为贯穿全文并推动情节发展的道具,使顺叙、插序以及另一个姑娘金·格里丝的出场都显得非常和谐自然,道具在文中起到了

很好的穿针引线的作用。

### /// 懂人生 ///

当爱心开启时,冷漠就必然会隐退,乐观向上的情绪往往就会涌上心头。当你也向一个素不相识而又天真烂漫的小姑娘赐予爱心时,或许你也会得到一个祥和、温馨而幸福快乐的圣诞节。

·文刀天平·

# 累　犯

于在涛

关仔出狱才四个月,今天又被我当场捉住了。不过这次我无法毫不迟疑地把他移送法办,虽然我正急需一个倒霉鬼来交差,但我却充满矛盾,不知如何是好。

在我管区里,出现了一个神经病,半年来,他每天站在马路边上指手画脚,口沫飞扬地讲个不停;有时他拉住行人不放,给我制造了不少麻烦,但我却对他无可奈何。我非常埋怨,像我们这样拥有百万人口的大都市,至少也应该有个收容这家伙的地方才对。

傍晚,我骑着单车经过大业公司旁的空地时,看见那可怜的家伙正躺在草地上睡觉,在朦胧的街灯下,我仿佛也看到有什么东西在他身边蠕动。我停下了车躲在路边的芒果树下察看,原来是一个人,正在脱那家伙的夹克。当窃贼手提夹克跨上马路时,我赶上去,人赃并获,将他逮捕。他仔细看看我,真是冤家路窄,无话可说,只有俯首就擒。

我用手铐把他的左手锁在车把上,然后推车往派出所前进,突然,一个百思莫解的疑问,浮上心头。我问他:

"你要偷哪里不好偷,为什么要偷一个神经病?"

"我当然有理由,不过,你会相信吗?"关仔说。

"你说说看!"我想不出为什么他要偷一件脏臭的夹克。

"好吧！信不信由你！说老实话,出狱以后我就决心洗手不干,我已经有了足够花的钱,那是我坐牢换来的。再者,我已经老了,不论哪一行,一个人总得有退休的时候吧！我每天早晨沿着这条路走五公里以保持我的健康。那天早晨,我就给这个家伙拉住了。两个月以前,你记得寒流来的那几天吧,我穿了厚重的夹克出了门还冷得发抖,而这个可怜的家伙,却只穿了一件破汗衫;虽然他精神抖擞,口冒热气,但我知道他随时都有倒在马路上的可能;所以我脱下我的夹克给他穿上。他全身只剩下皮包骨,手无缚鸡之力,当然拗不过我。穿好以后,我把他推开,跑步回家。警员先生,我的话,你相信吗?"

"现在你是想把你的夹克收回来,对吗?"我说。

"有神经病我才会这样想!"

"那你为什么呢？这夹克现在是属于他的呀!"

"我当然知道,可是你总晓得,现在已经是四月中旬了,南台湾的气温,中午已经接近摄氏三十度,他仍然穿着那件里面衬了毛的夹克,难道要他热死不成?"

对于累犯的供词,我一向存疑,这次却是例外。


/// 学写作 ///

出人意料地结尾,是小小说作者常用的一种创作手段,它往

往是以一个合乎情理又出人意料的情节反转来作为文章的结尾。而本文正是运用了这样的创作手段,具体来说是作者先故意卖了个关子,着墨写关仔这个惯偷的种种"劣行",结尾却出人意料地发现原来这次关仔偷夹克是出于一片爱心。如此,先抑后扬,使得小说的主旨在瞬间升华。

### /// 懂人生 ///

人都是有良知的,我们不能因为某人曾经犯错就一辈子否定他。戴着有色眼镜去看别人,往往会让我们对许多美好的东西视而不见。只有在人与人之间建立起信任的桥梁,才能给犯错人一次改过的机会,才能让这个社会变得和谐美好。

·文刀天平·

# 丢失的香柚

梁晓声

　　"大串联"时期，我从哈尔滨到了成都，住气象学校。那一年我才十七岁。头一次孤独离家远行，全凭"红卫兵"袖章做"护身符"。

　　我第二天病倒了。接连多日，和衣裹着一床破棉絮，蜷在铺了一张席子的水泥地的一角发高烧。

　　高烧初退那天，我睁眼看到一张忧郁而文秀的姑娘的脸。她正俯视我。我知道，她就是在我病中服侍过我的人。又见她戴着"红卫兵"袖章，愈觉她可亲。

　　我说："谢谢你，大姐。"看去她比我大两三岁。

　　一丝悱然的淡淡的微笑浮现在她脸上。

　　她问："你为什么一个人从大北方串联到大南方来呀？"

　　我告诉她，我并不想到这里来和什么人串联。我父亲在乐山工作，我几年没见他的面了，想他。并委托她替我给父亲拍一封电报，要父亲来接我。

　　隔日，我能挣扎着起身了，她又来看望我，交给了我父亲的回电——写着"速回哈"三个字。

　　我失望到顶点，哭了。

她劝慰我："你应该听从你父亲的话,别叫他替你担心。乐山正武斗,乱极了!"

我这时才发现,她戴的不是"红卫兵"袖章,是黑纱。

我说："怎么回去呢? 我只剩几毛钱了!"虽然乘火车是免费的,可千里迢迢,身上总需要带点钱啊!

她沉吟片刻,一只手缓缓地伸进衣兜,掏出五元钱来,惭愧地说："我是这所学校的学生,'黑五类'。我父亲刚去世,每月只给我九元生活费,就剩这五元钱了,你收下吧!"她将钱塞在我手里,拿起笤帚,打扫厕所去了。

我第二天临行时,她又来送我。走到气象学校大门口,她站住了,低声说："我只能送你到这儿,他们不许我迈出大门。"她从书包里掏出一个柚子给了我,"路上带着,顶一壶水。"

空气里弥漫着柚香。我说："大姐,你给我留个通信地址吧!"

她注视了我一会儿,低声问："你会给我写信吗?"

我说："会的。"

她那么高兴,便从她的小笔记本上扯下一页纸,认认真真给我写下了一个地址,交给我时,她说："你们哈尔滨不是有座天鹅雕塑么? 你在它前边照张相寄给我好吗?"

我默默点了一下头。我走出很远,转身看,见她仍呆呆地站在那里,目送着我。

路途中缺水,我嘴唇干裂了,却舍不得吃那个柚子。在北京转车时,它被偷走了。

回到哈尔滨的第二天，我就到松花江畔去照相。天鹅雕塑已砸毁了。满地碎片。一片片仿佛都有生命，淌着血。

我不愿让她知道天鹅雕塑砸毁了，就没给她写信……

去年，听说哈尔滨的天鹅雕塑又复雕了，我专程回了一次哈尔滨，在天鹅雕塑旁照了一张相，彩色的。按照那页发黄的小纸片上的地址，给那位铭记在我心中的大姐写了一封信，信中夹着照片。

信退回来了。信封上，粗硬的圆珠笔字写的是——"查无此人"。

她哪里去了？

想到有那么多我的同龄人"消失"在"十年动乱"之中了，我的心便不由得悲哀起来。

### /// 学写作 ///

有时，一份至真至纯的情感，会比任何优美华丽的语言、精彩奇特的巧构更易于打动人。文中写的是"我"只身在异乡孤独无援时，却得到一个善良姑娘的关爱和帮助，这份萍水相逢却真切诚恳的"雪中送炭"，如何让人不感动呢？而小说又写到香柚丢失、与姑娘失去联系这些细节，一股淡淡的忧伤又顿时充盈在读者的心头。

### /// 懂人生 ///

有时，感动不需要英雄的壮举，平凡的人往往也能做一些让

我们铭记于心、感人肺腑的事情。就如同此文中姑娘对于一个陌生病人的关怀备至，那种单纯朴素的善良，在我们心潮中激起了阵阵涟漪，细微，却难以忘怀。

·文刀天平·

# 生命中的两袋红枣

陶柏军

事情发生在 20 世纪 80 年代初,我当乡村医生的时候。

那是一个秋日的黄昏,我刚要下班,却被一对农民夫妇堵在了门口。女人看上去很瘦弱,还有些气喘吁吁;男人很强壮但明显有些木讷。

进屋后,女人从怀里掏出一个纸卷,撕去了好几层包装,最后拿出一张 X 光片子递给我:麻烦你给我看一下。我接过片子,对着灯光看了看,片中肺部的阴影十分明显,但由于自己不是这方面的专家,还不敢妄下结论。我对那个女人说:拍片时,没给你们诊断吗? 女人点了点头,又从怀里拿出一张纸。是它吗? 我接过那张已经折得有些破旧的纸,对,就是它,这东西可不能丢呀。那张纸虽然折得有些破旧,但字迹还是清晰的:肺部恶性肿瘤,中晚期。我又抬头看了看这位妇女:是你的片子? 她点点头。出于一名医生的责任,我说:片子我看不太明白,你先回去吧,明天让院长看看再告诉你们。另外,让你丈夫来就可以了。那个女人听了我的话,轻轻地摇了摇头,对我说:我得的是肺癌,我知道。她的话有些出乎我的意料,我看了一下诊断的日期,已经过去三个月了,恐怕是没有希望了。我只好无奈地对她说:咱们乡

村医院治不了这种病呀！

我们不是来治病的。这时，进屋一直没说话的那个男人开了腔。好像是怕男人说不明白，男人只说了一句，女人就接过了话茬儿：家里两个孩子都挺小，他们不知怎么都知道了，整天跟大人一样地愁眉苦脸，学习成绩都下降了。可我告诉他们我的病没啥事儿时，他们都不信，说没事你和爸爸为啥半夜里总哭？我看骗不了孩子，可一时半会儿又死不了，让孩子跟着着急上火心里不忍呀。女人说到这里，泪水"哗哗"地流了下来，哽咽着说：所以我想求求你，明天我把两个孩子领来，你再给看看片子，就说没啥事，行吗？

这个时候，我才明白这对农民夫妇的来意。看着女人泪流满面的样子，我的心里也一阵酸楚，我很郑重地点了点头。临走时，那个男人想和我用握手的方式表示告别和感谢，大概是意识到自己的手有些脏，他伸出的手又缩了回去。我急忙主动握住他的手，对他说：别着急，吃点药，会好的。

他向我笑了笑，没有言语。走到门外，又转回了身，像想起了什么似的，从布袋里掏出一袋红枣，塞到我的手里：这是自家产的。未等我推辞，这对农民夫妇已经走出去了。我手拿着那袋红枣，感觉很沉。

第二天，这对夫妇带着两个孩子准时来到了医院。由于事前我已经和同事打了招呼，他们来后，我们几名大夫在一起郑重其事地进行了一次特殊的会诊。我们一致认为，这名患者没有什么

大病,吃点药,过一段就会好的。最后我给她开了两瓶维C、一袋钙片和一些她确实需要的止痛药。两个孩子露出了灿烂的笑容。

半年之后的一天下午,那个男人又来找我。他对我说:"我媳妇儿前天已经'走了'。"我忙问他:"孩子是什么时候知道的?"他说:"半个月前才告诉他们。"然后又补充道:"多谢你了!要不然,孩子这半年可怎么过呀。"我一听,感觉特别难过:都怪我们医术不高明……

男人是特意来向我表示感谢的。临走时,他又从肩上的布袋里拿出一大袋红枣,往我手里塞,对我说:"家里没啥像样的东西,你别嫌弃……"

我掂着那袋红枣,做不出任何拒绝的动作……

现在,我已经离开那个医院很长时间了。但我时常想起已经融入了我的记忆和生命的那对农民夫妇,还有那两袋沉甸甸的红枣。

### /// 学写作 ///

能够调动读者情绪的作品就是一篇好作品,而这篇作品就是一篇极能调动读者情绪,引起读者共鸣的佳作。一个得了肺癌的母亲,第一个想到的不是如何治好自己的病,而是心系自己的孩子!农民父母这种朴素、美丽的情愫,总是在文中轻轻地流动,撩拨人的心灵。在这样一种情感的铺垫下,那两袋红枣就显得异常的有分量了。

### /// 懂人生 ///

父母对孩子的爱,甚于自己的生命。那个善意美丽的谎言,需要这位母亲付出多大的勇气! 那两袋沉甸甸的红枣,已经远不止是食物范围的红枣了,那更是两份浓重得让人肃然起敬的父母之爱!

·文刀天平·

# 不买车票的小女孩

阎耀明

汽车开到实验小学站点时，雨终于落了下来。放学的小学生们跑着叫着跳上车，带进来一股股湿漉漉的凉气。女人招呼学生们坐下，接着就开始卖票。

当她走到一个梳着两只羊角小辫的小女孩面前时，小女孩很难为情地对女人说："阿姨，我手里一分钱也没有了。"

小女孩的眼睛里正流露出可怜巴巴的内容，身子并没有坐实，好像随时准备下车。女人就笑了笑，说："没关系，你坐着吧。"她还摸了摸小女孩的头。

坐在前面开车的男人不高兴了，嘴里"唬"了一声。"现在的孩子，可真了不得。"男人闷闷地说。

汽车开过一个个站点，几乎没有上车的，小学生们也一个个下了车。

车上，只剩下那个小女孩了。

雨不大，下得平平静静、津津有味。但汽车却很冲动，"嗡嗡"的发动机声越来越急躁，把男人的不高兴描述得十分详细。

到终点站了。小女孩对女人说："谢谢阿姨。"她跳下车顶着雨跑了。

女人开始打扫车里的卫生。男人似乎对女人的不满还没有过去，一边收拾车一边说："就你的心眼儿好使，她说什么你就信什么。"

女人说："一个孩子，可怜巴巴的，我咋能不让她坐？再说，不就是一块钱嘛。"

男人一副很有经验的样子，说："你可不要小看了现在的孩子，能干出让你大吃一惊的事情来。上网、玩游戏，能着呢。家长给的零花钱，都用在玩上了。"

"我看这个小女孩不像那样的孩子，她的眼睛告诉我的。"女人说。

男人又"哧"了一声，不屑地撇撇嘴，说："你总是那么自信。我倒觉得她很有可能也是个混票的，省下钱好去玩游戏、上网。"

女人终于对男人的态度无法忍受了，大声说："就算是那样，又能怎么样？不就是一块钱吗？一个大男人一点儿不像个男人的样子！"

男人一愣，说："我怎么不像个男人了？咱这是做生意，这车哪一样不得花钱？咱的钱不都是一块钱一块钱地积攒出来的吗？你倒是大方，像个男人。像个男人又怎么样？没有钱不是照样团团转？"

女人真的生气了，胸一起一伏的，抿着嘴，瞪着男人。

"我就是看着那个小女孩好，下次她坐车，我还不收她的钱。"女人大声说。

男人丢下手里的工具,气愤地看着女人:"你这不是成心气我吗?我这样较真儿又图个啥?咱们还没有孩子呢。咱们不是想生个孩子吗?没有钱怎么要孩子?"

女人把扫出来的垃圾收进塑料袋里,愤愤地说:"我才不给你生孩子呢,你爱找谁生就找谁生去。"

"有外心了咋的?谁离了谁都一样活着,不想过就离婚!"男人气坏了,说。

"离就离!"女人毫不示弱。

这时一个小女孩跳上了车,喊:"阿姨!"正是那个没买车票的小女孩。

小女孩说:"阿姨,我一下车就遇到我妈妈了,她给你送车票钱来了。"

女人愣了一下,忙走下车。

小女孩的妈妈把一块钱递给女人,说:"我早晨忘记给孩子带车钱了。谢谢你。"

女人连连摆手:"不用不用,孩子坐一次车,无所谓的。"

男人锁好汽车,也走过来说:"一块钱的事,你还特意送来干啥,不要了。"

女孩妈妈说:"坐车买票,天经地义。车票钱一定要收下。"

小女孩在一边说:"阿姨,你就拿着吧。"

小女孩和妈妈冲男人和女人摆摆手,走了。

女人手里拿着钱,目送她们母女俩在小雨中走远。

他们站着，好久没有动，也没有说话。雨丝落在脸上，痒痒的。

后来女人在男人的胳膊上捅了一下，男人就把身子靠过来。

女人挽起男人的胳膊，轻声说："我们回家吧。"

### /// 学写作 ///

小女孩没有带钱坐车，这是真的吗？这给我们留下了一个想象的空间。而随着经营汽车的夫妇俩各持一见的争论，使矛盾激化，也将情节逐渐推向了高潮，这就为后面小女孩的母亲雨中赶来还钱，使得矛盾瞬间化解，出现戏剧性效果埋下了伏笔。同时也让人感受到了人与人之间互相信任，坚守信用的重要性。

### /// 懂人生 ///

随着当今社会的复杂化，人们的信任危机越来越严重。人们总是以冷漠、猜忌的目光去看待他人，随时提防着别人的蒙骗、陷害，就连天真单纯的小孩子也不例外。面对如此糟糕的社会氛围，只能通过全民的努力，人人都在假的时候献出一点真，在恶的时候献出一点善，在丑的时候献出一点美，那么这个世界将会越来越和谐，越来越美好。

·文刀天平·

# 漂亮的金狮车

牛传综

修理工梁师傅下岗后,开了一个自行车修理铺。梁师傅手艺好,信誉好,人好,修理铺的生意自然就好。梁师傅的修理铺不仅修车,还兼卖车,各种型号、款式的自行车都有。

某日,一中年男子带着他的女儿,推一辆自行车来修。梁师傅一看,天哪,这车锈迹斑斑不说,推着走丁当作响,骑上去它满身都哆嗦,实在没有修理的价值了。

"帮帮忙,女儿每天骑它上学呢。"那中年男子说。

"骑这样的车上路要闯祸的,还是买辆新的吧。"梁师傅面露难色。

"暂时……凑合凑合吧。"中年男子喃喃道。

这是一辆老式的"永久牌",大轮圈,市面上已经很少见了,链条、踏板、刹车、坐垫等部位都有问题。梁师傅费了好半天工夫才算把这辆"老坦克"整治得可以上路了。那中年男子千谢万谢,说道:"这下我女儿上学又有车骑了。"

"就是她?"梁师傅望了望旁边的小姑娘。

"对,我女儿可能干了,她小时候我每天骑这辆车送她上学,上了初中她就能自己骑车去学校了。"中年男子颇为自豪地对梁

师傅说。

"还是给她换一辆小点儿的吧,这车你女儿骑怕不合适。"

中年男子没说话,只点点头,跨上车带着女儿走了。

过了几个星期,那中年男子又来梁师傅的修理铺,但不是来修车,他在那一排新车前一辆一辆地看。末了儿,他在一辆红色的金狮牌女式小轮自行车前站住了。

"怎么样,下决心买一辆?"梁师傅认出了他,走过去问道。

"多少钱?"他问。

梁师傅报出车的价钱,中年男子嘴角动了一下。

"诚心想买,给你打个九折。"梁师傅补了一句。

"我……看看,只是看看。"中年男子有点尴尬地嗫嚅道。梁师傅觉得这人并非真心想买车,就随他在车铺里转悠,自己继续修车去了。

中年男子刚走,旁边来修车的一位阿姨说:"可怜,真可怜。"

"谁? 谁可怜?"梁师傅抬头问。

"喏,刚才这个人呀。"

"怎么了?"

"老婆有心脏病,生女儿的时候就去世了,他一个人把女儿拉扯这么大,去年又发现自己得了胃癌。唉,一个下岗工人,要治病,又要供女儿上学,真不容易。"阿姨连说带叹。梁师傅听了,心里也一起一伏的。

大约三个月后,一个小姑娘推辆自行车来修,外胎扎进了一

块玻璃碴儿,得补胎。梁师傅一眼就认出眼前这辆"老坦克",他边拆边问小姑娘:"你爸爸呢,他怎么不来?"

"……我爸爸上个星期去世了。"小姑娘眼圈儿红了。

"啊!"螺丝刀一下扎破了梁师傅的手指,鲜血立即滴下来。

车胎只一个小小的口子,梁师傅却补了很长时间。补好后,小姑娘推车要走,被梁师傅突然叫住了。他从车铺内推出一辆崭新的红色金狮牌女式小轮自行车,对小姑娘说:"孩子,看我这记性,这是你爸爸早就买好给你的,今天你就骑走吧。"

小姑娘张着大眼,望望梁师傅,又转向眼前漂亮的金狮车。

"你爸爸要一辆红色的,当天没有。付钱的时候,说改天陪你来取车。"梁师傅走过去抚着小姑娘的肩,说,"这样吧,把这辆旧车先放我这里,你就骑这辆新车回去,等一会儿我把旧车送到你家,好吗?"

小女孩点点头,满脸是泪。她推着漂亮的金狮车一步一回头地走着,渐渐融入了人流。

望着远去的小姑娘,梁师傅觉得心里洋溢着从未有过的甜蜜。

/// 学写作 ///

为什么中年男人不肯为女儿买一辆车?故事开首,就给读者设置了这样一个疑问,然后作者又巧妙地以第三者"阿姨"进行了插叙,补述了中年男人没有钱买车的惊人原因,这就使得梁师傅

给小女送车显得既自然，又使人动容。试想，面对这样一个命运多舛的小女孩，谁又能忍心不伸出援助之手呢？至此，故事顺理成章、极具温情地结束全文。

### /// 懂人生 ///

真诚地帮助别人，使别人快乐，同时也会让你的心灵变得充实，会让你感到幸福和甜蜜。社会有很多需要我们伸出援助之手的弱势群体，只要我们给予一点点爱心，就可以让他们感到生活的美好，甚至可以改变他们的一生！请不要吝啬那份爱心吧！

·文刀天平·

# 回 马 枪

申 弓

那时大哥已三十有二了,还未找到对象。在农村,这已经是过了界的年龄,一家人都为他着急。大哥长得还不错,有一米七二的个头儿,可以一担挑起二百斤,这样一个让人喝彩的青年却不能被姑娘看上,致命的缺陷就是穷。

记忆中最深刻的就是有一次,南村的李姑来说,她给大哥物色了一个姑娘,二十五岁,正好是男大七女大一。

第二天是初三,正逢三日一趟的圩日,两家人相约在圩上见面。没说的,皆大欢喜,姑娘的父亲便说炒粉。我们那里有个不成文的规矩,就是男女双方在相亲时,只要女方点了炒粉,那就是男方被看上了。以至于后来发展成了新的典故——黄屋屯炒粉!

那姑娘长得五大三粗的,与大哥正般配。

傍晚,李姑来说,姑娘家里没有意见,定好了后天来看家门。

这看家门是第二关,而且是整个相亲环节中最重要的一环。多少般配的男女,就是因为这一关而搁浅的呢。因而我们一家不敢怠慢。这可苦了我们的双亲,四间土屋,尽管母亲每日里扫了又扫,抹了又抹,弄得纤尘不染,看起来却是整洁有余而陈设不足,从里到外,就没一件家具值上一百元的。用这个穷家来接待

未来的媳妇儿及亲家,看来婚事是到此为止了。

当父亲把这个担心跟李姑一说,李姑也着急了起来。

"是呀,这么好的姑娘,千万不要弄丢了,在他们来之前,你必须弄到一床红蚊帐,红棉被,起码有个衣柜,有像样的饭桌、几把椅子,有架缝纫机,最好还有辆单车。"

"天哪,在这两天里,叫我去抢不成?"父亲叫道。

"我不管,要这个媳妇儿就得这样办。"

李姑丢下话就走了。

一家人便紧急动员起来,走东村串西村,求爷爷告奶奶的,总算办得八九不离十了。临了儿,李姑不放心,到底又亲自来检查落实,看到什么都摆上了,才放心地去迎接女方。

这一天,女家一共来了五个人,姑娘及其父母哥嫂,都表示满意,在家里吃了一顿饭之后,欢喜着离去。

真个是客去主人"松",由于借人家的东西人家也要用,不能久留。一家人便又分头将借来的家什原物归还人家。

不想未到一个小时,姑娘的大哥又回来了,说是想看看那张饭桌是什么木头做的,那么结实,他也想做一张。可回来一看,桌子没了,椅子没了,衣柜没了,单车没了,就连那床上的蚊帐棉被也没了。父母亲惊得一脸的张皇,大哥直憋得面红心发紧,一时不知说什么好。

李姑也急得直跺脚:

"鬼打,怎么这样急,就不能多留一会儿?"

姑娘的大哥只微微一笑,大有意料之中的神态。

这时,母亲心有不甘,上前拉住那姑娘的大哥。

"他哥,还有救吗?只可惜了啊,他们这么般配。"

"有救,幸好是只有我来,要是他们都来就没得救了。不过,下次可不能假了,在我妹结婚那时,单车衣柜没有也不打紧,可千万不能让她睡光席啊。"

"他哥,说来也是惭愧,这次是因为事急的,到结婚时一定备齐,你就放心好了。你看,我家猪圈里不是还有两头小猪吗,那时也该大了,再说,地里的甘蔗也该收成了。"

"我相信。"说着,姑娘的大哥走近了我大哥,偷偷地塞给他一百元钱,说,"兄弟,别难过,我以前也跟你一样。这钱你拿着,过几天,你们就去登记,你得买套像样点的衣服,让我妹也有个面子。"

我看到,大哥接钱的手颤抖了。

/// 学写作 ///

文章紧扣"穷"字,突出大哥娶妻的尴尬与艰难,并用姑娘家大哥发现家中陈设物什皆是借来的这一戏剧性的细节,饱满地突显出这个"穷"字,而姑娘家大哥非但未责备反掏钱这一出人意料的举动,则是作者使用了情节反转的创作技巧,使文章达到了高潮,主题也得到了升华。

### /// 懂人生 ///

婚姻无贫富，幸福无贵贱，它有一条最公平的情感之线牵路。穷人间的惺惺相惜，让人感到情感的殷实与温暖。由此，就算我们再穷困，只要满怀希望与真诚，就会在不经意间得到上天最温暖慈祥的恩泽。

·文刀天平·

# 酒　事

于德北

爱酒的人,谁没有点酒事呢?

十七岁那年,我离开了学校,走上了社会。我父亲是一个古板而严谨的人,他当时是一家报纸的副总编,在人群里总有点面子,特别希望我能去一家好一点的高中重读。我生来就倔,小事还犹豫,大事从来是一去不回头。当时,我外语不好,数学不好,考上大学的希望十分渺茫,所以,我毅然选择离家,到外面的世界去漂泊。

我曾在一家建筑工地当力工。

力工的活儿苦,没技术,让人瞧不起。不像钢筋工、架子工、木工、电工那么气派,受人尊敬。力工像杂役,什么地方缺人都得顶上。

心中就苦闷。

苦闷也没有办法,因为,这毕竟是自己的选择。

那年夏天,雨水大,工期被耽误了,大家都很着急。有一天,我被分到李师傅带的混凝土班,跟着大家打立柱。一天的任务是十一根立柱,打到下午的时候,云彩就来了。李师傅抬头看看天,凭空叫了一句:"爷儿几个,加把劲儿,抢雨前干完了,我管酒。"

　　我知道这位李师傅,他是建筑公司的劳模。他有一个疯老婆,已经疯了三十几年了,但三十几年里,李师傅从来没让她磕着、碰着,从来没让她弄脏了衣服,从来没让她走失过。

　　谁也不知道他是怎么做到的。

　　李师傅有一个女儿,刚刚上了大学,李师傅的负担不轻,平日里花钱节省人人尽知。

　　"真管酒?"有人问。

　　"管!"

　　李师傅平时是一个话语极少的人,他这一喊,有点一诺千金的意思,身边的人陡然增了一股劲,硬是抢在倾盆大雨下来之前,把立柱打完了。

　　李师傅也不食言,细细地从工作服的口袋里掏出一个票夹,一张两张地从里边数出二十五块钱,交给一个从农村来的驼背小子,让他冒雨去附近的狗肉馆买了十斤白酒,二十盘狗肉。

　　酒、肉都有价,酒是九毛钱一斤,肉是八毛钱一盘。

　　六个人,围坐在工棚里,大呼小叫地吃开了。

　　我不会喝酒,自然往后挪挪身子,我感到有点儿冷。这时,一只粗糙的大手扶住了我的后背,并用力地往回拢了拢。

　　是李师傅。

　　他把发乌的饭盒盖递到我眼前,说:"啜一口。"

　　我摇了摇头。

　　"啜一口。"

语气是命令式的。

我接过饭盒盖，抿了一口里边的白酒，顿时被呛得咳嗽起来。

李师傅拍了拍我的后背，鼓励说："再啜一口。"

我抬头看看他，突然在他的目光里发现了一种异样的东西——那是父亲般的慈爱和让人无法抗拒的信任和关怀。

我又喝了一口。

是喝，不是抿。

一股热浪从喉头一直冲到胃里，又从胃里翻到心上。

工友们都笑了。

那天，我喝多了，李师傅领着我，站在工棚的门口，冲着如注的大雨说："喊一声，喊一声就什么都好了。"

说着，他啊的大喊了一声，那声音撕心裂肺，神鬼皆惊。

"啊——"

身后的工友们也纷纷叫了起来，这些声音合在一起，如同悲怆的《命运交响曲》，渗入雨水里，向四周溅落了。

"啊——"我也叫了起来。

"啊——"随着喊声，我的眼泪流了出来，心中的块垒却一点点地坍塌了。

不知过了多久，李师傅在我耳边轻轻地说："孩子，喝了酒了，是男人了，不哭了。"

随着李师傅的话音儿，雨突然停了。那一刻，我觉得我长大了。

### /// 学写作 ///

小说多处使用了对话和短句。一个或几个短语就成一句，一句或几句话就成一段，这样的写法干净利落，使得文路清晰、逻辑紧密，让人读起来也轻松自然，不经意间就刻画出一个品德高尚、性格和蔼、睿智深沉的人物形象李师傅，带出一段关于我在喝酒中成长的往事。

### /// 懂人生 ///

生活中，或许我们会遇到许多烦恼，但是，我们要懂得释放，只有放下自己的思想包袱，我们才能成长。在成长的过程中，良师益友往往能起到一个至关重要的作用，因此，我们要多接触那些有学识，有思想，品德高尚的长者、朋友，并虚心向他们求教。

· 文刀天平 ·

# 苏保安的错误

李培俊

苏保安的错误发生在下午五点半，职工正下班的时候。

那个女人远远地向大门口走来。那个女人一出现，苏保安就注意到她了。这是个很好看但也显得很憔悴的女人，眉眼和脸形透着她这个年龄的成熟和干练，也有着做了一天工的疲惫和乏累。女人的工装还穿在身上，显得十分臃肿和笨拙。

女人从门卫室窗口经过的时候，苏保安看到，女人眼里掠过一丝隐隐的慌乱和不安，还有不大自然的微笑，那微笑很僵硬，像戴着一副做工粗糙的面具。苏保安还看到，女人走过时，夹紧了右侧的肩膀。

苏保安只知道女人姓杜，具体名字说不清楚，是成衣车间的一名职工。当姓杜的女工就要走出大门的那一刹那，苏保安从坐着的凳子上站了起来，走出门卫室的门。他这时应该说声"你站住"的，但他没有说，就让她那么过去了。苏保安知道，女人的腋下是一件质地柔软的连衣裙，是最近公司新加工的童装。苏保安也知道，这是偷盗行为，而保护公司财产、制止偷盗是保安的基本职责。

正在苏保安这么想着犹豫着的时候，女人已经走出大门，拐

进了一条狭窄的小巷。苏保安想了想,算了,权当我没有看到吧。

可苏保安明明看到了,女人就从他的眼皮底下过去了。作为保安,这是不应该的。

第二天上午九点,经理把苏保安叫到了经理室,经理的板台一角放着那件童装连衣裙,用一个薄膜袋子装着,有几朵绣花从袋子里透了出来,蓝蓝的,煞是好看。

经理说,你们保安是干什么吃的? 这件衣服是昨天下午从公司拿出去的,从你们眼皮底下拿出去的! 今天早上又还了回来。

苏保安说,我知道。

你知道? 经理十分惊讶,也很愤怒。这么说,你是有意放她出去的?

是的。苏保安点点头,又说了一声,是的。经理,咱不说这件衣服的事,咱说些别的好吗?

没等经理接话,苏保安说,就在昨天下午,我去了一名职工的家,正要敲门时,听到母亲对女儿说,孩子,今天晚上不是要去看望姥姥吗? 我们不能穿得太寒酸,那样,姥姥会伤心的。这不,我给你借了一件连衣裙,你只能穿一个晚上,明天就要还给人家。

女儿很乖地说,可以。

母亲又说,等这月发了工资,妈妈给你买一件。

女儿说,我不要,只穿今天一晚上就够了,省下钱好为我爸治病。

母亲哭了,抱着女儿,把泪一汪一汪地濡湿在女儿的脸上。

进去以后我才知道,女工的丈夫半年前遭遇车祸,几乎成了植物人,她花光了家里所有的积蓄,还欠了一屁股债。她每月的工资,除了留下一百元作为母女的生活费用,其余的全部为丈夫治病,也就没钱为女儿买衣服了。说到这里,苏保安突然问经理,这件衣服的出厂价是多少?

经理说,三十元。你问这个干什么?

苏保安哭了,他说,三十元她都掏不起呀,经理!我没想到她会还回来……这件衣服的钱我掏了。

经理问,这个女工是谁?

我不能告诉你。真的,我不能告诉你,我知道那将意味着什么。

经理说,你必须说!

我不说!苏保安说得很坚决,我情愿自己下岗。

经理低头在一张便笺上写下几行字,然后对苏保安说,你明天不用到门卫室上班了。

苏保安说,可以,但你也不要再追查衣服的事了,好吗?

苏保安说罢扭头要走,经理唤住了他。

苏保安问,还有事吗?

有。经理的眼睛也有些发红,他把刚刚写好的那张便笺连同连衣裙递给苏保安,说,请你到财务科支取一千元现金,和这件衣服一起送给那名女工,就说是公司的一点心意。还有,你今天就到工会报到,把那一块儿的工作好好抓抓。

### /// 学写作 ///

一个核心细节,往往成为整篇文章是否成功的关键。而这篇文章的核心细节,就是通过苏保安回忆进行插叙的那个女工与小孩子的对话。如果缺乏这个核心细节,只是单纯叙述保安与经理争执这样一个事件的话,相信这篇文章的艺术效果将会大打折扣。

### /// 懂人生 ///

苏保安错了吗?是的,他错了,站在公司的角度来看,他玩忽职守,违反了公司的规章制度。但是,站在人性的角度来看,他没有错!因为他的"玩忽职守"为一个贫困的家庭带来了欢乐!在温暖的爱心与冰冷的规章之间,你会选择哪一个?相信在你的心中已有了自己的答案。

·文刀天平·

# 赵 一 枪

林朝辉

在无名县,最出名的猎手是赵肖交,他拥有百步穿杨的枪法,只要猎物进入他的视野,他就有九成的把握将猎物收入囊中,而且往往是一枪就击中猎物的要害部位,无名县的人送他一个绰号:赵一枪。

赵一枪虽然名声远扬,但打猎的过程中,他也遇上了强劲的对手——独眼狼。

这些年,赵一枪上山打猎时常会碰上那只独眼狼,独眼狼每次见到赵一枪,眼里都会迸射出令人不寒而栗的凶光。独眼狼对赵一枪如此刻骨仇恨当然有它的理由,独眼狼的那只眼睛就是被赵一枪的猎枪打瞎的。三年前,独眼狼还是一只幼狼,在山上,它碰到了猎人赵一枪,当猎人赵一枪举枪瞄准它时,它还睁着天真无邪的眼睛望着赵一枪,那时候的它压根就不知道猎人与狼究竟是什么关系。只是当枪声响起,殷红色的血从它的眼睛里溅出来时,它才明白了一切,拼命地往深山里跑,它一边跑一边发誓一定要报这个深仇大恨,也就从那天起,独眼狼与猎人赵一枪结下了冤仇。赵一枪每次打猎,独眼狼都悄悄地跟上他,好几次,猎人赵一枪都差点成为独眼狼的美食。幸亏赵一枪脑子里的弦绷得很

紧,猎枪不离手,在独眼狼朝他狂奔而来时,及时把枪口对准它。独眼狼对枪特别恐惧和敏感,一看到黑洞洞的枪口,马上转过身,风一样旋进密林之中,让猎人赵一枪无从下手。

赵一枪原先在无名县只是一个平庸的猎手,打猎的收入最多混口饭吃,可自从有了强劲对手独眼狼后,他感到自己的生命受到了威胁。赵一枪是一个有血性的猎手,他发誓一定要拿下对他虎视眈眈的独眼狼,为此,他苦练枪法,终于成了无名县最出色的猎手。

赵一枪的枪法长了,可"道高一尺,魔高一丈",独眼狼也练出了对付赵一枪的一套法子,它跑起来像一阵风,让赵一枪举着枪不知道朝哪放。

对于自己的这个凶残的对手,赵一枪费尽心机想消灭它,为此,他在独眼狼经常出没的地方设下陷阱。但独眼狼却绝顶聪明,它从来不上赵一枪的当,赵一枪对它毫无办法。

猎人赵一枪与独眼狼这些年就这样对峙着、周旋着。

那是一个细雨纷飞的黎明,猎人赵一枪刚起床,就听到凄凉但并不尖厉的狼嚎声,赵一枪一听到这熟悉的声音,一骨碌便从床上跃了起来。这声音太熟悉了,赵一枪在梦里不知道多少次听到这声音,现在的他不知道自己是在梦里还是在现实中,他踮起脚侧耳细听。

凄凉但并不尖厉的狼嚎声再次响起。

千真万确,这声音是独眼狼在赵一枪的门外发出的。

　　赵一枪顿时又惊又喜，惊的是独眼狼居然敢在大白天来到他家向他发起攻势，喜的是独眼狼现在来到他家门外，那不是自投罗网吗？看来自己与独眼狼之间的恩恩怨怨总算有了一次了断的机会。赵一枪伸出颤抖的手取下挂在墙上的猎枪，慢慢把门打开一条缝。独眼狼此时正端坐在离赵一枪不远的地方，面对从门缝里慢慢伸出的黑油油的猎枪，它没有扑上前来，更没有逃窜，而是颤抖着身子，两眼满含哀求地注视着赵一枪。赵一枪怔了怔，多年打猎的经验告诉他，独眼狼此次来，并不是来与他拼命的，而是有求于他。赵一枪举起的枪口慢慢地朝向地面，独眼狼似乎意识到猎人已有所心动，它站起身子，向门缝边走来，它边走边向赵一枪摇动着尾巴，以示亲昵之意。

　　赵一枪犹豫了一会儿，最终他还是持枪从门里走出。

　　独眼狼掉过头，示意赵一枪跟它走。

　　也许是独眼狼的真诚感动了赵一枪，他跟着独眼狼走。

　　独眼狼见赵一枪跟上它的步伐，便渐渐加快了速度……

　　在半山腰上，赵一枪听到独眼狼凄厉的哀嚎声，他赶紧走上前去，只见一头幼狼正在他昨天布下的套夹里挣扎。赵一枪的身子微微一颤，他没想到独眼狼为了救自己的崽子，会铤而走险向自己的死敌求救。

　　赵一枪的心海顿时被一股浓浓的温情所缠绕，他不假思索地解开套夹，小心翼翼地放出了在套夹里挣扎的幼狼，并在幼狼的腿上涂了自己随身带的金创药。

放走幼狼后,赵一枪的脑子里突然冒出《农夫与蛇》的故事,他打了个寒战。难道自己解救了独眼狼的幼狼之后,独眼狼真会像农夫怀里的那条蛇一样狠狠咬上自己一口？想到这儿,赵一枪警觉地把猎枪紧紧握在手里,但当他掉过头看着独眼狼时,发现自己的担心完全是多余的。独眼狼的那只独眼里不再像往日一样充满了狡诈与凶残,更多的是浓浓的亲情与爱意。它爱怜地把饱受创伤的幼狼叼在嘴上,心怀感激地望了望猎人,而后一步三回头地走进了深山密林。

当独眼狼慢悠悠地走进深山的时候,赵一枪举起了枪。

砰的一声巨响。在前方行走的独眼狼并不惧怕,因为它坚信赵一枪绝对不会在此时朝它下毒手。

赵一枪确实没有朝独眼狼射击,他只是朝天放了一枪,当回荡在森林上空的枪声逝去后,赵一枪这位铁血男儿眼里竟然涌出了两行混浊的眼泪。也就是从那天起,赵一枪挂了枪,离开了这片土地。至于他去了哪里,村里无人知晓。

/// 学写作 ///

这是一篇人物传奇式的小小说,它很成功地刻画出了赵一枪这样一个丰满、极具个性的人物形象。文中没有任何描写赵一枪衣着、外貌的词句,但是却通过"与独眼狼较量"、"救独眼狼幼儿"这两个事件很生动地把赵一枪写活了。在这样极具戏剧性的两件事中,一个枪法神奇、心地善良、极具血性的带有传奇色彩的人

物就跃然纸上了。

### /// 懂人生 ///

在竞争中,人会获得飞速成长,因为你心中时刻有着一个明确的目标。但有时,懂得释然放下,未尝不是一种幸福和快乐,因为就算是你最强劲的敌人,最凶恶狡诈的狼,也有其善良的本性,只要彼此用真诚建立起信任,那么一切便皆可释然了。

·文刀天平·

# 大　兵

梁晓声

天黑了。

暴风雪呼啸得更加狂怒。一辆客车，已经被困在公路上六七个小时。

车上二十几名乘客中，有一位抱着孩子的年轻母亲。她的孩子刚刚两岁多一点儿。还有一个兵，他入伍不久。他那张脸看去怪稚气的，让人觉得似乎还是个少年呐。

那时车厢里的温度由白天的零下三十摄氏度左右渐渐降至零下四十摄氏度左右了。车窗全被厚厚的雪花一层层"裱"严了。车厢里伸手不见五指。每个人都快冻僵了。那个兵自然也不例外。不知从哪一年起，中国人开始将兵叫做"大兵"了。其实，普通的"大兵"们，都是些小战士。

那个兵，原本是乘客中穿得最保暖的人：棉袄、棉裤，冻不透的大头鞋，羊剪绒的帽子和里边是羊剪绒的棉手套，还有一件厚厚的羊皮军大衣。

但此刻，他肯定是最感寒冷的一个人。

他的大衣让司机穿走了。只有司机知道应该到哪儿求援。可司机不肯去，怕离开车后，被冻死在路上。于是兵就毫不犹豫

地将大衣脱下来了……

　　他见一个老汉只戴一顶毡帽，冻得不停地淌清鼻涕，挂了一胡子，样子非常可怜。于是他摘下羊剪绒帽子，给老汉戴了。老汉见兵剃的是平头，不忍接受。兵憨厚地笑笑说："大爷您戴着吧！我年轻，火力旺，没事儿。"

　　人们认为他是兵，他完全应该那么做。他自己当然也这么认为。

　　后来他又将他的棉手套送给一个少女戴。

　　她接受时对他说："谢谢。"

　　他说，"不用谢，这有什么可谢的？我是兵嘛，应该的。"

　　后来那年轻的母亲哭了。她发现她的孩子已经冻得嘴唇发青，尽管她一直紧紧抱着孩子。

　　于是有人叹气……

　　于是有人抱怨司机怎么还没找来救援的人们……

　　于是有人骂娘、骂天、骂地，骂那年轻的母亲哭得自己心烦心慌……

　　于是，兵又默默地脱自己的棉袄……

　　那时刻天还没黑。

　　一个男人说："大兵，把棉袄卖给我吧！我出一百元！我身上倒不冷。可我的皮鞋冻透了，我用你的棉袄包脚。怎么样？怎么样？……"

　　一个女人说："我加五十元卖给我！他的大衣比我的大衣厚。

我有关节炎,我得再用什么护住膝盖呀……"

兵对那男人和女人摇摇头。在人们的注视下,走到那位年轻母亲身边。帮着她,用自己的棉袄,将她的孩子包起来了……

穿着大衣的几个男人和女人,都用大衣将自己裹得更紧了。仿佛,兵的举动,使他们冷上加冷了……

再后来,天就黑了。

伸手不见五指的车厢里忽然有火苗一亮:是那个想出一百元买下他棉袄的男人按着了打火机。他到兵跟前,一松手指,打火机灭了。车厢里又伸手不见五指了。

他低声说:"真的,你这兵就是经冻,咱俩商量个事儿,把你的大头鞋卖给我吧,两百元! 两百元啊!"

兵说:"这不行。我要冻掉了双脚,就没法儿再当兵了。"

他一再地央求。说哪儿会冻掉你双脚呢! 你们当兵的都练过功夫,瞧你多经冻呀! 不会的。唉,说你太傻点儿了吧! 你把大衣、棉袄、帽子和手套都白送给别人穿着戴着了,怎么我买你一双鞋你倒不肯了呢? 没人会知道你是卖给我的! 大家都睡着了,听不到咱俩这么小小声说话……

兵沉默片刻,犹豫地说:"那……如果你愿意用你那半瓶酒和我换的话,我可以考虑……"

于是他又按着打火机,回到自己的座位那儿。取来了他喝剩下的半瓶酒交给了兵……

于是兵弯下腰,默默解自己的鞋带儿……

两个互换之际,他又灌了一大口酒。好像如若不然,这种交换,在他那一方面是很吃亏的。

兵从车厢这一端,摸索着走向那一端。依次推醒人们,让所有的人都饮口酒驱寒,包括那位年轻的母亲,包括那少女。

酒瓶回到兵的手中时,兵最后将它对着嘴举了起来——只有几滴酒缓缓淌进兵的嘴里。兵感到口中一热,似乎浑身也随之热了一下……

车是被困在一条山路上的。一侧是悬崖。狂风像一把巨大的扫帚,将下坡的雪一片片扫向悬崖底谷。

于是车开始悄悄地倒滑了。没有一个乘客感到这一种不祥。

但兵敏锐地感觉到了,他下车了……

拂晓。司机引领来了铲雪车和救援的人。乘客们欢呼起来。只有一个人没欢呼,就是兵。就是那看上去怪稚气的兵,就是那使人觉得似乎还是个少年的兵。

人们是在车后面发现他的——他用肩顶着车后轮,将自己的一条腿垫在车后轮下。

他就那么冻僵在那儿,像一具冰雕。

也许,他没有声张,是怕人们惊慌混乱,使车厢内重量失衡,车向悬崖滑得更快。也许,他发出过警告,但沉睡的人们没听见。呼啸的狂风完全可能将他的喊声掩盖……

事后人们知道,他入伍才半年多。他还不满十九岁。他是一个穷困乡村的多子女的农家的长子。他的未婚妻是个好姑娘,期

待着他复员后做他的贤妻……


### /// 学写作 ///

小说围绕着棉袄、棉裤、冻不透的大头鞋、羊剪绒的帽子、羊剪绒的棉手套、羊皮军大衣这几样道具,歌颂了大兵的牺牲精神,直至最后兵不为钱财所惑,把这些御寒物品都献给了最有需要的人,并且为了顶住滑下悬崖的汽车,献出了自己的生命。如此递进式地一步步推进,把大兵那朴素的军人情怀表现得淋漓尽致。


### /// 懂人生 ///

不是只有在战场上屡立战功、轰轰烈烈地战斗的大兵才算得上是英雄,在平凡的事件中,默默地做着牺牲的大兵,也是真正的英雄! 那份无私的奉献,那份朴素的情怀,总是能让人感动得流下行行热泪。那具冰雕,就是真善美的最好见证!

·文刀天平·

# 爱心的力量

苁 蓉

丈夫在一所重点中学任教,我们便住在这所学校里,在这所学校里读书的学生大部分来自市区,家里的生活条件都很优越。

这天,来叩门的是一个女学生,目光低垂,衣着朴素。跟在她身后的是一位中年人,裤褂上都打了补丁,从眉目上看,显然是女学生的父亲。

进得屋来,父女俩拘谨地坐下。他们并没有什么事,只是父亲特地骑自行车从八十多里以外的家里来看看读高中的女儿。"顺便来瞅瞅老师。"父亲说,"农村没什么鲜货,只拿了十几个新下的鸡蛋。"说着,从肩上挎的布兜里颤颤抖抖地往外掏。丈夫正欲阻止,被我用眼色拦住了。布兜里装了很多糠,裹了十几个鸡蛋。显然,他很细心,生怕鸡蛋被挤破。

十几个鸡蛋放在茶几上,滚圆新鲜,我提议中午大家一起包饺子吃,父女俩一脸惶恐,死活不肯。吃饺子时,父女俩依然拘束,但很高兴,我也是少有的开心。等到父女俩下午要走时,我已把鸡蛋收在了碗橱里。

送出门去,我问女学生:"你的生活能维持吗?"她点点头。我又对她说:"也许你们家现在不富裕,但记住,贫困的仅仅是生活,

而不是你。别人没有权利嘲笑你!"

送走女学生和她的父亲,回屋,丈夫一脸诧异。他惊奇为什么从来都把送礼者拒之门外的我,会为十几个鸡蛋而折腰?为什么一贯不喜喧闹应酬的我,非破例要留父女俩吃饺子?

望着丈夫不解的眼神,我微微一笑,开始讲述二十年前自己经历的一件事。

在我十岁的那年夏天,父亲要给外地的叔叔打一个电话。天黑了,我跟在父亲身后,深一脚浅一脚地去十里以外的小镇邮电局。我肩上挎的布兜里装着刚从院子里梨树上摘下来的七个大绵梨。这棵梨树长了三年,今年第一次结了七个果。那天晚上,被父亲全摘下来了,小妹急得直跺脚。父亲大吼:"拿它去办事呢!"

邮局早已下班。管电话的是我家的一个远房亲戚,父亲让我喊他姨爹。进屋时,他们一家正在吃饭。父亲说明来意,姨爹"嗯"了一声,没动。我和父亲站在靠门边的地方,破旧的衣服在灯光下分外寒酸。一直等姨爹吃完饭,剔完牙,伸伸懒腰,才说:"号码给我,在这儿等着,我去看看打不打得通。"

五分钟之后,姨爹回来了,说:"打通了,也讲明白了。电话费九毛五。"父亲赶快从裤兜里掏钱。姨爹说:"放那儿吧。"我看见一张五角、两张二角的纸币和一枚五分的硬币躺在了桌子上。

父亲又让我赶快拿绵梨。不料,姨爹一只手一摆,大声说:"不,不要!家里多的是,你们去猪圈瞧瞧,猪都吃不完!"

回来的路上,我跟在父亲的身后,抱着布兜,哭了一路。仅仅因为贫穷,我们在别人的眼里好像没有自尊一样。

在以后的成长过程中,那刺眼的九角五分钱和姨爹摆手的动作一直深深藏在我心里,就像一根软鞭时时抽打着我的心。虽然它会激励我上进,但随着岁月的增长,创伤却越来越深。

是的,我喜欢今天来的这个女学生,从她身上我看到了自己当年的影子。我不会做出姨爹那样的手势,给一个女孩子的记忆抹上灰色的印疤。无论何时何地,爱心的力量总比伤害的力量大得多。

### /// 学写作 ///

作者围绕题目,用两件事给"爱心的力量"作了一番有特定含义、具体形象的诠释。从"我"热情地接待穷困的学生父女这样一个异常的举动,又经过丈夫的一个疑问,引出了深藏于我心间的一段往事,道出了我曾因贫困而受到过的冷遇,并且由此在心底造成伤害的经历。这两件事一经对比,小说的主题就显山露水了——"爱心的力量总比伤害的力量大得多"。这是一种用两件相类似的事件进行对比来阐述主题的创作手法,这种手法往往能使主题更为鲜明,使读者更受震撼。

### /// 懂人生 ///

不要轻易拒绝别人真诚的馈赠,那样你很可能就把一份信任

和爱心拒之门外了。特别是对那些贫穷的人,我们更应该热情地接受他们的一片好意,让他们感受到被信任、被需要、被公平对待,因为,贫困的仅仅是生活,而不是他们本人。

·文刀天平·

# 延安旧事

尹全生

那是一支挥洒着磅礴气势、辉煌哲思的笔,忽如瑞鹤乘风,忽如游龙入海,写完了《沁园春·雪》,写完了《实践论》《矛盾论》。然而同是那么一支笔,1937年10月9日夜,却变得艰涩了,如同沉重的犁铧,走走停停,艰难地在油灯下苦耕——那支笔是在苦耕一块板结了几千年的刑不上大夫的疆土,更是在碾压一片连触及都不忍的感情。

当笔杆颤落了一天星斗,当油灯舔着了东方云霞,406个字的一封短信总算写完,末尾是一个苍劲有力的签名,和一个不能忘记的沉重日子:1937年10月10日。

短信在当天上午转到了陕甘宁边区高等法院,法院正在陕北公学操场公审黄克功。

黄克功当时任延安抗日军政大学第六队队长,因失恋开枪打死了陕北公学女生刘茜。

黄克功可以算是红军最早的"红小鬼"了。他没枪高就参加红军,跟随毛泽东,饮弹井冈诸峰,浴血中央苏区,九死一生走过雪山草地,是身经百战的毛泽东的爱将。

参加公审大会的有一万多延安军民。法官、起诉人、辩护人、

观审人……在会场上展开了激烈的争辩——

杀人者偿命！功勋不能抵消罪恶，地位不是赦免死罪的理由！法律面前人人平等，必须判处黄克功死刑！这是法官、起诉人的意见。

一个黄毛丫头的命怎能与一个革命功臣、将领的命一般分量呢？他伤害了一条生命，可他曾经拯救过多少民众的生命？日寇侵我中华，大敌当前，对一员战将的需要难道不足以超越"杀人偿命"的原则吗？这是辩护人和大多数观审人的意见。

公审争执不休，相持不下。

面对法官，面对民众，昂首挺胸的黄克功眼睛湿润了。他请求法庭对自己执行死刑，但，希望给他一挺机枪，由执法队督押上战场，在对日作战中战死！

黄克功的请求，使法官和起诉人哑口无言。

天高云淡，寒风送雁。万人公审会场一片静穆。

就在这时，毛泽东的亲笔信送到了法庭——

黄克功过去的革命经历是光荣的，功勋卓著。但若法外施恩，便无以教育党，无以教育红军，无以教育革命者，并无以教育一个普通的人……

念完这封信，法庭当众宣布：判处黄克功死刑，立即执行！

听完宣判的黄克功向法官立正、敬礼——但抬起胳膊时意识到没戴军帽，便就势振臂高呼，高呼他的党，万岁！他的领袖，万岁！然后迈开大步走向刑场，如同满怀信心地去执行一项任务……

延安的老百姓不懂什么"法律",什么叫"明镜高悬",但他们会唱歌,他们唱"解放区的天是明朗的天",唱得最动情、最起劲,唱得热泪盈眶。

据说毛泽东一生只流过两次泪,一次是为他牺牲在朝鲜的儿子流的,另一次是在处决黄克功的枪声响起的时候流的。他反复嘱咐:一定要为黄克功买口上好的棺材!

延安哪!

黄克功被埋在延安,埋在延安宝塔山的南面。

真的被埋了吗?

### /// 学写作 ///

小说的开篇就极具特色,从笔及与笔有关的动作切入故事,显得十分简洁自然,然后又通过毛泽东没有以情枉法,而是忍痛下令公正处决爱将黄克功的事件,从侧面显现出了毛泽东公正严明、克己奉公的领袖风范。这种创作手法,相比起花大量的笔墨正面歌颂毛泽东的伟大高尚要简洁、真实、感人得多,特别适用于篇幅短小的小小说文体刻画人物时使用。

### /// 懂人生 ///

在法律面前,人人平等,因为人的生命是平等。虽然我们很难保证事事公平,但是我们必须要做到事事公正。毛泽东的铁

面无私,就告诉了我们这样一个道理,不能因为一个人而改变整个国家的法律制度,不能因为个体的原因而毁了整个社会的和谐。

·文刀天平·

# 我要画什么……

翟琮

　　五个一年级的小学生坐在公园的草地上。三个男孩,两个女孩,沐浴着初冬温暖和煦的阳光。

　　他们在一起看了一本十分有趣的连环画:《神笔马良》。讲的是一个叫做马良的孩子,得到了一支神笔。他画什么,什么就变成真的了。画的公鸡,会啼叫;画的犁头,能耕地……多带劲儿啊!

　　"要是我也有一支神笔,就好了!"卷发的小曼说。

　　"不可能。"戴着近视眼镜的周明,俨然像一个大人,他的父亲是省里出版社的编辑。他说:"那是神话!"

　　"假如嘛……"翘鼻子沉沉说。

　　"对。假如要有一支神笔,画什么呢?"刚剪了个运动头,男孩似的张小丽眨巴着一对大眼睛。

　　"只准画一次。行不?"王斌做出了一个握笔的姿势,非常认真地提议说。

　　小朋友都沉思了一会儿。又几乎异口同声地说了起来。

　　"我要画一张崭新的办公桌。上次我去交作业,看见吴老师的桌子当中,裂了一个大口子……"这是小曼的声音。

"听我说,我要给我们小足球队画一个大球场。像世界杯赛那样的。"沅沅没听完小曼的话,就抢着说道。

"我呀,"周明慢条斯理地说,"要画一个凉篷,给大街上的民警叔叔遮风挡雨。"

"我什么都不画,就给妈妈画一台又会洗、又会拧、又会烤干的全自动洗衣机。她太辛苦了……"王斌说话像打机关枪。

轮到张小丽说了。

"我……"她欲言又止。

"说呀,你!"大家着急地催她。

"我要画好多、好多双眼睛……"张小丽深情地接着说下去,"送给我爸爸、妈妈的工友们。"

小同学们静了下来。都在想,假如真有一支神笔,又只能画一次,一定先让小丽画。因为,大家都知道,她的爸爸、妈妈在街拐角的工厂做工……

那里,是市里办的盲人工厂。

### /// 学写作 ///

作者用几个孩子简单的对话,就把一份天真、纯美的主题显现出来了。当孩子也能够想到帮助别人时,那么最简单的想法也能感人肺腑。因此,很多时候,我们可以借助儿童世界来赞美人的心灵,来表达自己对世界美好的祈愿。

### /// 懂人生 ///

儿童的心灵是纯洁、稚美的,他们幼小的心灵,总藏着一份稚拙却动人的爱心。孩子尚且如此,作为成人的我们,难道不应该更懂得发扬真善美吗?

·文刀天平·

# 第二辑

## ～活着的众生相～

　　他们活着，活在小说里，活在现实中。他们，正以各自的存在方式，向我们展示关于生活态度、人性情欲的意义所在。尔后，我们经过生活的洗礼，就读懂了这些关于激情、迷惘、压抑、爆发、真诚、依恋、骄傲、自卑、莽撞、放纵……这一切人性的内容，并获得自己的人生信仰和理想。

# "诺曼底"号遇难记

[法国]雨果 文　张汉钧 译

1870年3月17日夜晚,哈尔威船长照例走着从南安普敦到格恩西岛这条航线。大海上夜色正浓,薄雾弥漫。般长站在舰桥上,小心翼翼地驾驶着他的"诺曼底"号。乘客们都进入了梦乡。

"诺曼底"号是一艘大轮船,在英伦海峡也许可以算得上是最漂亮的邮船之一了。它装货容量六百吨,船体长二百二十尺,宽二十五尺。海员们都说它很"年轻",因为它才七岁,是1863年造的。

雾愈来愈浓了,轮船驶出南安普敦河后,来到茫茫大海上,相距埃居伊山脉估计有十五海里。轮船缓缓行驶着。这时大约凌晨四点钟。

周围一片漆黑,船桅的梢尖勉强可辨,像这类英国船,晚上出航是没有什么可怕的。

突然,沉沉夜雾中冒出一枚黑点,它好似一个幽灵,又仿佛一座山峰。只见一个阴森森的往前翘起的船头,穿破黑暗,在一片浪花中飞驶过来。那是"玛丽"号,一艘装有螺旋桨推进器的大轮船,它从敖德萨起航,船上载着五百吨小麦,行驶速度非常快,负载又特别大。它笔直地朝着"诺曼底"号逼了过来。

眼看就要撞船，已经没有任何办法避开它了。一瞬间，大雾中似乎耸起许许多多船只的幻影，人们还没来得及一一看清，就要死在临头，葬身鱼腹了。

全速前进的"玛丽"号向"诺曼底"号的侧舷撞过去，在它的船身上剖开一个大窟窿。

由于这一猛撞，"玛丽"号自己也受了伤，终于停了下来。

"诺曼底"号上有二十八名船员，一名女服务员，三十一名乘客，其中十二名是妇女。

震荡可怕极了。一刹那间，男人、女人、小孩所有的人都奔到甲板上，人们半裸着身子，奔跑着，尖叫着，哭泣着，惊恐万状，一片混乱。海水哗哗往里灌，汹涌湍急，势不可当。轮机火炉被海浪呛得"嘶嘶"地直喘粗气。

船上没有封舱用的防漏隔墙，救生圈也不够。

哈尔威船长，站在指挥台上，大声吼喝："全体安静，注意听命令！把救生艇放下去。妇女先走，其他乘客跟上，船员断后。必须把六十人救出去。"

实际上一共有六十一人，但是他把自己给忘了。

船员赶紧解开救生艇的绳索。大家一窝蜂拥了上去，这股你推我搡的势头，险些儿把小艇都弄翻了。奥克勒福大副和三名工头拼命想维持秩序，但整个人群因为猝然而至的变故简直都像疯了似的，乱得不可开交。几秒钟前大家还在酣睡，蓦地，而且，立时立刻，就要丧命，这怎么能不叫人失魂落魄！

就在这时,船长威严的声音压倒了一切呼号和嘈杂,黑暗中人们听到这一段简短有力的对话:

"洛克机械师在哪儿?"

"船长叫我吗?"

"炉子怎么样了?"

"海水淹了。"

"火呢?"

"灭了。"

"机器怎样?"

"停了。"

船长喊了一声:

"奥克勒福大副?"

大副回答:

"到!"

船长问道:

"还有多少分钟?"

"二十分钟。"

"够了,"船长说,"让每个人都下到小艇上去。奥克勒福大副,你的手枪在吗?"

"在,船长。"

"哪个男人胆敢在女人前面,你就开枪打死他。"

大家立时不出声了。没有一个人违抗他的意志,人们感到有

一个伟大的灵魂出现在他们的上空。

"玛丽"号也放下救生艇,赶来搭救由于它肇祸而遇难的人员。

救援工作进行得井然有序,几乎没有发生什么争执或殴斗。事情总是这样,哪里有可卑的利己主义,哪里也会有悲壮的舍己救人。

哈尔威巍然屹立在他的船长岗位上,指挥着,主宰着,领导着大家。他把每件事和每个人都考虑到了,面对惊慌失措的众人,他镇定自若,仿佛他不是给人而是在给灾难下达命令,就连失事的船舶似乎也听从他的调遣。

过了一会儿,他喊道:

"把克莱芒救出去!"

克莱芒是见习水手,还不过是个孩子。

轮船在深深的海水中慢慢下沉。

人们尽力加快速度划着小艇在"诺曼底"号和"玛丽"号之间来回穿梭。

"快干!"船长又叫道。

二十分钟到了,轮船沉没了。

船头先下去,须臾,海水把船尾也浸没了。

哈尔威船长,他屹立在舰桥上,一个手势也没有做,一句话也没有说,犹如铁铸,纹丝不动,随着轮船一起沉入了深渊。人们透过阴惨惨的薄雾,凝视着这尊黑色的雕像徐徐沉进大海。

哈尔威船长的生命就这样结束了。

在英伦海峡上，没有任何一个海员能与他相提并论。

他一生都要求自己忠于职守，履行做人之道。面对死亡，他又运用了成为一名英雄的权利。

### /// 学写作 ///

小说通过描写一次海难事故，集中突出了一个英雄人物的形象——哈尔威船长。文中不乏对惊险场面的再现性描写，品读此文能让我们随着情节的推进而紧张，并为人物的命运担忧，如此就使得读者内心与故事情节产生共振，形成阅读快感。另外，小说在人物刻画方面，以语言描写为主，特定环境下的人物语言是人物性格的一面镜子，小说通过简短有力的语言节奏描写，成功地把先人后己、果敢镇定的船长展示在读者面前。

### /// 懂人生 ///

强者，是在危难中仍然能够镇定从容的人；强者，是那些具有自制力的人；强者，更是具有先人后己、视死如归的奉献精神的人。强者的魅力不仅仅是通过自己的能力体现出来，更多时候是从他对人类的贡献中体现出来。

·丘永金·

# "水手长，接替我！"

[美国]奥斯卡·希斯高尔 文　徐永健 译

　　我一小时又一小时地拿着枪面对着其余九个水手。在海上漂流二十天的大多数时间里，我一直坐在救生艇尾，把他们全都制约起来。要是开枪的话，在这么近的距离之内肯定命中。他们也意识到这一点，谁也不敢贸然地袭击我。不过，从他们愤怒的目光看出来，他们都憎恨我。

　　特别是巴雷特，他当过水手长。他用沙哑的声音说："斯奈德，你是个笨蛋。你，你无法坚持下去的！你现在半睡半醒啦！"

　　我不哼声。他说得对。一个人能坚持多久不睡觉？在大约七十二小时里，我不敢眨一下眼睛。我现在快要打瞌睡了，霎时间他们就会向剩下的那丁点淡水扑去。

　　最后的一壶淡水就放在我双脚下。也许只有一品脱。也许只够每人几口而已。尽管如此，从他们充满血丝的眼睛可以看出来，为了那几口水他们可能杀掉我。作为一个男子汉，我顾不得那么多。我再也不是失事的蒙塔拉号的三副了。我不过是阻止他们渴望得到淡水的一枝枪。而他们都舌头肿胀双颊凹陷，有点疯了……

　　我判断我们肯定在离阿森松岛约两百英尺处。现在暴风雨

过了,大西洋滚滚的浪涛变得平缓了,早晨的阳光炎热,热得灼人。我的舌头肿得足以把喉咙塞住。我多么希望用我的余年来换取一口淡水啊。

然而,我是个带枪的人,救生艇上唯一的权威。我知道:一旦把水喝光,那我们就会一无所望,只有等死。只要我们能期望得到一点水,我们就有生的希望。我们非得使这种期望尽量持久。要是我对咒骂和咆哮让步,要是我不挥舞手枪的话,我们几天前就把最后一壶淡水喝光。现在我们全都死了。

水手们不划桨了。他们早就没力气继续划桨。我面对着的九个水手看来像一群满脸胡子、衣衫褴褛、半裸体的野人,我的模样也和他们一样。

他们不是盯着我的脸,就是盯着我双脚下的那壶淡水。杰夫·巴雷特靠我最近,威胁最大。他个头大,秃顶,脸上有伤疤,一副凶相。他身经百战,每战都给他留下了印记。巴雷特睡过了——事实上,他大半个晚上都在睡——我真羡慕他的福分。他已经不困,那双眼睛一直眯成一条缝威胁地盯着我。

他时而用他那沙哑的破嗓子奚落我:

"你为什么不认输? 你无法坚持下去的!"

"今天晚上,"我说,"我们今天晚上就分享剩下的淡水。"

"到今天晚上我们有些人就死啦! 我们要现在喝!"

"今天晚上。"我说。

难道他不明白,要是我们等到晚上才喝的话,我们就不会出

汗出得那么快吗？不过，巴雷特是情有可原的，干渴已经使他神经错乱。我发现他要站起来，眼睛已流露出他的企图。我用枪对准他的胸膛，他又坐下来了。

二十天前，就在奔向救生艇时，我出于本能急速地抓起我那枝德国制造的鲁格尔半自动手枪。除此以外再也没有什么办法能够使巴雷特和其他人把那点淡水保住。

这班笨蛋竟然不理解我也像他们一样渴望喝上一点水吗？不过我在这里是个指挥，仅此不同而已。我是个带枪的人，是个不能不思考的人。其余的每个人只想到自己；我却非得想到整个集体不可。

巴雷特双眼依然盯着我，等待着。我憎恨他。我特别恨他已经睡过。他现在处于优势。他不会昏倒。

早在正午前，我就知道自己已经再也没有力气跟谁搏斗，我的眼睑已经疲倦得抬不起来了。当救生艇随着波浪起伏时，我昏昏欲睡，头也不知不觉地垂下……

巴雷特监视着我。后来我连枪也拿不住了，模模糊糊地猜测将会发生的事情。他肯定会头一个抓住水壶狂饮，其余的人会跟着他歇斯底里地嚎叫拉扯，而他只好同意分享。唉，我对此再也无能为力了。

我轻轻地说："水手长，接替我。"

接着我便脸朝下跌到船舱底里……

当一只手摇我的肩膀时，我连头也抬不起来。杰夫·巴雷特

用沙哑的嗓音说:"来! 喝口水!"

我莫名其妙地用双手撑起虚弱的身体,看着水手们,但我感到自己双目蒙眬,只能隐约见到一些人影。后来我才意识到不是我的眼睛不行,而是夜幕降临。海洋一片漆黑,头顶繁星闪烁。

现在已经是我们在海上漂浮的第二十一夜了——当夜我们终于得到不定期货船"格罗汤"号搭救——不过当时我看到巴雷特时,还不能从他身上得到什么遇救的迹象。他跪在我身旁,一只手拿着淡水壶,另一只手稳稳握住枪对着其他人。

我凝视着水壶,仿佛它是个幻景。难道他们今天早晨没喝光那点淡水吗?当我仰望巴雷特那副可憎的脸孔时,它显露出冷酷无情。他肯定猜透了我的心思。

"你说过:'水手长,接替我',对吗?"他咆哮着说,"我整天都制约着这班野人,"他手中一直拿着那枝鲁格尔半自动手枪。"当你是领班,"他局促不安地露齿笑着说,"当指挥,就要对其他人负责,你看问题就不能一般见识,对吗?"

### /// 学写作 ///

在小说写作中,人物的神态、动作及心理描写必须符合人物所处的环境,这样可以使小说真实可感,并能制造出现场感,让读者融入作品中。文中通过对水手长巴雷特的眼神、外貌的传神描写,非常契合当时充满火药味、高度紧张、一触即发的场景,配以引导故事发展的心理独白,把主人公在危难中的理智、品质、能力

等都表现了出来,颇能给人一种震撼。

### /// 懂人生 ///

"屁股决定脑袋"。身下的位置决定一个人该怎么思考、该承担什么责任。也只有跳出自己当下位置的局限,我们才能更清楚更理性地看待问题。当我们也面对这一瓶这样的象征着众人生存希望的救命之水时,我们能否克制住自己的私欲呢?我们是否也能勇担责任呢?

·丘永金·

# 迟到的候选人

王金明

开会时间已到,该来的人都来了,唯独不见设备科长俞真。不少人替他捏着一把汗。大家都知道新厂长时间观念特别强,讲究效率,况且今天的会又非比寻常,工业局长亲自参加,几名候选人要当着全体管理人员的面发表"就职演说",听凭大家品头论足,然后由新厂长和局长从这些竞选者里挑出一人担任副厂长。因此,会上留给新厂长和局长什么印象,是带有决定性的。

其他几名候选人都早早地来了。此刻,他们有的和身边的人交谈,以稳定情绪;有的翻阅自己的讲稿和《企业管理》,做更充分的准备……这几位都是厂里的中层干部,年轻有为,各有所长。一场紧张的竞争迫在眉睫。

"怎么俞真还没有来?"新厂长不耐烦地问秘书小张。

"我今天上午还通知过他。"

新厂长脸色一沉,扫了一圈会场。

一个戴眼镜的年轻人站起来说:"中午吃饭的时候,我见他在二车间。"

厂长把疑问的目光投向坐在竞选人席上的二车间主任。

"进口主机出了故障,我也是刚从那里来。"二车间主任下意

识地翻了翻手里的讲稿。

"我约他来开会,他说你们先开吧,顾不了那么多了。"

"临来时我也叫过他,他连头也不抬。"竞选席上的技术科长用棉纱擦着手里的油污,插了一嘴。显然,他也是刚从二车间来。

"我看可以再等等嘛。"一直没有说话的局长发表了意见。

新厂长点了点头。他们两人严肃的表情,使那些替俞真捏把汗的人有一种不祥的预感。

整整过了四十分钟,俞真满头大汗地闯进会议室,左颧骨上还有一块没来得及擦去的油斑,模样令人发笑。

"怎么,你们还没有开始?"俞真一边擦汗一边不安地说,"耽误大家这么长时间,真对不起。"

新厂长板着脸冷冷地问道:"这个会议的重要性你知不知道?"

"知道。"

"我一再要求准时参加,你难道不知道时间就是财富吗?"

"知道。我还知道,主机停一个钟头,厂里就要损失一千四百四十二元!我没有权利把人民币白白地扔掉。"

厂长和俞真的口气都很强硬,看来,人们的担心马上就要成为现实:俞真的竞选还未开始就要结束了。

厂长侧过脸和局长交换了一下目光,局长会意地点点头。厂长突然站起来大声宣布:"现在散会!"

一下子人们全都怔住了,就连俞真也感到迷惑不解。

　　在人们诧异的目光中,新厂长和局长并肩走出会议室。他俩轻松地低声交谈,副厂长人选仿佛已胸有成竹。

### /// 学写作 ///

　　对小说而言,一个带有悬念的题目就是一个抓住读者的最佳"武器"之一。这篇小说的题目本身就提出了一对矛盾:迟到和候选。这两个似乎不能统一的词同时出现,很容易激起读者的阅读兴趣,进而融入作品中。这样作品中的人物也就水到渠成地成为关注的重点。再在小说中加入关于人物的悬念,人物品质和形象便深入读者的内心了。

### /// 懂人生 ///

　　先做人,后谋事。公益心,是我们必须拥有的东西,这是一种品质,也是一种义务。一个不顾公共利益、不懂珍惜资源而只一味想着自己利益的人,是无法赢得别人的信任和尊重的。

·丘永金·

# 高　手

胥得意

在高手林立的连队,指导员打起乒乓球来实在算不上一位高手。无论是干部还是战士,都能拿他开刀。开始大家还讲,指导员刚来,是在给我们留面子。时间久了,官兵们就知道了,指导员的技术就是那个样子。

打球时赢球的一方总是会感到很快乐,指导员到连队不久就得了一个绰号——快乐大本营。战士们叫的。

指导员是从机关下到连队来的,人很沉稳,不爱太多言语,但那双眼睛总像是在观察着周围的一切。后来,在会上,他就讲,连队有一些事情不太合理,规定不太科学,是不是可以改一下。当时就有老兵站出来反对,这么两年,连队就是这样过来的,不也很好吗,改啥改。指导员就不再作声。

指导员有空了还是去和大家打球。结果还是和以前一样,打一场输一场,打两场输两场。他的脸上从来没表现出一点点的不高兴来,还是笑呵呵地冲战士喊:我不服! 再来一局!

战士们一点点喜欢上了指导员,因为只要自己心情不好了,或是挨批评了,找指导员打上一局就会好受得多。那个时候,他们会把所有的气发泄到打球当中。看到把指导员打得找不到球

的狼狈样，战士们心里就会涌上一股莫大的满足。尤其是指导员把球高高地放过来，一个挥拍猛扣，球"啪"的一声击中球台，一下反弹出界，指导员够也够不着，只好望球兴叹时，真是一种说不清道不明的快乐。

指导员对球的热情和对待战士们的热情一同在上升着。银色的乒乓球或是金色的乒乓球在指导员和战士之间你来我往地跳跃，击中球台时那一声声清脆的响声，俨然一支和谐的曲子，在唱颂着官兵友爱的情谊。因为打球通常是在双休日进行，指导员就很少回家了。时间一久，指导员就对妻子说双休日你干脆到连队看球算了。妻子想想也是，就悄悄地到了部队，她想看一看到底是什么吸引住了指导员。

指导员全然不顾这些，依然和战士打他的球。他妻子在活动室却看着看着就着了迷。原来当个球迷也很有意思，能因一个好球跳起来叫好，也能为一个擦边球而不停地惋惜。和指导员妻子看球的战士慢慢地学会了和她一同评球。指导员妻子讲的最为经典的评论是对指导员讲的。她说，你的对手每发出的一个球都像连队的一个难题，这个难题不是解不了，而是看你接发球的能力如何。听完这些话，指导员的眼珠差一点儿从眼眶里掉出来，没想到妻子能看出这么多门道来。

连队的赛事打得久了，指导员就对大家提议，总这样打也不行，干什么都要有个规矩，我们订个打球计划，再在活动室挂个守则什么的。战士们想想说行，要不然有时打球是很乱。指导员还

是和战士们在一起不停地打，还是没赢过战士一回。这样一来，以前只有一些高手打球的局面变了。全连官兵不论会与不会打球的都敢摸球拍了。因为他们相信只要上场，就能赢球，赢球当然就乐了。何况，赢的是连队的指导员。

在指导员打球的过程中有很多老兵劝指导员，告别乒坛吧，总赢不了还有什么意思。指导员一本正经地说，那不行，怎么能因为赢不了就不玩了呢。人活着得有一口志气，我就不信我一次也赢不了。战士们的话虽是那样说，可他们还是愿意和指导员在一起打球。因为指导员和他们打球认真，丝毫也不懈怠，这就是对他们的尊重。

在指导员到连队的那个年底，连队很多不好的习惯都改了过来。

一次团长到连队检查，看见指导员和兵们在热火朝天地打球。团长问身边的一个老兵，你们连谁是高手。老兵笑着指指指导员。团长向指导员望过去时，计分员正在响亮地报着比分。

团长又问那个老兵，现在是你们指导员输呢，你怎么还说他是高手？

老兵只是笑，不语。

### /// 学写作 ///

本文巧妙地运用了对比手法，通过对连队指导员乒乓球技术的平庸与战士们球技的高超之间的对比，指导员来连队前后战士

们生活习惯的变化对比，以及文末老兵意味深长的表现，来描写一位平易近人、指导有方的连队指导员的形象。通篇语言于轻松、诙谐之中见哲理，让人读了之后大受启发。

### /// 懂人生 ///

做任何一件事情，只要你认真对待、全身心投入，也可以从中领悟出一些道理。于同一件事情中发现改变生活的方法，就是一种智慧。因为，看似简单重复的事情，其实它的背后总会潜藏着一些规律，等着我们去发现。

·丘永金·

# 施　舍

[印度]林中花 文　黎宇 译

拉哈布·萨卡尔昂着头,大步地走着。他没带遮阳伞,对灼人的烈日毫不在意。拉哈布恪守自己的处世原则,他天生一副傲骨,不屈从任何人和事。他尽自己的能力帮助别人,却从不指望得到旁人的任何恩惠,追求的只是一辈子活得有尊严、有骨气。

拉哈布正走着,一个黄包车夫来到他身边。车夫摇着铃铛,问道:"先生,您要车吗?"拉哈布转过头去,发现那个人瘦得皮包骨头,目光里似乎包含着贪婪的神情。"只有那些没人性的家伙才会以人力车代步。"这是拉哈布坚定不移的观点。因此,他一辈子连轿子都没坐过一回,认为那简直就是犯罪。他用那粗布缝制的甘地服①的袖子擦了擦额头上的汗珠,连声说道:"不,不,我不要。"一面继续走自己的路。

黄包车夫拉着车子跟在他后面,一路不停地摇铃,突然间,拉哈布的脑子里闪出一个念头:也许拉车是这个穷汉唯一的生存手段。拉哈布是个有学问的人,许多概念——资本主义、平等、穷苦人、上帝、劳动分配、农村的赤贫、工业、封建主义等等,片刻之间都闪进了他的脑海。他又一次回头看了看那黄包车夫——天哪,他是那样面黄肌瘦! 拉哈布心里顿时对他生出了怜悯之情。

黄包车夫摇着铃铛，又招呼拉哈布道："来吧，先生！我送您，您要去哪里？"

"去希布塔拉。你要多少钱？"

"六便士。"

"好吧，你跟我来！"拉哈布·萨卡尔继续步行。

"请上车，先生。"

"跟我走吧！"拉哈布加快了脚步。

拉黄包车的人跟在他后面小跑。时不时地，拉哈布回头对车夫说："跟着我！"

到了希布塔拉，拉哈布·萨卡尔从衣兜里掏出六便士递给黄包车夫，说："拿去吧！"

"可您根本没坐车呀。"

"我从不坐黄包车。我认为这是一种犯罪。"

"啊？可您一开始就该告诉我！"车夫的脸上露出一种鄙夷的神情。他擦了擦脸上的汗，拉着车子走开了。

"把这钱拿去吧，它是你应得的！"

"可我不是乞丐！"黄包车夫拉着车，消失在街的拐角处。

① 20 世纪 30 年代，印度人抵制英国货，响应甘地的号召，穿一种用家织粗布缝制的服装，称为甘地服。


/// **学写作** ///

这是一篇语言简练而又富含哲理的小小说。文中用不同的

笔法,塑造了两个不同阶层、有着不同立场的鲜明的人物形象。对拉哈布·萨卡尔的描写,作者借助说明性的描写以及心理描写;而对于黄包车夫的描写,则通过侧面的外貌描写和简短的语言描写,对不同的人物采取不同的描写方式,各有所侧重,这样会令人物性格特征更鲜明,同时,富于哲理的对话,也有着令人思考的空间。

### /// 懂人生 ///

穷人也有穷人的尊严和人格,而即使是最低下的乞丐,也还有自己的尊严。没有人会喜欢带有侮辱性的施舍,或者根本就不喜欢被人施舍。生活中,我们不要以自己的想法、处世方式强加于人。因为,或许别人并不是你所想的那样。

·丘永金·

# 苏　七　块

冯骥才

　　苏大夫本名苏金伞，民国初年在小白楼一带，开所行医，正骨拿环，天津卫挂头牌。连洋人赛马，折胳膊断腿，也来求他。

　　他人高袍长，手瘦有劲，五十开外，红唇皓齿，眸子赛灯，下巴颏儿一绺山羊须，浸了油似的乌黑锃亮。张口说话，声音打胸腔出来，带着丹田气，远近一样响，要是当年入班学戏，保准是金少山的冤家对头。他手下动作更是"干净麻利快"，逢到有人伤筋断骨找他来，他呢？手指一触，隔皮截肉，里头怎么回事，立时心明眼亮。忽然双手赛一对白鸟，上下翻飞，疾如闪电，只听"咔嚓咔嚓"，不等病人觉疼，断骨头就接上了。贴块膏药，上了夹板，病人回去自好。倘若再来，一准是鞠大躬谢大恩送大匾来了。

　　人有了能耐，脾气准各色。苏大夫有个各色的规矩，凡来瞧病，无论贫富亲疏，必得先拿七块银元码在台子上，他才肯瞧病，否则绝不搭理。这叫嘛规矩？他就这规矩！人家骂他认钱不认人，能耐就值七块，因故得个挨贬的绰号叫做：苏七块。当面称他苏大夫，背后叫他苏七块，谁也不知他的大名苏金伞了。

　　苏大夫好打牌。一日闲着，两位牌友来玩，三缺一，便把街北不远的牙医华大夫请来，凑上一桌。玩得正来神儿，忽然三轮车

夫张四闯进来,往门上一靠,右手托着左胳膊肘,脑袋瓜淌汗,脖子周围的小褂湿了一圈,显然摔坏胳膊,疼得够劲。可三轮车夫都是赚一天吃一天,哪拿得出七块银元。他说先欠着苏大夫,过后准还,说话时还哼哟哼哟叫疼。谁料苏大夫听赛没听,照样摸牌看牌算牌打牌,或喜或忧或惊或装作不惊,脑子全在牌桌上。一位牌友看不过去,便手指指门外,苏大夫眼睛仍不离牌。"苏七块"这绰号就表现得斩钉截铁了。

牙医华大夫出名的心善,他推说去撒尿,离开牌桌走到后院,钻出后门,绕到前街,远远把靠在门边的张四悄悄招呼过来,打怀里摸出七块银元给了他。不等张四感激,转身打原道返回,进屋坐回牌桌,若无其事地接着打牌。

过一会儿,张四歪歪扭扭走进屋,把七块银元"哗"地往台子上一码。这下比按铃还快,苏大夫已然站在张四面前,挽起袖子,把张四的胳膊放在台子上,捏几下骨头,跟手左拉右推,下顶上压,张四抽肩缩颈闭眼龇牙,预备重重挨几下,苏大夫却说:"接上了。"当下便涂上药膏,夹上夹板,还给张四几包活血止疼口服的药面子。张四说他再没钱付药款,苏大夫只说了句:"这药我送了。"便回到牌桌旁。

今儿的牌各有输赢,更是没完没了,直到点灯时分,肚子空得直叫,大家才散。临出门时,苏大夫伸出瘦手,拦住华大夫,留他有事。待那二位牌友走后,他打自己座位前那堆银元里取出七块,往华大夫手心一放,在华大夫惊愕中说道:

"有句话，还得跟您说。您别以为我这人心地不善，只是我立的这规矩不能改！"

华大夫把这话带回去，琢磨了三天三夜，到底也没琢磨透苏大夫这话里的深意，但他打心眼儿里钦佩苏大夫这事这理这人。

### /// 学写作 ///

要成功刻画一个丰满的人物，就要从人物的一言一行、穿衣打扮、身体特征等挖掘其独一无二的个性特点，并从一系列的细节、事件描写来展现人物最深层的性格及行为特征，使其亲切可感，形象生动。本篇小说就是通过苏七块治病时独特的治疗手法这个细节，以及求医者没带钱而被拒医治这一个事件来表现苏七块怪异的脾气。如此，一个清晰独特、个性丰盈的人物形象就展现在读者面前了。

### /// 懂人生 ///

"无规矩不成方圆。"每个人都有自己的处事原则。不到迫不得已的情况，都不要轻易地放下自己的原则，"违规"办事。在大多数时候，正是因为我们坚持自己的原则，才能更好地为人们所认同。

·丘永金·

# 捉 鳖 大 王

孙方友

陈州多湖,湖内多鳖,屡捉不尽,便造就出一批捉鳖能手。刘二就是远近闻名的捉鳖大王。

世间凡事称王者,必有绝技。刘二捉鳖,一是眼真,二是手准。他先把自己变成了一只"鳖",知其行,懂其道,手到擒来,可谓神奇之极。

鳖,食居有规律。夏天浅水滩,冬天暖水窝。夏天头仰起,秋季头朝里。刘二能按照不同的季节寻出那仅露一点儿的鳖头或鳖鼻——冬春二季寻鳖鼻,夏秋之际找鳖头。有人说他能闻出鳖味儿来,相传有所失真,但无论冬夏春秋,皆逃不脱他的火眼金睛这一点儿无疑。鳖还有向阳向绿之脾性,更有"两不卧"之习——不卧污泥窝,不卧石头窝,一般爱卧在清水浅沙处和多螺蛳的绿色水草下。一看便准,刘二就蹑手蹑脚。出手如箭,一举之劳,鳖便成了瓮中之鳖。

刘二能日捉几十只,自然称得起"王"。

鳖称团鱼,又叫甲鱼,味鲜美,能壮阳延寿。吃鳖吃鲜,死鳖吃不得。尤其被蚊虫叮死的更不可食。因而有捉鳖难放鳖更难之说。刘二家特备养鳖池,池内有浅沙,捉了便放进去,冬夏皆有

鲜货。

刘二不但卖鲜团鱼，也出售团鱼汤。刘氏团鱼汤，肉色鲜活，味美别致，堪称陈州一绝。刘氏团鱼汤不在街上出门面，更不挂招牌，只在家中做。若有人前来订汤，他便到鳖池内捉出一只，用草戏出鳖头。一刀剁了，放入热水中，褪去鳖衣，掀开鳖甲，取出五脏，只留苦胆。刀解数块后，把胆汁搦进肉里，然后爆炒。等五味"吃"进肉里，方添水烧汤，顿时满屋异香。

据传鳖之最贵处便是这股异香和鳖裙，因而刘家人皆长寿。

大凡来陈州的官员或贵客，除去品尝蒲根儿外，更不忘喝一顿刘氏团鱼汤。每每酒过三巡，刘二便按时送来了鲜汤。客人盛情不过，敬酒三杯。刘二也不客气，一气喝干，双手抱拳晃一周说："见笑!"然后便端起托盘出门，并不急走，直等满棚赞誉声起，方心满意足回家忙活。

刘氏生意极红火。

这一年，陈州沦陷。一日本大佐听说刘二汤绝。便派人命令其日送一汤。刘二应下，做了，端汤直送宪兵队部。那大佐正在院里纵使狼狗撕一个女人的衣服。那女人惧怕地惊叫着。大佐哈哈大笑，双目放出淫光，直盯那女人雪白的奶子……刘二面色苍白，双腿禁不住地打颤，鳖汤溢了一托盘。

日本大佐见刘二送汤来了，便止了狼狗，放刘二进他的卧室。刘二余惊未消地放了汤，正欲回走，突然被大佐喝住。那大佐的鹰眸时而盯汤，时而盯着刘二那苍白的脸，突然冷笑一声，命

人从食堂内端出两只碗,把鳖汤一分为二,指着其中的一碗命令刘二道:"你的,先喝!"

刘二擦了一把被吓出的汗水,端汤先喝了。好一时,大佐方喝,喝毕,伸出拇指对刘二说:"汤的大大的好!你的良民大大的!"

刘二如万针刺心。

即日起,刘二每天皆来送汤,照例是一分为二,他先喝,大佐后喝。

大佐喝过鳖汤,精力旺盛,杀人作乐,强奸妇女,无恶不作。

街人大骂刘二,说他用鳖汤养肥了一只狼。这只狼杀人成性,南京大屠杀时曾砍卷刃三把柳叶刀。刘二对狼如此孝敬,可见是一条没有血性的叭儿狗!

此后,再没人去刘家订汤。

刘二有苦难诉,仍得垂着眼皮去送汤,每日一次,从不敢怠慢。

这一天,刘二照例前来送汤。大佐照例一分为二,刘二先喝,大佐后喝。没想半夜时分,大佐七窍流血,一命呜呼。宪兵队第二天才发现大佐身亡,便火速捉拿刘二。谁知到了刘家,刘二也早已七窍流血,命丧九泉了……

据陈州人说,刘二为寻这种慢性剧毒药,曾送人二十只大团鱼。

### /// 学写作 ///

小说和前一篇《苏七块》一样，都是描写一个带有传奇性的人物，他们都拥有一项高超的技能，脾气怪异，行为怪诞，与众不同。而在这篇小说中的刘二则除了拥有能称"王"的本领外，还出人意料地做出了毒杀日本军官的英雄壮举，这样就进一步增添了人物的传奇色彩，其不但"怪异"，而且还被赋予了历史和民族的内涵，深化了小说的主题。

### /// 懂人生 ///

小不忍则乱大谋，凡事讲究个明智的做法。当你认定了一件值得去做的事情后，即使旁人不认同你甚至是恶语相向，你也要沉得住气，默默地着手准备，终究会有得手的一天的。

·丘永金·

# 领　悟

潘　格

玉莲,玉莲!

有一天,小米对门的邻居老王这么叫他爱人的时候,小米忽然听到了这个名字,她笑着告诉先生,你知道吗,对门的女人叫玉莲。

先生说,这有什么好笑的,很好听的名字啊。小米说,这下你知道那个女人为什么总是爱摆弄些劣等花花草草了吧? 知道她为什么买那么干瘪的小葱,那么多黄叶子的青菜了吧? 就因为她这名字。你想,一个名字都这么土气的女人,怎么可能懂得过别致的生活呢!

又有一天,小米把半罐奶粉装进垃圾袋准备丢掉,那个女人,就是玉莲,看到了,她很惊诧地问,这么好的东西怎么就丢了呢? 小米说,放的时间长了,奶粉都结成块了。玉莲就一本正经地看着小米,你能不能把它送给我? 小米说好啊,你要就拿着吧。

回家之后,小米把这事儿当笑话讲给先生听,小米说我怀疑她是不是要喝了那罐奶粉啊? 先生说,你这样不好,万一人家喝出毛病来怎么办? 就算不喝出毛病来,我们自己不要的东西送给别人也不好啊。

小米说你真唐僧,她那么大岁数人,能喝不能喝还不知道啊!

先生笑笑,什么也没有说。

小米也笑笑,心里对女人的轻蔑更多了些,小米打定主意以后不再跟她有任何来往。

半个月后的一天,先生出差,前脚刚走,小米肚子就开始痛起来。一阵一阵痛得翻江倒海,小米抓起电话费力地拨号,打了半天都没有人接。小米开始呕吐、抽搐,慢慢地失去知觉。小米知道不能待在屋子里,就开始向门外爬,爬到门口,听到一个女人的一声尖叫。

醒来时,小米躺在床上,很舒服地躺着,想来已经睡了很久了。白米粥的香味儿弥漫在房间里,小米睁开眼,见玉莲笑眯眯地坐在面前。

想吃东西吗? 她问。

小米点点头。

她扶着小米坐起来,埋怨地说:你呀,这么大的人怎么一点儿都不会照顾自己? 你要是觉得身上不舒服,到门口喊一嗓子,我不就出来了吗? 你爬什么呀! 咱们是邻居,谁不用着谁!

小米喝着粥,晒着早晨穿过玻璃窗的透明阳光,听玉莲那样唠里唠叨地说着,忽然感觉无比的幸福和温暖。好像若干年前的某个早晨,有过相似的情景,只是在那个画面里,坐在对面数落自己的是妈妈。

两个女人就这么一下子走近了。近到像两块磁铁,要么各自

为营,要么就吸在一起恨不能成为一体。小米开始走进玉莲的生活。玉莲和她老头儿,他们之间都这么称呼的,他叫她玉莲,她叫他老头儿。而小米一直管她的他叫先生,跟他们一比,小米不禁觉得虚伪而且控制不住地为自己的矫情脸红起来。玉莲有两个孩子,一男一女,两个孩子都很争气,一个在大连,一个在北京。小米看过他们的照片,很漂亮的两个孩子。玉莲的老头儿很瘦,矮得恰到好处,怎么说呢,就是让人看着很亲近很家常的那种老年男人,总是笑嘻嘻的,像每天都捡了几块钱似的。玉莲则胖,小米到她家阳台上看风景,无意中发现她晒的裤子,裤腰居然比裤腿还长!她笑着告诉小米,说她最胖的时候有一百七,现在减肥减到了一百五。她还告诉小米,等你到了我这个年纪也会这样,女人不胖兜不住福气。

小米发现她在阳台上种了些庄稼,那罐小米丢掉的奶粉正被她发酵做肥料。小米说一直以为你种的是花草,原来是庄稼啊。玉莲说,闲着也是闲着,城市生活过得久了,不免要怀念农村。我和我老头儿年轻的时候都种过地,看到这些绿油油的庄稼,就好像我们年轻的时候又过了一遍似的。她说这话的时候,眼睛里闪射着一种说不清楚的东西。透过那层眼神,小米仿佛看到一望无际的绿油油的麦田里,燃烧着他们年轻时的激情和青春。

小米和玉莲的交往多起来后,小米慢慢发现,玉莲很迁就她老头儿。有时候,老头儿招了朋友来家里玩牌,玩到很晚,饭也不吃,输了钱还发脾气,她都是笑嘻嘻的,从来不发火;还有的时候

老头儿冲她莫名其妙吼上两句，她也是笑嘻嘻地接受了。

小米的先生很是羡慕，说，你看你看，人家那也是老婆，你们呀，哼！他没说"你"，而说"你们"，小米知道这是给她留面子，可她还是不高兴，小米冲先生说你多挣钱啊，我不就对你好了吗？先生说你是嫁给我还是嫁给钱？小米说没钱你让我跟着你喝风？先生说你喝风了吗？你天天这口服液那营养液，搞得自己跟一款婆儿似的，假小资，假精致！小米说你浑蛋！就这么着，两个人吵了起来，这一吵好几天都不说话，出出进进都铁着脸，跟绝缘了似的。

小米的先生上班走了，玉莲推门进来。

你们吵架了？

小米点点头。

为什么？

小米把事情经过说了一遍，说着说着眼泪就下来了，小米恶狠狠地说："我要和他离婚！"玉莲拍拍小米的肩膀，叹气，我讲个故事给你听。有这么一个小姑娘，她半年前刚参加同学聚会，在那个聚会上，她发现，所有到场的同学都是满头白发，她照了照镜子，看看自己，原来也是满头白发。她这么屈指一算，三十年都过去了。小姑娘还能不变成老太婆？后来，这个老太婆又发现，所有到场的同学都比她的职位高，权力大，要么就是富得一塌糊涂。可是除了她，所有的人都有一个不幸的婚姻。老太婆对同学们说，我羡慕你们啊。同学们却说，我们羡慕你。后来，聚会散了，

同学们一个一个坐着轿车走了,老太婆牵着老头儿的手一起走回了家。

那个老太婆就是你吗? 小米问她。

玉莲笑着点头,对啊,就是我。小米,你现在不会懂得的,等你到了我这年纪,你就知道,人这一辈子,好多东西都是留不住的。你们总是说幸福幸福,可你们知道什么是幸福吗?

此后,小米和先生和好了。有天小米看到玉莲在楼道里剥玉米,小米说这么新鲜的玉米,哪里买的? 玉莲骄傲地笑着说,你忘了,我种的! 等我煮了送两个给你尝尝,它们还喝过你给的奶粉呢!

小米蹲下帮玉莲剥玉米,玉莲狡黠地眨眨眼睛,你们俩和好了?

小米羞涩地点点头。

玉莲笑了,这就对了嘛! 我告诉你小米,打个比方,幸福这东西就像存折,有了健康的身体,存折上就有了"1";生个听话的孩子,"1"后面就有了个"0";找个放心的老公,后面就两个"0",至于钱,那不过是第三个"0"罢了。

后来,小米学会跟玉莲种庄稼。小米也学会将过期的奶粉发酵。不知不觉,小米就变成了玉莲。再后来,变成玉莲的小米生了一个漂亮的孩子。

你们知道吗? 当微风吹过,各种绿油油的庄稼在小米的阳台上秀发飞扬,小米就会和先生一起抱了孩子走到阳台,一家三口

在那里静静地坐上一会儿。

### /// 学写作 ///

小说以"我"的感情变化为发展的线索，生动细致地描述了"我"和玉莲的感情故事。作品在文字的运用上独具魅力，作者运用了充满生活信息、直观抒情的语言表现形式，使字里行间具有了强烈的真实感和生活气息，因此而贴近读者的心灵，易于引起读者的共鸣。

### /// 懂人生 ///

认识一个人只要一秒钟，但了解一个人却要经过长期深入细致的了解。在与玉莲的相识相知中，小米收获了"幸福"的硕果，从中我们也可以领悟到：原来幸福不在于物质上的享乐，而在于精神上的富足，在于生活的和美、家庭的温馨。

·谭晓明·

# 与周瑜相遇

迟子建

一个司空见惯、平淡无奇的夜晚,我枕着一片芦苇见到了周瑜。那个纵马驰骋、英气逼人的三国时的周瑜。

因为月色很好,又是在旷野上,空气的透明度很高,所以即使是夜晚,我还是一眼认出了他。当时我穿着一件白色的睡袍,乌发披垂,赤着并不秀气的双足,正漫无目的地行走在河岸上。凉而湿的水汽朝我袭来,我不知怎的闻到了一股烧艾草的气息,接着是鼓角相闻,我便离开河岸,循着艾草的味儿和凛凛的鼓角声而去,结果我见到了一片荒凉的旷野,那里的帐篷像蘑菇一样四处皆是,帐篷前篝火点点,军马安闲地垂头吃着夜草,隐隐的鼾声在大地上沉浮。就在这种时刻,我见到了独自立在旷野上的周瑜。

我没有貂蝉的美貌,周瑜能注意到我,完全是因为在这旷野上,只有两个人睁着眼睛,而其他人都在沉睡。那用眼睛在月光下互相打量的两个人,一个是我,一个就是周瑜了。

因为见到了我最想见到的一个男性,所以那一瞬间我说不出话来,我见到亲密的人时往往都是那个表情。

周瑜身披铠甲,剑眉如飞,双目炯炯,一股逼人的英气令我颤

抖不已。

"战事还未起来,你为何而发抖?"周瑜说。

我想告诉他,他的英气令我发抖,只有人的不可抗拒的魅力才令我发抖,可我说不出话来。

我不知道又有什么战事要发生。这么大规模的安营扎寨,这么使周瑜彻夜难眠的战事,一定非同一般。短兵相接,战前被擦得雪亮的军刀都会沾有血迹。只有刀染了血迹,战争才算结束。多少人的血淤积在刀上,又有多少把这样的刀被遗弃在黄土里,生起厚厚的锈来。

周瑜并没有在意我的发抖,而是将一把艾草丢进篝火里,我便明白了艾草味的由来。可是先前所闻的鼓角声呢?

周瑜转身走向帐篷时我见到了支在地上的一面鼓,号角则挂在帐篷上。他拿起鼓槌,抑扬顿挫地敲了起来,然后又吹起了号角。他陶醉着,为这战争之音而沉迷,他身上的铠甲闪闪发光。

我说:"这鼓角声令我心烦。"

周瑜笑了起来,他的笑像雪山前的回音。他放下鼓槌和号角,朝我走来。他说:"什么声音不令你心烦?"

我说:"流水声、鸟声、孩子的吵闹声、女人的洗衣声、男人的饮酒声。"

周瑜又一次笑了起来。我见月光照亮了他的牙齿。

我说:"我还不喜欢你身披的铠甲,你穿布衣会更英俊。"

周瑜说:"我不披铠甲,怎有英雄气概?"

我说:"你不披铠甲,才是真正的英雄。"

我们不再对话了。月亮缓缓西行,篝火微明,艾草味由浓而淡,晚风将帐篷前的军旗刮得飘扬起来。我坐在旷野上,周瑜也盘腿而坐。

我们相对着。

他说:"你来自何方?为何在我出征前出现?"

我说:"我是一个村妇,我收割完芦苇后到河岸散步,闻到艾草和鼓角的气息,才来到这里,没想到与你相遇。"

"你不希望与我相遇?"

"与你相遇,是我最大的心愿。"我说。

"难道你不愿意与诸葛孔明相遇?"

"不。"我说,"诸葛孔明是神,我不与神交往,我只与人交往。"

"你说诸葛孔明是神,分明是嘲笑我英雄气短。"周瑜激动了。

"英雄气短有何不好?"我说,"我喜欢气短的英雄,我不喜欢永远不倒的神。英雄就该倒下。"

周瑜不再发笑了,他又将一把艾草丢进篝火里。我见月亮微微泛白,奶乳般的光泽使旷野显得格外柔和安详。

我说:"我该回去了,天快明了,该回去奶孩子了,猪和鸡也需要食了。"

周瑜动也不动,他看着我。

我站了起来,重复了一遍刚才说过的话,然后慢慢转身,恋恋不舍地离开周瑜。走前我打着哆嗦,我在离开亲密的人时会有这

种举动。

我走了很久，不敢回头，我怕再看见月光下周瑜的影子。快走到河岸的时候，却忍不住还是回了一下头，我突然发现周瑜不再身披铠甲，他穿着一件白粗布的长袍，他将一把寒光闪烁的刀插在旷野上，刀刃上跳跃着银白的月光。战马仍然安闲地吃着夜草，不再有鼓角声，只有淡淡的艾草味飘来。一个存活了无数世纪的最令我倾心的人的影子就这样烙印在我的记忆深处。

我伸出一双女人的手，想抓住他的手，无奈那距离太遥远了，我抓到的只是旷野上拂动的风。

一个司空见惯、平淡无奇的夜晚，我枕着一片芦苇见到了周瑜。那片芦苇已被我的泪水打湿。

### /// 学写作 ///

作者通过梦境的形式，以大胆新颖的联想和想象把"我"置身于战乱三国的世界里。通过"我"与周瑜零距离的对话，展示了两个时代的人在生活的内容、节奏、价值观上的巨大差距。在两者强烈的对比反差下，现代社会和平的时代主题得以脱颖而出，令人印象深刻。梦境为小说情节的发生和作者的想象提供了一个环境和载体，善用梦境会让你的创作灵活性得到很好的拓宽、扩展。

/// 懂人生 ///

一个满怀倾慕之情的花季少女跨时空地与周瑜相遇,但时代的隔阂最终让少女泪湿了芦苇,遗憾而归。面对历史,或许我们更应该珍惜现在来之不易的幸福,珍惜和平,享受和美的人生。

·谭晓明·

# 快　手　刘

冯骥才

人人在童年，都是时间的富翁。有时我呆在家里闷得慌，或者父亲嫌我太闹，打发我出去玩玩，我就不免要到街口，去看快手刘变戏法。

快手刘是个撂地摆摊卖糖的胖大汉子。他有个随身背着的漆成绿色的小木箱，在哪儿摆摊就把木箱放在哪儿。箱上架一条满是洞眼的横木板，洞眼插着一排排廉价的棒糖。他变戏法是为了吸引孩子们来买糖。戏法十分简单，俗称"小碗扣球"。他两只手各拿一只茶碗，你明明看见每只碗下边扣着两只红球儿，你连眼皮都没眨动一下，嘿！四只球儿竟然全都跑到一只茶碗下边去了。有一次，我亲眼瞧见他手指飞快地一动，把一只球儿塞在碗下边扣住，便禁不住大叫：

"在右边那个碗底下呢，我看见了！"

"你看见了？"快手刘明亮的大眼球朝我惊奇地一闪，跟着换了一种正经的神气对我说，"不会吧！你可得说准了。猜错就得买我的糖。"

"行！我说准了！"我亲眼所见，所以一口咬定。

谁知快手刘哈哈一笑，突然把右手的茶碗翻过来。

"瞧吧,在哪儿呢?"

咦,碗下边怎么什么也没有呢?难道球儿从地下钻进左边那个碗下边去了。快手刘好像知道我怎么猜想,伸手又把左边的茶碗掀开,同样什么也没有!只见他将两只空碗对口合在一起,举在头顶上,口呼一声:"来!"双手一摇茶碗,里面竟然哗哗响,打开碗一看,四只球儿居然又都在碗里边。

四周围看的人发出一阵惊讶不已的赞叹之声。

"你输了吧!买块糖吃就行。这糖是纯糖稀熬的,单吃糖也不吃亏。"

我臊得脸发烫,在众人的笑声里买了块棒糖,站到人圈圈后边去,从此我再不敢挤到前边去多嘴多舌。

他那时不过四十多岁吧,正当壮年,精神饱满,肉重肌沉,皓齿红唇,乌黑的眉毛像是用毛笔画上去的。他一边变戏法,一边卖糖,一双胖胖的手,指肚滚圆,却转动灵活。这双异常敏捷的手,大概就是他绰号"快手刘"的来历。我童年的许多时光,就是在这最最简单又百看不厌的土戏法里,在这一直也不曾解开的迷阵中,在他这双神奇莫测、令人痴想不已的快手之间消磨掉的。他给了我多少好奇的快乐呢!

我上中学后就不常见到快手刘了。只是路过那街口时,偶尔碰见他。他依旧那样兴冲冲地变着"小碗扣球"。

我上高中是在外地。人一走,留在家乡的童年和少年就像合上的书。往昔美好的故事,亲切的人物,甜醉的情景,就像鲜活花

瓣夹在书里面,再翻开都变成了干枯的回忆。谁能使过去的一切复活? 那去世的外婆,不知去向的挚友,妈妈乌黑的鬈发,久已遗失的那些美丽的书,那跑丢了的绿眼睛的小白猫……还有快手刘。

高中二年级,我回家度假。一天在离家不远的街口看见十多个孩子围着什么又喊又叫。走近一看,心中怦然一动,竟是快手刘! 他依旧卖糖和变戏法,但人已经大变样子。十年不见,他的模样接近了老汉。他分明换了一双手! 手背上青筋缕缕,指头绕着一圈圈皱纹,快像吐尽了丝而缩下去的老蚕……他抓着两只碗口已经碰得破破烂烂的茶碗,笨拙地翻来翻去;那四只小红球儿,一会儿没头没脑地撞在碗边上,一会儿从手里掉下来。他的手不灵了! 孩子们叫起来:"球在那儿呢!""在手里呢!""指头中间夹着呢!"

我也清楚地看到,在快手刘扣过茶碗的时候,把地上的球儿取在手中。这动作缓慢迟钝,失误就十分明显。孩子们吵着闹着叫快手刘张开手,快手刘的手却攥得紧紧的,朝孩子们尴尬地掬出笑容。这一笑,满脸皱纹都挤在一起,好像一个皱纸团。他几乎用请求的口气说:"是在碗里呢! 我手里边什么也没有……"

当年神气十足的快手刘哪会用这种口气说话? 这些稚气又认真的孩子们偏偏不依不饶,非叫快手刘张开手不可。他哪能张手,手一张开,一切都完了,我真不愿意看见快手刘这副狼狈的、惶惑的、无措的窘态。多么希望他像当年那次——由于我自作聪

明,揭他老底,迫使他亮出个捉摸不透的绝招,小球突然不翼而飞,呼之即来。

如果他再使一下那个绝招,叫这些不知轻重的孩子们领略一下名副其实的快手刘,瞠目结舌多好!但他老了,不会再有那花好月圆的岁月年华了。

我走进孩子们中间,手一指快手刘身旁的木箱说:

"你们都说错了,球儿在这箱子上呢!"

孩子们给我这突如其来的话弄得莫名其妙,都瞅那木箱,就在这时,我眼角瞥见快手刘用一种尽可能的快速把手里的小球塞到碗下边。

"球在哪儿呢?"孩子们问我。

快手刘笑呵呵翻开地上的茶碗说:

"瞧,就在这儿啊!怎么样,你们说错了吧,买块糖吧,这糖是纯糖稀熬的,单吃糖也不吃亏。"

### /// 学写作 ///

在有限的篇幅空间里如何叙述一个横跨十年的故事?文章中,作者选取了快手刘间隔了十年的两次戏法作为叙述点,然后连点成线、结线成面地填充具体的细节。文章宏大的空间结构也因此而具有了一种充实饱满的感官刺激,体现了作者卓越的全局掌控技巧和文字驾驭的能力。

### /// 懂人生 ///

快手刘十年如一日地在玩着自己一成不变的戏法,以吸引有限的顾客。或许是生活所迫,所以我们对其不能过于责备。但是我们却要因此而反思自己,面对着眼前的一切,我们是否也仅仅是安于现状而不求变更? 要知道:只有以发展的眼光看待事情,不断地寻求创新突破,我们才能不断地超越自己。

·谭晓明·

# 李 一 刀

杨小凡

　　药都最盛时当数康熙年间,全国百万药商汇聚于此,商栈会馆自然比肩接踵。同属西路的山西和陕西药商为了一展富有,决定合修一座会馆,山陕会馆。会馆动工之时就议定修一戏台,供闲时听戏所用。药都会馆几乎座座内设戏台,要想超人一筹就只有在戏台上装上精致的木雕。山陕商人定了这想法后就遍寻木雕艺人。这时药都人就推荐说城内爬子巷有一李姓老头,名叫李一刀。据说原是紫禁城内的木雕师傅,三十年前因着一根龙须没有刻好被刺瞎了右眼回到药都,究竟是真是假,手艺如何谁都没有见过,全是传说。

　　山陕商人找到李一刀,说明来意时,第一次李一刀把他们轰了出去,第二次再请时李一刀把他们骂了出来,第三次会馆当家人在他门前跪了半天后,李一刀才开口说:"让我刻刻木头可以,钱你能拿得起吗?""李老放心,只要你能说出价,我们山陕商人就能拿得出来!"李一刀眯着左眼一字一句地说:"我的眼神不好,要价高儿点啊,就用木渣兑金银吧。粗活剔下的一两木渣给一两银子,细活刻下的一两木渣给一两金子!"会馆的当家人倒抽了一口冷气,说:"此事非同小可,容我回去商量商量,明日再来。"第二

天,会馆当家人把李一刀请到了会馆的工地,一顶轿子抬着李一刀,另一顶轿子抬着他的一个大木盒子。

刀刻下的木渣竟要同等重量的金银,这活一定是细活。李一刀来到会馆就要了刚漫好地的三间大殿。众人惊诧之时,他又开口说:"我先磨磨刀,三十多年没动过了。给我抬来四张方桌。"四张桌子抬来,李一刀眯着一只眼,把大小刀具整整摆满了四张桌子。第二天,李一刀就开始磨刀,这一磨就磨了一百天。刀磨好这天,四根上等的山杨也正好运到会馆。于是,李一刀把自己关在了屋里,吃饭有人送上,屎尿有人端出,只是在有月亮的晚上偶尔出来走上几步。寒暑易往,一来就是四年。

完工这天,整个会馆的工程全都完了,就只剩戏楼上的木雕了。李一刀把会馆的当家人叫了过来:"叫人称称这两堆木渣吧。"两堆木渣一粗一细。一称,粗的一千斤,细的五百斤。称过之后,众人你瞅我我瞧你,大气不喘一声。李一刀眯起左眼,笑了:"不兑现了,抬金银来!"众人都拿眼瞪着李一刀。会馆当家人,大喝一声:"还不快去!"一会儿,金银抬了过来。大秤一称,金银各分一堆。李一刀哈哈地笑了,把这四根杨木抬出去,用锤子砸了!众人更是不解,这哪有什么木雕,仅是四根被挖了缝的木头呀!

四个光着背的汉子抬了根山杨,出了殿门,往地上猛地一放,咔嚓一声响,山杨四裂,九十块木片四散了一地,细一瞧,一块木板就是一出戏呀!四根山杨全开了之后,三百六十出,三国戏文

全摊在了地上，三国戏全部刻了下来。九九八百一十个人物，外加山石树木、殿宇亭榭、瑶花异草、风雨雷电、飞瀑流泉、峰峦城楼、日月交辉、文臣武将、战马旌旗……全场静得只有眨眼的声音。会馆当家人弯腰捧起一块木板，正是《祢衡斥曹》一出戏：只见祢衡于酒宴间裸衣击鼓，痛斥曹操；上坐七人，闻之有怔、佩、惧、怒、笑、快、乐，无不形如生人；再细看，高台、桌、椅、香案、烛光、屏风、屏风上的花鸟、花上的细云，整整十层透雕……

人们见会馆的当家人拿起一块木板细瞅，都弯腰捧起一块，细瞅起来。会馆内万物皆停，只有唏嘘之声。李一刀轻咳一声："还有一块长板没有砸开呢。"会馆当家人如梦初醒，向下一瞅，果真有块六尺长的木板。蹲下来，两手拿起，轻轻地在地上一碰，木板分为两块摆在地上。再一瞧，见是一副对联：上联"人有意意有念念有欲欲有贪贪得无限"，下联"道生一一生二二生三三生万万象皆空"。会馆当家人蹲在那里一动不动。

当他再站起来的时候，坐在门前椅子上的李一刀已不知去向，大殿里金子和银子闪着反射过来的太阳光，照在他的脸上。

现在，这副对联仍镶在会馆的正门两旁。而且，现在你到这个被称作"花戏楼"的山陕会馆戏楼前，太阳正南的时候，仍有两道金光和银光照在你的脸上。

/// **学写作** ///

小说在结构的构思上出奇制胜。面对李一刀，作者没有直接

介绍其技艺如何精湛,而是剑走偏锋地以神奇的传说、昂贵的要价、百天的磨刀和长达四年的创作作为铺垫,设下悬念。文章也因此具有了强烈的吸引力和诱惑力,而关于李一刀技艺的谜底或说整篇文章的谜底直到故事的最后一刻才在万众瞩目中揭晓,析疑解惑,令人拍案叫绝。

### /// 懂人生 ///

　　木雕师傅李一刀可谓技艺精湛,但依旧要付出无限的努力才能收获丰收的硕果。生活中,成功是我们每一个人的梦想,但梦想的实现绝不是一蹴而就的,只有经过不懈的努力,才有可能在收获的季节获得丰收。

·谭晓明·

# 定　风　珠

魏继新

　　小镇多吊脚楼，旧称干阑。此屋沿溪而建，时传为避毒虫蛇而筑，人居其上，可眺山水岚雾，倒也有十分情趣。且房屋鳞次栉比，多为木柱板壁，街道为麻石路面，凹凸不平，就有了几分古香古色。镇口岩头上的老藤粗枝，盘虬错节。小镇位深山之中，极少人来往的，村野田埂之中，常见老牛慢慢地吃草咀嚼岁月，仿佛日子也凝固了，只有小路上日子覆盖着日子，脚印覆盖着脚印。连风，也很难穿透时间凝固的墙壁，为这方圆百里唯一不通公路的小镇，送来些山外新鲜的气息。

　　小镇有一屠夫，生得膀粗腰圆，每日里杀头肥猪，烫了刮毛开膛，然后用担挑了，步行几十里山路，到城去卖。却也不知何故，他的猪肉极好卖。他从不要高价，也不扣斤两，所以，常常不到一个时辰，肉便卖完了，于是，便沽些酒，买些油盐柴米，顺了山路回去。当然，担子里便捎了些镇人托买的东西，或油或盐，屠夫总是把它们用信包包了，做上记号。他虽看上去五大三粗，心却极细，从不会错，加上有的是力气，也乐此不疲，如此一来，人缘极好，镇上人把喂的猪，也往他那儿赶，所以，日复一日，小日子倒过得十分滋润。

屠夫有一杀猪用的案板，矮脚宽身，是祖上传下来的，虽然开裂了，且血痕累累，年复一年，连木质也看不出了，屠夫对它却十分钟爱，用起来也十分顺手。一日，镇上来了一老客，此人打扮倒也入乡随俗，穿了蓝布罩服，布底沿口鞋，只是银须飘飘，颇有些风骨。据云，此人乃名中医，回祖籍省亲的，偶尔也给镇上人看病。不知何故，却对屠夫的杀猪感了兴趣，一连数日，流连不去。屠夫为赶生活，杀猪时间是极早的，其时山洼里云摇着破碎的夜晚，山顶上刚流出血红的黎明，老者便来了，目不转睛地看。屠夫是个直人，见状，便嘿嘿地笑了，说：让老人家见笑了，我手艺不精呢。

老者微微一笑，说：你手艺倒是极好，人也不错。不过，我不是看你杀猪的。

屠夫大奇：那你看什么呢？

老者说：我是看你案桌呢。

屠夫不解。老者问可否转让，愿出钱购买。屠夫说：区区一破桌，你愿要，便拿去吧。老者便说：那我代病家谢你了。不过，我将赔钱给你置买一新案桌。我隔七日后来取，这七日，你仍在此桌上杀猪吧。

七日后，老者至，见屠夫亦置新案桌，并言：你既为病家故，我何可让你破费，并置这新案桌送与你吧。老者大惊，急问旧案。屠夫曰：我已劈矣。且见一巨大蜈蚣，伏于案内。

老者遂长叹一声，仰天曰：民风淳朴如此，我何言？！

于是，老者告知屠夫，此蜈蚣伏案内，已逾数十年，且日日以

猪血为食,到今日,已逾百年,取出剖开,腹内有一珠,名曰定风珠,可治百种中风之疾。我存有私心,怕说出来被你敲竹杠,故此未言明,谁知竟毁于一旦矣!我要这新案桌,又有何用呢?以我这等褊狭之心,如何治世救人,真让人汗颜,老夫碌碌一生,看来仍是心不达,艺不精矣!

言罢,大笑而归。

倒是屠夫,常听人言及,他到手的富贵,竟被丢了。屠夫听罢,也无懊悔,只笑曰:该来则来,该去则去,天意也。

屠夫依然每日杀猪卖肉,乐此不疲。倒是老者,闻听此言后,仰天叹曰:求不可求之求,吾何止心不达、艺不精,而是枉读药理诗书,不如一屠夫矣!

遂摘牌罢医,不再悬壶矣。

### /// 学写作 ///

小小说是叙述的文学,但作者却别具一格地在文章首段就小镇的背景、地理等因素作了详尽的说明。这不是误墨,而是一处绝妙的伏笔!它为下文的民风淳朴,为屠夫的古朴性情和都市人"老者"多疑心态间的对比作了强有力的埋伏。文章的发展因此而显得合理、不牵强,具有很强的可读性与耐读性。

### /// 懂人生 ///

从老者面对案桌、面对屠夫时的心态,我们可以窥探到现代

都市人的一种普遍心理。随着社会的发展，我们的物质生活条件日益改善，但我们待人接物上的心理却因为商品经济风潮的侵染而悄然改变，失去了某些我们作为人应该持有的宝贵品质。对此，我们应该警醒！

·谭晓明·

# 刷鞋匠的绝招

**曾　颖**

　　开往市区的无人售票公交车上,车门开了,一大群赶着上班的人和挑着担子背着包袱的外地小商贩蜂拥着挤上车来,投币声和刷卡声响成一片。喇叭里,字正腔圆但全无感情色彩的电子女声念叨着:本车为无人售票车,请自觉刷卡或投币……该上的上完了,关车门。司机冲一个小个子乡下人喊:请自觉投币!

　　小个子的乡下人理了理肩上挎的小木箱,把手中的木凳往地上一放,坐下,很反感地盯了一眼司机,想说什么,但忍住了。从他衣服上闪闪发光的黑色油痕和他随身携带的板凳、木箱我们看得出,他是一个刷鞋匠。

　　司机并没因他的反感而放过他,嘴里又说了一声:大家没有投币刷卡的,请投币刷卡。嘴里说是大家,但眼睛只盯着刷鞋匠。刷鞋匠有些不自在了,他扭过脸对司机说:"我投了的。"

　　"投了怎么没听见响呢?"

　　"是纸币!"

　　"哼,纸币,这些乡下人……"

　　司机冷笑着摇摇头,开始发动车子,准备出发。

　　这时,出乎他预料的一幕出现了,那个看起来其貌不扬的小

个子乡下男人突然跳起来说,乡下人怎么了?乡下人就该被你怀疑?乡下人掏钱坐车还要遭你白眼?

司机出乎预料地遭到反击,有点蒙了。他把车熄了火,扯下手套,回过头来准备认真地和刷鞋匠吵一架。他说,乡下人怎么了?乡下人了不起?乡下人坐车可以不给钱?你看你们那伙子人,上七八个人,投一两枚硬币,还有五毛甚至一毛的。我还冤枉了你们不成?

刷鞋匠说,别人投没投币我不知道,我投了币,你就不能冤枉我!

车上赶着上班的人们开始鼓噪,司机觉得吵下去没意思,就转身准备继续开车,嘴里却有些不甘地说,你投没投,只有天知道!

说罢,戴上手套,吹起口哨,准备开车。他的表情激怒了刷鞋匠,刷鞋匠"噌"地钻到驾驶台前,一把抢下车钥匙,大叫着,天知道,今天就要让天知道!把钱箱打开,验钱!

司机仿佛是遭到小鸡突然袭击的老鹰,一下子没回过神来。待他反应过来之后,马上恢复了鹰的本色,从工具箱中取出一把扳手说,钥匙拿来!要不,老子把你当抢劫犯给收拾了。

刷鞋匠两眼血红地瞪着他说,你今天就是打死我,也要把这事搞清楚!

车上的人们来劝架。有劝司机忍口气把扳手放下的,有劝刷鞋匠想开些把钥匙交出来的。更多的人,则是因为上班快迟到

了,焦急地跺着脚说,算了,我再投一元钱,求求你们,开车吧!

刷鞋匠梗着脖子说,今天一定要开箱,看看我到底投钱没有?

不一会儿,警察来了。警察对刷鞋匠说:就算你买了票的,别闹了,行不?

刷鞋匠梗着脖子说:不行!得开箱。

司机扳手握得紧紧的,但当着警察的面又不敢贸然行动。急着上班的人都坐别的车去了,只剩几个不太急的人在车上看热闹。我也在车上,我要看看这件事的最后结果。

警察对司机说,你就把钱箱打开吧。遇上这犟人了,你还真没办法。

司机说,钱箱贴了封条的,只有公司的财务人员能打开。

警察给公司打了电话,半小时过后,公司一个经理和财务人员赶来了。经理说,这不是瞎胡闹吗?这么一箱钱,你就能认出你那一块?

刷鞋匠从口袋里扯出一个牛皮纸做的钱包,里面整整齐齐地排着几张一元面额的钞票。他说,你查,里面保准有一张钱像这些钱一样,左上角有一小块黑胶布。

经理从钱箱里果然找出了一张左上角贴着一小块黑胶布的钱,说,对,是有这么一块。好了,我宣布你是投了币的。

刷鞋匠梗着的脖子一下子软了,他得意地冲司机一摆头说:"听着,是……投……了……的!"声音中竟带有几分哽咽。

车继续开。我蹭到刷鞋匠旁边坐下,问他,你咋想出这招的。

刷鞋匠说，如果你遭怀疑和挨白眼的次数和我一样多的话，你也会想出来的。

你这可是毁损人民币啊！是违法行为。

不碍事，能抠掉，一抠就掉。

刷鞋匠一面说着，一面很认真地抠下一块，给我做示范。

### /// 学写作 ///

文章以公交车上的投币为切入点，以事件的矛盾冲突为发展主线。过程中，作者通过单纯讲述的方法来塑造人物，使人物即司机和乡下人的形象在情节铺展中得以鲜明生动地展现。它的亮点有两方面：一、情节跌宕起伏，扣人心弦。二、结局出奇精巧，诙谐而深刻。也因为如此，文章揭露、批判和同情的创作主题都得以淋漓尽致的表现。

### /// 懂人生 ///

一块钱，却引起了公交车上的一场大风波。是事有所值，还是小题大做？事有所值！因为风波的背后蕴含了远比一块钱更为丰富的内容——人格尊严的不容侵犯。面对真理，不要因为事小而忍耐，不要因为"多一事不如少一事"的心态而屈从，因为社会文明的进步需要每一个人的呵护！

·谭晓明·

# 回　乡

刘立勤

　　王市长轻车简从回到小镇绝不是没有衣锦还乡的意思,而是想把这种意思表现得含蓄一点儿,以免留下一些话柄,不然日理万机的他,就没有回小镇的必要了。

　　王市长童年的时候曾在小镇住过两年,那时候他只有七八岁。也不是市长,而是和黑蛋、狗蛋相差无几的铁蛋。父亲被打成走资派后,母亲戴着一顶右派帽子和他来到小镇。因为母亲有满脑子的好文墨,右派就成了学校的老师,成了老师的母亲不仅没有受到小镇人们的歧视,而且还受到小镇人的尊敬,就连他也颇受人的喜爱,但那些日子在他心里仍然是一个创伤。他常说,没有在小镇所受的屈辱,就没有今天的成绩和地位;没有在小镇受到的歧视,也没有今天这个市长。想象之中小镇给予他的屈辱和歧视成了他前进的动力,小镇给他的坎坷也成了他骄傲的资本。

　　因此,他当上市长的第一件事情,就是想回小镇,想体味一番衣锦还乡的滋味。因为,一个市长在他父母居住的大院里并不耀眼,而在小镇乃至小镇所在的这个偏远小县却是绝无仅有的。可是,当上市长以来,他每天都在忙,日理万机地忙,整天忙些说不清的事情,实在是抽不出一点儿时间,也难了心头之愿。

今天,他终于抽出一点儿时间回到小镇。眼前的小镇变了,青石板的小街被水泥硬化了,过去的破烂瓦房换上了好多的楼房,摩登的姑娘与州城的相差无几,以往的痕迹已难寻觅。王市长心里顿时充满遗憾,遗憾小镇变得太快也太好了,遗憾这些变化与自己毫无关系。其实,王市长遗憾的事情真的太多了,他虽然当过许多的官,却没干出什么事。他虽然当了两年的市长,也只是讲了两年的话,拍了两年的电视。工作成绩虽然没有,报纸上却是天天有他的照片,电视里天天有他的影子,弄得像个名演员似的,无人不知无人不晓。

也正是如此吧,王市长虽然是独自走在小镇的街道,小镇的人显得很是热情,纷纷和他打招呼,还不断地问候他母亲,虽然没有一个人喊他王市长,也没有人喊他的大名。可热情的笑脸和滚烫的话语让他幸福让他自豪。他觉得自己回乡是正确的,他想展示一番当初的铁蛋现在的市长的威仪。他昂首挺胸从街头走到街尾,又从街尾晃到街头,那越来越热情的笑脸使他的心里热乎乎的。这时,他后悔自己没带记者来。王市长出门没有不带记者的习惯,他想今天要是带上几个记者,那些热情的场面拍成录像可以上中央电视台,那些照片也会上《人民日报》,那时,一向严厉的母亲说不定也会跷起大拇指。

想到这儿,王市长来到一个电话亭,他想打个电话召来几名记者。拿起了话筒,守电话的老人就热情地递上一听饮料。握着清凉的饮料,王市长禁不住问了一句:

"老人家,小镇人常看市台电视吗?"

"不看,市电视台都是领导在拍戏。"

"常看市报吗?"

"不看,市报都是领导的讲话。"

"那你们——怎么知道我?"

"我们不知道你现在是什么,我只知道你长得像你妈。你妈在我们这儿教过书,我们都记得她,也都记得她的恩情。因此,我们见了你,我们就见到了你妈。"

老人说罢,又关切地问起了他的母亲。王市长就低着头走了,他的心里涌起一阵阵酸甜苦辣。

### /// 学写作 ///

小说在结构布置上,对王市长"衣锦还乡"的见闻泼墨如水,但对故事的另一主人公"母亲"的描写却惜墨如金,始终没有让她登场亮相。但是"母亲"崇高的形象却生动而感人,而这正是得益于文章反衬表现手法的运用,正是作者艺术手腕的高妙之处。

### /// 懂人生 ///

诗人臧克家在诗歌《有的人》上说过:把名字刻入石头的/名字比尸首烂得更早;/只要春风吹到的地方/到处是青青的野草。文章中,王市长极尽市长之能事地上镜曝光,希望活在人们心中,但却"有心栽花花不开",反而是默默奉献的"母亲""无心插柳柳成阴",永远地活在了人民心中,受人敬仰!

·谭晓明·

# 英雄的眼泪

何天谷

他,满脸孩子气,有着少女般的羞怯、腼腆。但他敬慕刚烈,崇拜英武,少年时代,枪林弹雨中的英雄壮举曾经填满了瑰丽的梦境。可命运偏偏让他做了乡村小学教师。然而,他还是成了真正的英雄⋯⋯

省报头版上刊登了他的事迹,文化馆的宣传栏里张贴了他的照片,大街上悬挂了向他学习的标语⋯⋯他成了N县妇孺皆知的英雄。

授奖仪式在县委礼堂举行。场面隆重,气氛热烈,镁光灯频频闪射出炫目的光,录像机不断变换着角度。他面前的茶几上,放着鲜花,放着用红绸包裹的奖金,放着装饰精美的镜框。县委书记洪亮的声音回响在礼堂:

"徐立民同志在教室墙壁即将倒塌的紧急关头,临危不惧,奋起双臂撑住,使三十多名学生安全脱险,他却身负重伤。徐立民同志不愧为人类灵魂工程师的光荣称号,我们要学习他舍己救人的英雄品质⋯⋯"

台下鸦雀无声。前排的几位红领巾代表眼里闪着晶莹的泪光⋯⋯

往事像湍急的江流，"哗哗"地奔向思维的大海：半山腰的几间石板房墙壁裂开了一寸多宽的缝隙，桌凳缺角少腿。他心急如焚，一次又一次地找校长，求主管文卫的书记，步行六十多里面见县教育局长……腿跑酸了，嘴皮磨薄了，得到的却是推、拖、哄。面对冷漠的苦笑、摊手、摇头，他气愤得想捆起被盖一走了事……然而，他还是带上斧头，上山砍回几根碗口粗的树杈，撑住危墙……

"哗——"掌声打断了他的思路。他猛然转过头，瞥了眼主席台左右两侧的校长、书记、局长。他们正对着录像机的镜头，审慎地调整着面部表情——或春风满面，或端庄有姿。

"下面，请徐立民同志讲话！"

"我……"照相机、录像机、录音话筒一齐对准了他。他感到喉头哽咽，心里"咚咚咚"地跳个不停。就在这瞬间，台下人的脸幻化成了他熟悉的乡村孩子的天真面孔，幻化成了送孩子上学的淳朴山民……

"我对不起我的学生……他们失去了教室，失去了课堂，四十多天没上成学……他们渴望读书呀！"他眼里滚出一串串泪珠。

台下哗然。

他咬了咬嘴唇，用颤抖的双手捧起那叠红绸包裹的奖金："我请求维修全县的乡村小学。这……这是我的捐款……"

"哗——"台下爆发出雷鸣般的掌声。

### /// 学写作 ///

画家达·芬奇曾说,画画里最重要的问题,就是每一个人物的动作都应当表现出他的精神状态,表现他们内心的意图。在对别有意图的领导者们的刻画上,作者以抢镜头的方式,捕捉他们在刹那间的神情姿态,生动细腻地刻画出他们那"醉翁之意不在酒"的丑恶灵魂。

### /// 懂人生 ///

在校长、书记、局长的或满面春风,或端庄有姿中,我们读懂了一种不洁的灵魂。但在这灵魂的对立面,我们也因此而更清晰地看到了徐立民的崇高品质,看到了一个忠于教育事业的美好心灵。他才是真正的英雄!

·谭晓明·

# 第三辑

## ～抉择的分岔口～

　　人生，总要面临着许许多多的抉择。站在抉择的分岔口，向左，是美丽的桃源；向右，是崎岖的山路，你挑哪一边？或许你每踏出一步，就已决定了你未来命运的走向。掌握人生未来的关键，需要智慧与勇气，我们不妨从别人的选择里三思，得到生活哲学的启示。

# 雪 夜 出 诊

[美国]比利·罗斯 文 叶嘉 译

夜,大雪飘飞。将近晚上九点的时候,医生正在家里看书,电话铃响了。

"请找凡艾克医生。"

"我就是。"医生回答。过了一会,凡艾克听到话筒里传来另一个人的声音:"我是格兰福斯医院的黑顿医生。我们刚接到一个男孩,他的脑袋被子弹打中了,现在非常衰弱,也许活不长了。我们得马上给他动手术,可是你知道,我不是外科医生。"

"我这儿离格兰福斯九十多公里,恐怕——"凡艾克犹豫了一下,"对了,你请过马萨医生没有? 他就住在你们镇上。"

"我们去过电话,他今天碰巧外出了。"黑顿答道,"那孩子伤情危重,他是自个儿玩弄火枪时不小心出事的。"

"哦! 可怜的孩子。无论如何,我会尽快赶到你们医院。现在正下着雪,大概12点左右我就可以赶到。"

"请慢,凡艾克医生。还有一点我得告诉你,孩子家很穷,我想他们不会给你多少报酬。"

"这没有什么。"凡艾克说完,挂上电话,几分钟后便驾着他分期付款买来的小汽车出发了。

崭新的小汽车在雪地里艰难地行驶。刚到郊外,车前突然窜出一个身穿黑大衣的男人,凡艾克急忙刹车。车未停稳,那男人已经敏捷地打开车门钻了进来。

"请你马上下车!"男人低声命令道,"我有枪。"

"我是医生,"凡艾克很镇静,"我现在要赶去抢救一个情况危急的——"

"别废话!"裹着破旧黑大衣的人粗鲁地打断他的话,"你赶快下去,别惹我生气。"

凡艾克被迫下了车,眼看着车子飞驶而去。他在雪地里站了好一会,愣愣地看着大雪把车轮印重新覆盖,才猛地清醒过来,急忙到附近寻人家。用了将近半小时,他才在一户人家找到电话,召唤出租汽车。

也不知过了多久,一辆出租汽车终于来到了。凡艾克立即钻进汽车,催促司机全速前进。

凌晨一点多,凡艾克到了格兰福斯医院。黑顿早在医院门口等候,他的神情已经不是那么着急了。

"我已经想尽了办法,"凡艾克气喘吁吁,直搓着冰冷的双手,"可是有人在半路上截住了我,抢走了我的车。黑顿医生,孩子现在怎么样了?"

"谢谢你! 凡艾克医生。我知道你已经竭尽全力。"黑顿拍拍对方身上的雪花,"孩子一小时前死了。"

两位医生走到候诊室门口。凡艾克倏地惊呆了:门边的长

板凳上,坐着一个裹着破旧黑大衣的男人,头深深地埋在两只手掌里。听见有人来,他抬起头,目光呆滞。突然,他像发现了什么,死死盯着凡艾克。

"亨尼汉先生,"黑顿指着凡艾克,对那男人说,"他就是我请来的凡艾克医生。可惜他中途被歹徒抢走了汽车,所以迟到了。他本想赶来抢救孩子,他已经尽了全力,可惜还是晚了。"

### /// 学写作 ///

小说的构思非常巧妙,一个焦急万分的男子抢了凡艾克医生的车,而非常巧合的是,男子所抢车子的主人——凡艾克医生正是赶往救治他的孩子的主治医师,因男子抢了车而无法及时赶往医院救治男子的小孩。这个绝妙的巧合,既增强了文章的戏剧性,给人带来阅读的快感,同时又深化了主题,让人回味无穷。

### /// 懂人生 ///

"人之初,性本善。"当你遭遇不幸时,请保持你善良的本性。因为善良是这个世界的通用语言,有了它,你将始终生活在幸福中,而不会像穿黑大衣的男人那样抱憾终生。

· 杨志生 ·

# 奥利弗与其他鸵鸟

[美国]詹·瑟伯

一天,鸵鸟群中的权威———一只态度严厉的鸵鸟向年轻的鸵鸟讲演,他认为他们比其他一切物种都优越。"我们为罗马人所知,或者确切地说,罗马人为我们所知。"他说,"'鸵鸟',他们这样称呼我们,'罗马人'我们这样称呼他们。希腊人称我们 strouthi-on,意思是'诚实的鸟',好像是说,我们是世界上最大的鸟,同样也是最好的鸟。"

所有的听众都兴奋地大叫:"说得好! 说得好!"但只有富有思想的奥利弗没有欢呼。"蜂鸟可以向后飞,而我们做不到,"他大声地反驳道。

"那是撤退,"这个态度严厉的老鸵鸟说,"我们却前进,我们永远向前。"

"说得好! 说得好!"除奥利弗以外的所有鸵鸟都叫喊起来。

"我们生的蛋最大,也最好。"这个老学者继续说。

"知更鸟生的蛋比我们的漂亮一百倍。"奥利弗说。

"知更鸟的蛋除生知更鸟什么都不生,"老鸵鸟说,"知更鸟吃草虫成性。"

"说得好! 说得好!"除奥利弗以外的所有鸵鸟再次叫喊

起来。

"我们走路只需用四个脚趾,而人需要十个。"这个老学究提醒他的学生说。

"可是我们不能像人那样坐飞机。"奥利弗评论说。

老鸵鸟先用左眼,后用右眼,严厉地看了看奥利弗说:"人飞得太快。可是地球是圆的,所以很快后者就会赶上前者,撞击以后,人永远不会知道,从背后撞他的也是人。"

"说得好! 说得好!"除奥利弗以外的所有鸵鸟又一次叫喊起来。

"当危险来临的时候,我们可以把头埋进沙子里使自己什么都看不见,"老学者慷慨激昂地说,"别的物种都不能这样做。"

"我们怎能知道我们看不见人家而人家也不能看见我们呢?"奥利弗盘问道。

"胡扯!"老鸵鸟叫道。除了奥利弗以外的其他所有鸵鸟也叫道:"胡扯!"尽管他们并不知道是什么意思。

就在这时,一阵令人惊慌的奇怪的声音,由远及近地传来。但是这不是暴风雨即将来临的雷声,而是一大群因受惊而狂奔乱跑的象所发出的雷鸣般的轰响。老鸵鸟与除奥利弗以外的所有鸵鸟,都迅速地把头埋进沙子里。奥利弗躲在了附近一块巨石后边,直到这群狂风暴雨式的野兽狂奔而去,奥利弗才出来,他出来后,看到一片沙子、一些白骨和羽毛——这些就是那个老学者和他的弟子们留下的一切。然而,奥利弗为了证明是否还有生命存

在,他开始点名,可是没有任何回答,最后他点了自己的名字"奥利弗",这时他听到了回答。

"说得好! 说得好!"奥利弗说。除了一阵隆隆的雷声,在远远的地平线渐渐消失,这是沙漠中仅有的声音。

### /// 学写作 ///

小说用一个寓言的故事,来说明一个人生道理。作者通过奥利弗和老鸵鸟的对话,反衬出奥利弗与其他鸵鸟的不同,最后通过一次意外,来讽刺老鸵鸟和其他鸵鸟的无知,道理不点自明,发人深省。

### /// 懂人生 ///

一个人看到自己长处的同时更应该知道自己短处。人要有自知之明,要客观冷静地看问题,万万不能狂妄自大,唯我独尊,骄傲自满。不动脑筋,盲目崇拜权威,终究会自取灭亡,一败涂地。

·杨志生·

# 亮　光

兰小宁

人要倒霉,喝水也塞牙。当他急匆匆封好刚脱稿的一部中篇,想赶在当天从邮局寄走时,却被突然而至的停电困在了电梯里。

一切"突围"的努力都被证明是徒劳的。他简直沮丧到了极点。

这真是一个不祥之兆。这部他自以为最有希望的中篇新作,看来寄出去也不会有什么好结果。也许真像朋友说的那样,他一辈子也写不出伟大的作品来。他想哭。

"叔叔,您很着急吗?"一个女孩的声音。

他这才想起,电梯经过九楼时,是上来了一个女孩。哼,如果不是这孩子耽误了一会儿时间,此刻他也许不至于困在这里。想到这,他没好气地说:"废话! 谁像你,屁事儿没有!"

"叔叔,我惹您生气了吗?"

他一愣,没再说什么。

过了好一会儿,女孩又说:"叔叔,您别生气,我给您唱个歌,好吗?"

他的脸有些热。

"大象,大象,

你的鼻子怎么这么长?

妈妈说鼻子长才是漂亮。

……"

他笑了,走过去,摸到女孩的头,蹲下,把她揽到怀里。

"一张蛤蟆一张嘴,

两只眼睛四条腿,

……"

他的眼睛开始发潮。

"小小萤火虫,

飞到西,飞到东,

这边亮,那边亮,

……"

"别唱了,"他的声音有点涩,"刚才,是叔叔不好,叔叔不该凶你。"

"原来您就是那个,想当作家的叔叔呀?"

"你怎么知道?"

"您写字的时候,是不是一边写一边走呀? 我家就在您的房间下边,您走路的声音我都能听见。妈妈说,您是在思考。"

他的脸又红了。他决定明天就去买地毯,至少,也要先换上一双厚底海绵拖鞋。

"你妈妈还说什么?"

"妈妈说您是个有志气的人。可是爸爸不喜欢您。"

"哦？他怎么说？"

"爸爸说，作家都是吃饱了撑的。"

他大声地笑了。

"叔叔，您想当的作家，是什么呀？"

"就是写小说的。"

"小说？小说有什么用呀？"

"小说……"他一时还真答不上来。认真地想了想之后，他说："小说可以给人带来光明和希望。比方说，我们困在这儿出不去，要是能把门打开一条缝，看见一点亮光，就不这么黑得难受了。小说就是那一点亮光。懂了吗？"

"不懂。"

"唉，跟你真的没法说。你长大就懂了。"

"叔叔，我怕。"

"不怕，有叔叔呢。"

"我怕黑。"女孩哭了。

这次停电时间确实太久了，也许一个世纪都过去了，连他心里也有点发毛——似乎这个世界已把他们遗忘了。

他摸出火柴，划着一根，想看看表，可一抬腕才想起，表没戴出来。

火柴很快燃尽，世界又陷入黑暗。

"黑，黑！"女孩又哭。他又燃起一根火柴。火苗由蓝变红，又

由红变黄,随着他的鼻息时大时小,女孩的身影也忽长忽短。

火柴一根一根燃尽。

"这是最后一根火柴了,一会儿再黑我可就没辙了。你别哭,好么?"

"不,不! 我怕!"女孩放声大哭。

"不哭不哭,叔叔有办法。"他亲了亲女孩的脸蛋,摸着黑把装手稿的牛皮纸大信封一条条撕开,捻细,然后擦着了最后一根火柴。

女孩不再发抖,睁大眼睛,盯着那微弱的火光。

信封眼看要燃尽,他的心在剧跳。在伸向那部浸透心血的手稿时,他的手有点颤抖。

火苗越来越小,女孩意识到了什么,恐惧地尖叫起来。

他飞快地扯下小说的第一页,在将灭的微火上引燃。

女孩不作声了,看着他一张张地燃着那部手稿。

"别烧了,叔叔,烧我的手绢吧。"女孩掏出手绢,哭着说。

他把那块小手绢塞回她的口袋,接着烧那部手稿。洁白的稿纸连同上面密密麻麻工工整整的字迹顷刻便化为灰烬。他的表情庄重而肃穆。

"上面的字都是您写的吗?"女孩问。

他点点头。

"这就是您说的,有亮光的'小说'吗?"

他点点头,接着,又摇摇头。

金色的火苗在她的眸子里跳跃着,她那双黑眼睛像是在唱一

支无声的歌。

女孩在他的眼睛里看到了两滴被火光映红的泪，她又掏出了那块小手绢。

明媚的阳光告诉他，刚刚过去的黑暗时间并不长。

阳光下，他和女孩像老朋友一样道了别。望着女孩蹦跳着离开的背影，他真想高声唱一支歌，为那些美丽的阳光。

他忽然感到过去写的那些小说全都不能算小说，全都不配拿到这么美好的阳光下来。

他的心陶醉在一部新作品的构思之中了。

/// 学写作 ///

文章紧扣"亮光"这个题目，写了一个作家和一个小女孩被困电梯的故事，他们互相帮助，互相鼓舞，将爱的亮光点明。作者用象征的手法，将亮光作为原始的素材，指出了文学的任务就是给人们带来光明和希望。

/// 懂人生 ///

人是需要光明和温暖的，特别是处在黑暗和孤独的时候。当我们处在生活的黑暗处的时候，我们也许渴望得到别人的温暖。但当我们看到别人处在黑暗困境中的时候，不要忘了，给予别人一点点温暖，点燃自己心灵的亮光。

·杨志生·

# 选　　择

[美国]鲁·克·库克

肖夫人坐在茶几旁拿起古色古香的精细的银茶壶倒茶时,心里在想:有钱是多么快活!看我身上的穿戴,屋里的陈设,无不显示出家财万贯的气派。她满面春风,得意之情溢于言表。然而,如果你由此认定她是个轻浮贪图富贵的人,那对她来说就太不公平了。

"你喜欢这幅画,我很高兴,"她对面前那位正襟危坐的年轻艺术家说,"得到一幅布吕高尔的名作是我的一个心愿,这是我丈夫上星期买的。"

"美极了!"年轻人赞许地说,"你真幸运。"

肖夫人扬了扬那两条动人的柳眉开心地笑了。她的双手细嫩而白皙,犹如用粉红色的蜡铸成似的,白皙的手指把那只金光灿灿的戒指衬得更加耀人眼目。她举止优雅,没有抚发整衣、摆弄小物品的习惯。她深深懂得,优雅的举止能给予人一种感染力。

"幸运?"她说,"我并不相信这套东西,决定一切的关键在于选择。"

年轻人觉得她的说法有些牵强,但他什么也没说,只是很有

分寸地点点头,并没有打断肖夫人的话。

"我的情况就是个明证。"

"这样说来,当有钱人也是你自己选择的了?"年轻人多少带点讽刺的口吻。

"你也可以这样说,十五年前,我还是一个拙笨的学生……"肖夫人故意给对方说点恭维话的机会,于是停了一停,但年轻人正在暗暗计算她在学校里待的时间。

"你看,"肖夫人继续说,"我那时很单纯,身上有一种叫什么自然美的东西,但却有两个年轻人同时爱上了我,到现在我也搞不清楚我身上的什么东西吸引了他们。"

年轻人始终没有说恭维的话,但也没流露出丝毫烦躁的神色,虽然他一直在考虑如何将谈话引到有意义的话题上去。他太固执了,不愿随声附和。

"喜欢我的两个人中,一个是穷得叮当响的学艺术的学生,"肖夫人说,"他是个浪漫可爱的青年。他既不会经商,也没有亲戚的接济,但他爱我,我也爱他。另外的一个是一位财力显赫的商人的儿子。他处事精明,是一个很有前途的年轻人。如果从体格这个角度去衡量,也可称得上健美。他也倾心于我,同那位学艺术的学生一样。"

年轻人靠在扶手椅上,赶忙接住话碴儿,免得自己打呵欠。

"这选择是够难的。"他说。

"是的,要么是家中一贫如洗,生活拮据;接触的尽是些蓬头

垢面的人,但是这种罗曼蒂克的爱情才是真正的爱情。要么是住宅富丽堂皇,生活无忧无虑,服饰时髦,嘉宾盈门,还可到世界各地旅游,一切都应有尽有……要是两者能够完美地结合就好了。"

肖夫人的声调渐渐变得有点伤感。

"我当时很犹豫,不知怎样选择才好,这样的日子我整整熬了一年,但始终想不出解决的办法。很清楚,我必须在两人当中做出选择,但不管怎样,总有些惋惜之处。最后……"肖夫人环视了一下她那曾为一家名叫《雅致居室》的杂志提供过不少照片的华丽客厅,"最后,我决定了。"

肖夫人正要说出她是如何选择这戏剧性的时刻时,外面进来了一位仪表堂堂的先生,谈话被打断了。这位先生神态、气质、衣着宛如一位时装展览的模特儿,而且形象酷似一幅名画里的人物,他同这里的环境十分协调。这个风流倜傥的先生就是肖夫人的丈夫,肖夫人继而将年轻人介绍给她的丈夫。

他们继续坐下来,谈了大约十五分钟。谈话气氛十分友好。肖先生说,他今天碰见了"可怜的老迪克·罗杰斯",还借了钱给他。

"你真好,亲爱的。"肖夫人漫不经心地说。

稍坐了一会儿肖先生就借故出去了。

"可怜的迪克·罗杰斯,"肖夫人叹道,"我料你会猜到,那就是另外的一个,我的丈夫常常帮助他。"

"令人钦佩。"年轻人略略地说,他想不出更好的回答。他该

走了。

"关照朋友的事,我丈夫经常做,我不明白他哪来这么多时间。他工作够忙的,他给海军上将画的那幅肖像……"

"肖像?"年轻人十分惊讶,靠在扶手椅上的身子猛然坐直了。

"是的,肖像。"肖夫人说,"哦,我没有说清楚吧?我丈夫就是那位原来学艺术的穷学生。我们现在喝点东西,怎么样?"

年轻人点点头,有些不知所措,他想说些什么,可是竟一句话也没说出来。

### /// 学写作 ///

在年轻人看来,肖夫人应该是个为了荣华富贵而牺牲爱情的女人,但肖夫人的选择却大出他所料。文章巧妙地构思,通过肖夫人和年轻人的对话,设置悬念,将读者的思维引进年轻人的想法当中,最后作者用一句话点明真相,出乎所有人的意料,文章因此显得很有震撼力。

### /// 懂人生 ///

选择是人生最深奥的哲学。当我们在选择的十字路口徘徊时,要清醒地地认清自己,认清自己真正需要的,不要被一些外在的东西所迷惑。有很多东西,走错了就永远走不回来了,所以我们要慎重地选择自己的人生之路。

·杨志生·

# 试 用 期

徐全庆

奔波了将近一年时间,终于有一家医院同意试用我了。试用期是三个月,到时如果我的表现不能让院方满意的话,我只有继续去奔波。

我很珍惜这次十分难得的机会。每天,我都提前二十分钟到医院,把门诊室打扫得干干净净,然后给周医生泡一杯水。周医生是我试用期间的指导医生,我的任务是跟他学习,在他指导下给病人看病。

周医生十分和蔼,上班第一天,他就拍着我的肩膀说:"小伙子,好好干,争取三个月后能留下来。"然后他就告诉我,医院其实并不缺医生,这次试用五个人,最终只能有一个留下来。周医生说:"祝你好运。"

我的压力陡然大了起来。为了供我上大学,在庄稼地里刨了一辈子食儿的父亲,在他五十多岁时毅然到城里去打工了。父亲靠打工挣的钱供我上大学。两年之后我才偶然知道,父亲所谓的打工就是在城里捡破烂儿,除此之外他没有找到任何工作。现在我虽然已经大学毕业将近一年了,但父亲却依然还在捡废品,因为我还没有找着工作,还得靠他养活着。我必须好好表现,争取

留下来，用我的工资养活父亲，而不是靠父亲来养活我。

我很认真很虚心地向周医生学着我能学到的一切。虽然我没有钱像其他几个竞争者一样经常请自己的指导医生吃饭，但我能感觉到周医生越来越喜欢我了。

有一天下午上班没多久，周医生就接到他爱人打来的电话。周医生接完电话说得立即出去一趟，最多二十分钟就回来。临出去时他说，院长夫人下午要来看病，如果她来了，立刻给他打电话。

周医生刚走，就来了一个病人，一个浑身脏兮兮的老头儿，弓着身子，不停地咳嗽。我告诉那老头儿，周医生有事出去了，我只是个实习的医生，问他是等一会儿呢还是让我来给他看。老头儿咳嗽着说只要你不嫌我脏就给我看看吧。看到那老头儿我突然想起了我的父亲，父亲身上比他还要脏。我极少有机会单独给人看病，所以看得很认真。

这时，又进来一个穿着华贵、派头十足的中年妇女，进门就问周医生呢？她说话的语气让我意识到她是院长夫人，就站起来，告诉她周医生有急事出去了，马上就回来。院长夫人说，我有点不舒服，你给我看看吧。我说："我只是一个实习的医生，你如果没急事的话，是不是先等一下，周医生应该快回来了。"中年妇女说："我只是一点小毛病，你给我看一下开点药就行了。"我说："好吧，你稍等一下，我把这位病人看完立刻就给你看。"

院长夫人立刻就发了火，指着那老头儿说："什么，等给他看

完？你看他浑身脏兮兮的，该不是捡破烂儿的吧？他也配在我们这儿看病？立刻叫他出去！"我看见那老头儿怯怯地看了院长夫人一眼，又求援似的看了我一眼，就低下了头，不敢说一句话。于是我又立刻想起我的父亲。因为穷，他得不到别人尊重，因为捡破烂儿，让人看不起。这样的遭遇他一定也遇到过，那时，他也一定像现在这个老头儿一样，不敢和人争论，只能独自落泪。

我不知哪里来的勇气，对院长夫人说："对不起，他是我的病人，你也是我的病人，你必须等他先看完。"

院长夫人的脸立刻变了，掏出手机，拨通电话，一通呜里哇啦地大叫。

很快，院长就来了。院长夫人指着我说："你立刻把他给我赶走！"院长问了一下情况，一个劲儿地向夫人赔着不是，然后看了我一眼说："这个病人看完，你立刻到我办公室去。"说完就劝着夫人出去了。

我知道我得和这个医院说再见了，我难过得几乎掉下了眼泪。刚刚从外面回来的周医生了解了情况以后直冲我叹气说："你这孩子，怎么那么傻呢。"

我拖着沉重的步伐来到院长办公室时，他告诉我，本来还要再过一段时间才能确定我是否能留下来，但现在不用了。我被留用了。我诧异地问为什么，院长说，因为在你的眼里，患者没有尊卑之分，你能用心为每一位患者看病。

### /// 学写作 ///

作者用叙述的手法,将试用期里发生的一件小事,简单地陈述出来,情节自然而富有悬念,同时小说还运用细节的描写,通过两个"病人"的对比,用细腻的心理描写及自己"悲壮"的言行,表达了对弱势群体的深切关怀与悲悯,从而使作品具有极强的感染力,引起读者共鸣。

### /// 懂人生 ///

要活下去并不难,只是要活得有尊严。虽然这个世界有很多人以不同的方式生活着,虽然人们可能天生受到的教育就是与众不同的,但是,生存绝不能委曲求全、阿谀奉承,更不能奴颜婢膝,就算穷也要穷得有骨气。

·杨志生·

# 谢谢你教我

徐慧芬

山草呆住了,这上好的瓷瓶怎么会如此脆弱——就这么轻轻一抹,竟会碰掉一块!这是一只德化薄瓷瓶,造型十分别致:一段老竹,逸出一枝新篁,一只麻雀停在枝头,似在鸣唱。

她刚来时,主人家就关照过:挪动、擦拭这些瓷器时要小心点儿。这是家里多年的收藏,虽不十分值钱,却是他们的喜好。

现在,麻雀的一扇翅膀却被她弄折了,碎片滚落下来,山草似乎听到了麻雀的哀鸣,以至,这哀鸣声久久在她心中回荡。

女主人惊讶了好一会儿,只说了这么两句:你怎么这么不小心?毛手毛脚的!男主人看到碎片,俯身拾起后只重重地叹了一口气,并没说什么。可是,山草总也不能原谅自己。

一个月做下来,山草觉得这对夫妇有学问,待她挺好的,工资比别家给她的高些,人也和气,不摆架子,家务上有些事还会同她商量。他们曾告诉过她,在她之前,找过几个都不合意,他们看上她这个山妹子,主要还是她的朴实和勤勉。

现在,由于她的疏忽,竟将他们的心爱之物弄坏了。怎么办?怎么办?神思恍惚的山草晚上在洗碗时,听到瓷碗碰在一起的声音,眼泪又淌了下来。想来想去,也只有用她的工资来抵偿,不知行不行。

她擦掉眼泪,怯生生来到还亮着灯的主人书房里,嗫嚅着说明意思。

你说用这个月工资抵吗?可你怎么向家里交代?家里生病的母亲不是等着用钱吗?再说,这只瓷瓶是我们一位朋友的馈赠,能用钱估价吗?即使按市场价,你两个月的工资也不够啊!听主人这么说,她急得眼泪哗哗直流。"好了,不要哭了。放心吧,山草,我们不要你赔。"女主人拍了拍她的肩膀,"但是,为惩罚你的粗疏,我们还是要象征性地扣掉你十元钱。这十元钱赔偿是想让你记住,以后做事一定要认真仔细。人在外面讨生活,很不容易,好的习惯,会帮助一个人走向成功。就像我们的女儿,小时候读书做题很粗心,我们花了好长时间才帮助她克服了这个毛病……"这一晚,在主人的教诲下,山草的心受着感动。

谁也不曾想到,第二天,主人读大学的女儿回来听说此事,不好意思地向父母坦白出来,瓷瓶是她不小心碰坏的,她见麻雀翅膀断了,就找了胶水粘住,再转到里面去。她当时想,省得父母知道了心疼,还要责怪她,所以就没说。

夫妇俩嗔怪了女儿后,觉得有些对不起山草。他们把事情真相告诉了山草后,问她当时为什么不申辩一下。山草说:"阿姨叔叔,当时我也觉得奇怪,怎么抹布轻轻抹了一下,就碰坏了呢?可是我真的这么说了,你们会相信我吗?"

两位主人沉默了好一会儿,男主人点点头说:"是的,山草,你这么说,也许我们会不相信,但事实是这样,确实不是自己的错,你就要坚持维护自己的利益,你不要管别人相信不相信。如果自己不坚持,就容易受到更多的伤害。你上过初中,读过俄国作家

契诃夫的小说《柔弱的人》吧？生活中可不能一味柔弱啊！"

半年的时间很快过去了。山草的亲戚在乡下办了个加工厂，山草的父母让山草回家乡去上班。山草依依不舍地告别了主人家。回到家乡后，她写信给这对知识分子夫妇报平安，并感谢他们对她的照顾和关心，感谢他们教给她很多知识，让她懂得不少做人的道理。在信末，山草又加上这么几句话：叔叔阿姨，还有几句话我不知该不该讲——我刚来时在打扫卫生时发现床下有一张百元钱，沙发背后有两张十元钱。我想，也许是你们放在那里，考验保姆的吧？如果以后你们再找保姆，我希望你们不要这么做……

/// 学写作 ///

小说讲述了山草在做保姆期间被误会的故事，然后穿插了主人的读大学的女儿回来澄清事实这一补叙来反衬主题。作者运用心理描写，通过山草心灵的述说，在充满紧张悬疑的氛围中揭示主题，给人无限的思考空间。

/// 懂人生 ///

生活就是这样，在你考验别人的时候别人也在考验你，所以，我们千万不能以小人之心度君子之腹，只要我们用一颗平常的心去对待别人，别人也会用一颗美好的心灵来对待你的。相信别人的同时，也相信自己。

·杨志生·

# 好 人 坏 人

魏金树

上小学的儿子合上书本,向爸爸提出一个问题:"爸爸,什么叫好人,什么叫坏人呢?"

爸爸想了一下,说:"我先给你讲几个故事,讲完后再回答你的问题,好吗?"

"好哇好哇!"一向爱听故事的儿子高兴得直跳高,"爸爸你快讲吧,我最爱听故事了。"

爸爸端起茶润了一下嗓子,然后就向儿子讲起来:"我讲的第一个故事,主人公叫 A。这天 A 乘公交车去办事,从始发站到终点,后来车上人越来越多,以至连过道上都站满了人。这时上来一位大腹便便的孕妇,乘务员大声喊:'哪位同志给孕妇让个座。'孕妇周围坐了许多人,却全都装聋作哑,谁也不肯动地方。这时坐在最里面的 A 站了起来:'请到这儿来坐吧。'要知道,当时他离下车还有半个多小时的路程,他这一让座,则意味着可能一直挤在过道中摇来晃去了,但他没有丝毫的犹豫。你说,A 算好人还是坏人呢?"

"当然是好人!"儿子说。

"我讲的第二个故事,主人公叫 B。有一片住宅小区经常停

电,后来经电工检修,才发现是一部分线缆被人剪去了。电工重新又接了线缆,没想到不久线缆又让人半夜偷走了,接连几次,闹得小区的居民怨声载道。后来经派出所连续几昼夜'蹲点',终于将这个盗贼逮住了。这个盗贼正是 B。按说他偷的线缆也卖不了几个钱,却搅得四邻不安,影响了这么多人的正常生活,你说 B 是好人还是坏人呢?"

"当然是坏人。"儿子说。

"我讲的第三个故事,主人公叫 C。公园里,一位小男孩不慎掉进湖里,湖边围了许多人,却没人跳下去。这时 C 也经过这儿,他一看见有人落水就跑了过来,连衣服也没脱就'扑通'一声跳下去……这时已是初冬季节,水已很凉了。结果孩子得救了,他却着了凉,接连好几天发高烧——你说 C 算好人还是坏人呢?"

"应该算好人。"儿子说。

"我讲的第四个故事,主人公叫 D。D 因生活所迫,到一个单元住宅楼行窃,他估计主人已上班去了,便打阳台开着的窗子翻了进去。却没料到,这家还有一位老人,老人见有贼进屋便喊了起来。D 当即慌了,他顺手抄起一个墩把向老人头上打去,登时便有鲜血流出来,老人昏了过去。D 不顾老人死活,打开门落荒而逃。你说 D 是好人还是坏人呢?"

"应该是坏人。"儿子说。

爸爸顿了一下,又总结说:"A 给孕妇让座,是助人为乐;B 偷

盗线缆,是损人利己;C跳水救人,应该算见义勇为;D入室打劫,则是典型的强盗行为。我要跟你说的是,在事实上,我说的A、B、C、D却是同一个人。你说这个人是好人还是坏人呢?"

儿子一下子愣住了,说:"这怎么可能呢? 他们怎么可能是同一个人呢?"

爸爸看着儿子,认真地说:"这的确是一个人,这个人曾是我的朋友。因为他平时爱做好事,所以人缘极好;因为他见义勇为,单位还专门表彰过他;因为他偷盗线缆和入室打劫,终于被公安人员抓获,迄今还在拘留所里。"

爸爸又说:"实际上,世上的好人与坏人都是相对的……你明白了吗?"

儿子似懂非懂地点点头。

### /// 学写作 ///

文章以对话的方式进行故事叙述,通过父亲和儿子的对话,用四个故事,层层深入,增强了说服力。文章结构严谨,每个故事既独立又相互联系,就在父子的一问一答中,儿子渐渐明白怎样去衡量好人和坏人,主题也随之深化了。

### /// 懂人生 ///

并不是好人就没有一点点的瑕疵,坏人便坏得不可饶恕。世界是黑白的混合体,没有绝对的白色,也没有绝对的黑色,世界上

没有完美无瑕的东西，太完美的东西只能是臆想。我们去衡量一个人的时候，不能只看他的表面，而应该透过表面看清他的本质。

·杨志生·

# 四个男人和一个盒子

### [美国]巴纳德

他们带着的盒子里装着一个奇怪的承诺,而只有这个承诺让他们在这致命的雨林里保持前进……

四个憔悴不堪的男人从原始的森林走来,他们就像人类在睡眠中走路般地走着,又好像有一个监工拿着长鞭在驱策他们一样,忍耐力已经到达极限了。他们的胡子缠结在一起,皮肤上都是溃烂的伤口,还有水蛭吸他们的血。

他们彼此憎恨,那是一种被责任和无止境的森林所限制的恨。随着时间的过去,他们更恨那个盒子。然而,他们还是小心地带着它,就好像它是《圣经》里诺亚的方舟一样,而他们的上帝是个嫉妒的上帝。

"我们必须把马葛拉夫的东西带到目的地,"他们无奈地说,"他是个好人,我们向他保证过。"

对于到达终点店的奖赏他们没说什么,但每个人都在心里念着。

他们跟着马葛拉夫到这个绿色的地狱来是因为他事先付了很多钱给他们。现在他死了,他们却还活着。死亡击倒了他——一些急性的热带传染病结束了他的地质学狂热。

如果马葛拉夫要他们带的是黄金,他们对整件事会觉得较有头绪。但马葛拉夫曾经笑着对他们说:"科学上已经发现有些物质比黄金还有价值。"本来他们认为马葛拉夫已经失败了,他在森林里找到的只有死亡。然而事情又似乎不是如此,他交给他们带回去的盒子颇重,这个盒子是他自己做的,质地很粗糙。当他知道自己已经注定要死时,他把盒子包好封住,里面装着只有这个科学家自己知道的秘密。

"这个盒子必须靠你们四个人合力才能搬回去——每次两个人,"马葛拉夫这样告诉他们。

"我们一共是四个人。"巴利说,他是个学生。

"你们必须轮流,"马葛拉夫指示说,"我要你们每个人答应我随身带着它,直到安全送达为止。你们可以在盒盖上找到地址,如果你们能把它送到海边我的朋友麦当劳教授那儿,那你们所得到的将比黄金还有价值。你们不会失败吧?我可以向你们保证你们一定会被奖赏的。"

他们答应了,因为他是个垂死的人,而且他们尊敬他。有很多次,当森林里无止境的单调沉闷快要吞蚀他们的时候,就是他的人格把他们团结在一起,否则,他们可能已经无法避免地吵起来了。

然后,马葛拉夫对他们笑一笑就死了。他安静地死去,就像他做所有事一样。这个老科学家用一种模糊神奇的力量把他们结合在一起。他们把他葬在森林的深处,脱下帽子向他致敬,巴

利念了些葬礼时该说的怀念的话。当泥块掉进墓穴时,整个森林显得更大更具有威胁性了,每个人都觉得自己变得矮小许多。一种恐怖的孤寂、对同伴的怀疑随着马葛拉夫的去世吞蚀了大家,每个人都害怕自己会像他一样死在无人知的森林里。

他们是一个很奇特的组合:巴利是个戴眼镜的学生;麦卡第则是个高大的爱尔兰厨师;强生本来是个落魄的无业游民,马葛拉夫在一个河边的酒店遇到他,并怂恿他跟自己到森林里去;还有吉米·赛克斯,他是个水手,老是谈论他的家乡但从来不回去。

赛克斯有罗盘和地图,当他们停下来休息的时候,他总会拿出来仔细研究一番。他会用一根短而粗的手指指着地图说:"那就是我们必须去的地方。"地图上看起来似乎很近……

丛林变得更宽广了。他们很想念马葛拉夫,以前他总是能在不可思议的混乱危险中找到继续前进的理由;而现在,他没有办法再用他的乐观主义来鼓舞他们了,虽然他以前总能证明他的理论是对的。起初,他们还能互相交谈,声音对他们而言是很重要的……很快地,交谈的内容只剩下对他们所带的盒子的诅咒,因为他们必须吃力地抬着它穿过重重森林……然后,沉寂吞蚀了每个人;最后是比沉寂更糟糟糕的事。

就像一个干渴的人在英芬诺(注)会渴望喝水一样,强生盼望回到那河边的酒店去。他变得神经兮兮,左顾右盼地想看到任何不同的东西。麦卡第的脸则变得愈来愈深沉郁闷,他不停地重复:"我要走自己的路,我不要再带着这个东西走了,我想我真的

有胆量这样做。"然后,他会用一种深沉、算计的眼光投向赛克斯紧握着的地图。

至于赛克斯,他对这像高墙一般、会使人陷在里面的丛林产生了一种无以名状的恐惧。他要海,他想看到地平线。睡觉时,他常喃喃自语;白天,他则诅咒那隐藏在丛林沉处的死亡和那些等待机会要侵袭疏忽者的昆虫、蜥蜴等。他念着他的家,又说他几年来一直想找机会回家看他太太和孩子——而现在却永远回不去了。

学生巴利很少说话,但有个女孩一直盘绕在他的脑海。他常常躺着却睡不着,一方面是因为昆虫的骚扰,一方面则为那似模糊似清楚、时远时近的面容而苦。每次想到那女孩一定会联想到那在春天变绿、秋天变黄的校园,还有每天都去的操场、教室、图书馆;还有那舞会、月光下的散步,和最后一天含泪的道别。

有时,他们其中一人会祈祷——用一种喊叫的方式,其他人听来还以为是诅咒;上帝创造了这个可怕的丛林,这些怪异的树和花,它们是那么的巨大以至于人好像变成侏儒了。然而,人是永远无法战胜自然的,所以只好屈服。即使当马葛拉夫跟他们在一起时,他们之间也还常有口角和争执,但他的人格和他的理由——最后也变成他们的理由——总能平息这些争吵。

现在,剩下的只有马葛拉夫的盒子,他们的力气愈来愈小,盒子似乎愈来愈重。当其他事情已经变成不太真实时,它的重量却似乎更真实。他们的心里反抗这一切,这盒子的重量却把他们的

身体结合在一起；当他们想分开时，它把他们锁在一起。一次又一次的轮流已经变成一种例行的机械化的动作，使他们忘了要分开；如果只有两个人的话，很可能他们已经放弃了。

他们恨这个盒子就像犯人恨他们的镣铐一样，但他们还是带着这个盒子就像当初他们承诺马葛拉夫会做到一样。

除非是交换工作的时候，否则他们总是小心地看着别人以免他们接近这神圣的盒子。

突然间，奇迹一般，展开在他们眼前的不再是黑暗的丛林。

"天啊！"赛克斯叫着，"我们做到了！"他拿出地图，然后凑上自己裂开的嘴唇吻了一下。

"是的。"强生吸了一口气说。他的眼变得更古怪了，他也停止了与人吵吵闹闹。他甚至还在厨师麦卡第的背上拍了一下，然后两人用一种奇怪的、歇斯底里的笑声大笑起来……

当他们再度提起他们的货物，它似乎变轻了，但只过了一会儿。他们现在变得很虚弱，因为安全在望而任务又已达成。最后，他们还是提着它走上一条街，许多土著和一些其他的人都瞪着他们看。他们四个只能拖着疲累的身子蹒跚而行。

他们所要的只求能把它送到，而现在他们做到了。

然后，当他们打听麦当劳教授的下落时，有一股荣誉感从他们的心中升起，那是一种分享一件东西的荣耀。最后，他们找到了那穿着皱巴巴的白西装，已经退休了的教授。

休息过后，麦当劳教授给他们食物吃，然后他们把他们对马

葛拉夫的承诺告诉了他。

强生在这时却说溜了嘴,把有关报酬的事提出来。

老人伸出他的手做了一个无可奈何的手势。"我什么都没有,"他说,"除了我的感谢外,我没有什么可以给你们。马葛拉夫是我的朋友,他是个有智慧的人,甚至有过之,他是个善良的人。你们守住承诺,做到他所要求的事,我所能做的只有谢谢你们。"

强生嘲弄地看着他。"在盒子里,"他嘶哑地说。

"盒子,"塞克斯饥渴地回应道。

"现在——你们尽顾着谈话,"麦卡第说。

"打开它。"他们要求。他们合力把它搬过来,一层又一层地撬开。麦卡第开始诅咒。"那些重量,我们吃力地搬运……"他抱怨,强生说:"都是木头,这是开什么玩笑!"

但赛克斯说:"有东西在里面,我听到它嘎嘎响。我们走路时听到的。看,你们忽略它了。"他们全都挨过来,心跳都加快了。他们想到那些科学家挖出来,不计代价工作要找出来的物质;他们瞪着老人把那些松松的石块拿在手上,然后又把它们丢下去。"没有价值。"他说,并疑惑地想知道到底马葛拉夫葫芦里卖的是什么药。

"没有价值。"赛克斯呆呆地说。

然后厨师麦卡第爆发了。"我总认为那家伙是疯子。竟然告诉我们盒子里有比黄金更有价值的东西。"

"不，"巴利很快地说，"我确切记得他是这样说的：'如果你们把它安全送到我的朋友麦当劳教授那里的话，你们有的是比黄金更有价值的东西。'"

"所以呢？"麦卡第大吼。

"对呀，所以呢？"吉米赛克斯回应道，"我自己也可以搬动一些黄澄澄的金子啊！"

强生用舌头舔了舔他的干唇。

巴利看着他们所有人：高大的爱尔兰厨师麦卡第；有一天可能会回家的水手赛克斯；还有河边的无业游民强生。

然后，他想到那在春天时绿油油的校园，还有那在等待着他的女孩。他又想到他们刚刚逃出来的丛林——那折磨人的绿森林，许多人独自流浪在内，现在都变成了一堆白骨；然后他又想到随之而来的结果，因为他们听了马葛拉夫的话，为了信守对他的承诺，只好团结在一起通过险恶的丛林，四个男人团结起来就只为了这个简单的理由。而这就是马葛拉夫送给他们的礼物啊！这就是马葛拉夫所谓的报酬。

"他说我们会得到报酬的。"强生哀声抱怨道。

"我亲耳听到他这样说的，而现在，什么都没有！我们从中得到了什么？"

巴利很快地转向他。"我们的生命！"他说，"那就是我们所得到的——我们的生命——那才是最有价值的。他救了我们的命。"

译注

Inferno,"地狱"之意,此指但丁《神曲》中第一部"地狱篇"(TheInfer-no)的情境。

### /// 学写作 ///

小说以一个盒子作为线索,描写了四个男人为了一个"承诺",把盒子送到目的地的事。小说运用了对比的手法,写出了四个男人的不同表现。作者独具匠心,通过四个男人对盒子里面东西的猜疑来设计悬念,引起读者的兴趣。最后通过巴利的醒悟来点明主题,内容深刻。

### /// 懂人生 ///

有时,我们为了某种目的去做一件事情的时候,发现我们离目的越来越远,有时候甚至会越走越失望,但当我们回过头来想想,会发现我们收获了一些比结果更重要的东西。四个男人因为送没有价值的空盒子,却救了自己的性命,道理就是如此。

·杨志生·

# 你的内心藏不住

田双伶

他把记账凭证填好后，手指忙乱地在键盘上敲着。

突然腰里的手机震动起来，他陡然惊出一头汗，全身仿佛被电击一般。第一次做这种事情，难道真的会通向地狱吗？他定了定神，拿出手机接听，是朋友姜武的声音："晚上有事吗？今天有一个朋友来，你来陪酒吧。天福居酒楼老地方。"

他长出了口气：好吧。

骑上车子时，他再次定了定神，匆匆赶往天福居酒楼。

一进雅间的门，姜武就站起身把他拉过来，对着在座的人说：来来，我给你们介绍介绍。这位就是金融界精英高凡。

一位瘦瘦但很精干的男子站起身，向他友好地伸出手：你好。

这位是贡阳市刑警大队的神探金强。姜武说着端起了酒杯，今天可是高朋满座啊。来，咱们先干一杯见面酒。

浓浓的酒很快将几个男人的神经熏得燥热，他们边喝酒边聊着政治战争升官发财的话题。忽然姜武"啪"地一拍金强的肩膀，兄弟，我忘了你还会看相呢。借你的火眼金睛给兄弟们看看运气，谁啥时候能升官发财？

　　金强将烟送到嘴里,烟雾模糊了他的脸庞,但他的眼睛透过迷蒙的烟雾已开始扫向在座的几个人。

　　高凡这才注意到那一双眼睛,锐利得直穿人的胸膛,他的脑海里掠过鹰的眼睛。可偏偏那犀利的目光直直地向他射过来。他心头一冷,心底什么东西被击穿了似的有点儿发虚。

　　呵呵,八卦我可不会看。可能学过心理学吧,又天天和罪犯打交道,见人就爱察言观色的,从蛛丝马迹里找线索。

　　他一惊。

　　金强吐了口烟仍不紧不慢地说着:我审案子时一定紧盯对方的眼睛。一个人做什么事情他的眼睛会替他说出来。紧张、恐惧、狡猾、凶狠、委屈……是完全不同的。

　　姜武哈哈笑着,那快发财的人眼里有什么先兆吗?你读读我的眼睛。

　　酒桌上的人都互相戏谑地瞅起别人的眼睛来。

　　因为人的内心活动会无意识地也最直接地从眼睛里流露出来。我给你们讲一个故事吧。金强开始娓娓道来。有一个人常常去海边看海鸥,因为他很喜欢海鸥。而海鸥一见到他,就一只只地飞向他,有的围绕着他来回飞,有的还落在他肩上。有一天,这个人的父亲对他说,你常去海边,能不能给我捉一只海鸥回来啊。第二天,他又去了海边,他眼看着海鸥一只只围绕着自己飞,想捉住,可是它们就是不落下来。他呆呆地看着海鸥飞过来又飞到远处,一只也没有捉住。

为什么？几个人迷惑地看着这位警官。

因为一个人的内心是藏不住的。海鸥从他的眼睛里看到了捕捉它们的欲望，所以就飞走了。

听的人都出了口气，冲着金强端起了杯。神探啊，遇见你这孙大圣的火眼金睛，什么罪犯也得现形。酒喝下去，高凡觉得一股热血涌上了头。他闷闷地吸着烟，听他们意犹未尽地谈论着，目光落在眼前一盘没动过筷的菜上。

酒席散了，大家起身离座。高凡走在最后面，默不作声。可是金强回过身来在他肩膀上重重地拍了一下，眼眸深邃地望着他：兄弟，别让一些事情藏在心里。人嘛，一错即改，还是英雄。

他点了点头，紧紧握着金强的手说：真的……谢谢你。再见。

夜色里，他缓缓地走在回家的路上。抬眼一望，天上一轮弯月仿佛一个大大的问号在问他：你心里究竟藏了什么事？脑海里那双犀利的鹰一样的眼似乎仍在定定地逼视着，使他无可遁形。他狠狠地甩了甩头，闭上眼睛长长地出了口气，然后毅然给自己下了个决定，明天一上班，先做什么……

### /// 学写作 ///

作者凭借内心的剖析与情节巧设来增加小说的内蕴张力，采用叙述故事的语言，截取生活中的一个生活场景，用轻松的笔调勾勒严酷的公款贪污问题，使本文显得精悍而隽永。文章采用深

入的心理描写,精确地剖析了从第一次犯罪到悔改的高级知识分子灵魂荡涤的过程,具有时代鞭策力。

### /// 懂人生 ///

一个人可以用说话,用行动,甚至用眼神去欺骗别人,但却不可能按捺得住自己内心的那一份骚动。当我们违心去做一些事的时候,我们可以欺骗别人的眼睛,但不能欺骗自己的心灵,因为我们的内心藏不住自己缺失的灵魂。

·杨志生·

# 自 信 心

[美国]山姆·F.修利尔

有时候,爹地真的吓着我。他会把一些他根本毫无一知半解的难题搅在身上,而最后,十之八九的事情都会被他解决。当然,完全是运气作祟,但你又不得不信他那一套。

"自信心,"他常说,"只要相信自己办得到,你就一定办得到。"

"任何事情吗?"我问他,"如果是脑科手术呢?"

"哦! 别傻了,"我爹地说,"像那一类的事情是要靠经验的。"

"走开一点,"他对我说,"你挡到电视了。你站在荧幕前面,要我怎么看摔跤呢?"

"别管荧幕了,"我回答,"有一天你的运气用完时,那时候,我再看你的'自信心'管不管用。"

其实,我并非那种自命不凡的人。有时候,我也会试着运用我的自信心。

第一次是在我期末考试的时候。我拼死拼活地要通过期末大考。我真的是铆足了劲,因为我大概有一年没碰过课本了。我生吞活剥地把它们死背下来,大概每次都是这样。其他的,就都交给我的"自信心"了。我肯定地相信我办得到——非常肯定的。

结果我考了全校历史上最低的分数。

我把成绩单拿给爹地看，然后说："你的'自信心'只有百分之三十三的作用吧！"

他根本不瞧一眼就把它搁在桌上。"你要到一定的年纪才会了解的，"他解释，"那才是'自信心'的关键。"

"嗯？那其中这段时间我要干什么呢？"

"也许你应该念些书吧。有些孩子可以学到一些名堂的。"

那是我第一次使用"自信心"的经验。最后一次则是在奥斯汀服饰公司升迁的时候。华德生的经验比我老道，业绩也比我好一些。而我，就靠着我的"自信心"。结果，华德生得到青睐。

你以为这样就能说服我老爹吗？那是不可能的。一定要给他一些教训，他才会改观。我爹地也在奥斯汀服饰公司上班，要教训他的机会终于来了。

那时候奥斯汀公司要举办一次东方橱窗展示会。花费了大笔金钱筹备之后，一切就绪。等我们要拉开布幕的时候，竟然展示灯出故障了。奥斯汀先生看起来马上就要窒息而死了。他想，这下子完了，顾客全要跑光了。他马上要找电气匠来。

这时候我爹地出现了。"发生什么事吗？"他说。

"哦，路易士，"奥斯汀招呼他。他称爹地"路易士"——而我，他最好的售货员，居然只叫我"乔·康克林"。我爹地只是一个收银机的职员，他却称他"路易士"。"这些他妈的灯坏了。"

"嗯，我看看，"我爹地说，"也许我帮得上忙。"他从口袋里掏

出一支螺丝起子。

奥斯汀先生盯着他。"你真的内行吗？路易士。"

"不！他不行的。"我在一边保证。"你以为他是爱迪生吗？"其实我不是故意这样说的，只是说溜了嘴。

"年轻人，我是在跟令尊说话，"奥斯汀先生用冷峻的眼光瞪着我，"我如果要别的意见，我会问他们的。"

"没错，"我爹地插嘴说，"乔，注意你的态度。"

他小心地跨进橱窗里，把一个电匣打开，然后开始动用起子。

"别碰它！"我叫道，"你会触电的！"

他碰了，而且没有触电。展示灯一下子全亮起来。奥斯汀先生脸上的紧张这下才消了。他微笑着。

那天晚上爹地又发表了长篇大论，说他的"自信心"再度灵验了。

"'自信心'，胡扯，"我反驳他，"根本不是那回事。"

"走开一点，"爹地说，"你挡到我荧幕了。"

第二次的情况是奥斯汀先生的保险箱卡住了，把所有员工的薪水锁在里头。那是月底最后一个周末前夕，眼看着问题毫无解决的希望。

这时，我的爹地再度出现。"出了什么事呢？"他说。

突然，一种奇异的感觉涌现在我心头，仿佛这件事已经发生过了。"这个该死的保险柜，路易士，"奥斯汀先生说，"它卡住了。"

"嗯，让我瞧瞧。"爹地说，"也许我帮得上忙。"

"你真的行吗？路易士。"奥斯汀先生惊问道。

我本想冲口说：不！他不行的。但我忍了下来。我受够了奥斯汀先生冷峻的眼光。如果爹地自愿要扮小丑，那是他的事。

"奥斯汀先生，"爹地说，"保险柜的号码是几号？"

奥斯汀先生附过去，在他的耳边轻声地说了号码。他根本毫无犹豫地就这么做。我爹地对别人总有一股奇特的力量。

转了几圈之后，他开始扭动保险柜的门栓。我在心里说，"等着瞧吧，看我们家的魔术灵不灵？"我们等了一会儿，什么事也没发生。

"锁头的杠杆卡住了，"他最后说，"中心轴不平衡。"你瞧，他对保险柜根本一窍不通。

"打电话叫厂商来。"奥斯汀先生命令。

每个人都"哦——"的一声。制造商远在芝加哥呢！

"奥斯汀先生，等一下。我还没弄完呢！"爹地说。他已经紧紧贴着保险柜，这次他要表现真功夫了。他把手指拧住开关，轻轻地颤动，非常缓慢地。他几乎把耳朵贴在保险柜上，听着刻号跳动的声音。

我向四周的每一个人瞄了一眼，确定是否有人在偷笑。居然没有一个人在笑。令人无法相信。我又巡视了一遍，还是没人发出声音。他们不但不笑我的父亲，甚至还认为他真的能打开它。我的天啊！一大堆男人、女人蹲在那儿，屏气凝神地期待着保险柜的门打开。

当他们站起来的时候,保险柜开了。

那晚,我和爹地正在看电视。他——聚精会神地瞧着电视,而我——却在脑海里不停地思索着。终于,我爹地开口了,"想说什么就说啊,"他说,"别搁在心里嘛。"

"说什么?"我问。

"说'那只是运气,你碰巧撞开了保险柜……'等等的。"

"好吧!"我回答,"我会说:'也许是好运,但是也许还有其他的因素。'"

然后我描述了奥斯汀先生办公室里众人的表情给他听。当中,我使用了诸如"信心"、"信任"和"尊敬"之类的字眼。

"那就是'自信心'的关键吧!"我下了这样的结论,"它不能让一个怠惰的学生通过期终大考,也不能使一个职员比其他更好的同事优先得到升迁的机会。'自信心'发挥的关键,在于你必须用它来帮助其他的人解决困难。否则,它就不灵了。"

爹地只是看着我。我猜测他是否正在想着:也许我已经到达可以理解一些事情的年纪了。然而,他说的却不是这些。

"走开一点,"这是他说的,"你挡到荧幕了。你站在电视前面叫我怎么看摔跤呢?"


/// 学写作 ///

作者用幽默轻松的语言,写了自己跟父亲关于"自信心"是否

重要的斗争。作者用对比的手法,描写了父亲使用"自信心"而成功的事例,从而使"我"从不信到相信父亲的过程。文章语言看似幽默风趣,但内容却深刻而富有内涵,让人产生无限的思考。

### /// 懂人生 ///

自信心不能像一把万能钥匙那样,为我们做任何事,但自信心可以在关键的时刻为我们解决困难。拥有自信心,便拥有成功的希望,正如文中所说:"'自信心'发挥的关键,在于你必须用它来帮助其他的人解决困难,否则,它就不灵了。"

·杨志生·

# 弯弯的月亮

袁炳发

星子的老师是刚从师范学校毕业的,年轻漂亮,很招星子和同学们的喜欢。

一天,老师问:"同学们,弯弯的月亮像什么?"学生们几乎是异口同声地回答道:"像——小——船儿——"年轻的老师高兴地说:"好,回答很正确。"这时,坐在前排的星子举起了手。老师说:"星子同学,有什么问题请讲。"星子站起来说:"老师,我看弯弯的月亮像豆角。"老师听完星子的话,一脸的不高兴:"你的回答是错误的。全班同学都说弯弯的月亮像小船儿,你为什么偏偏要说像豆角呢?难道就你特别有见解吗?"班上的同学一阵哄笑,星子的眼窝里满是泪水。

回到家后,星子把这件事告诉了曾做过小学教师的奶奶,奶奶说:"星子,老师的批评是正确的,弯弯的月亮是像小船,我从前教过的一批又一批学生,他们也都是这样回答的。"

这件事情以后,星子开始变得少言寡语,她很不喜欢这位年轻、漂亮的老师,在课堂上从不敢再向老师提出"特别"的问题……

很快,几年过去,星子考入一所师范学校;又很快的,星子从

这所学校毕业,她回到故乡的小镇做了教师。走上讲台的第一课,星子老师就说:"同学们,我首先提一个问题——弯弯的月亮像什么?"学生们几乎是异口同声地回答:"像——小——船儿——"星子老师没有说同学们的回答是否正确,她又问:"同学们,有没有和这个答案不一样的?"一个叫田菲的学生举起了手,说:"老师,我的答案和他们不一样,我说弯弯的月亮像豆角。"

星子老师的脸颊上,浮现出一种从心窝里涌出来的笑容。

几十年过后,已退休闲居在家的星子,接到女作家田菲寄来的她自己创作、刚出版的第一部长篇小说《弯弯的月亮》。

星子急忙翻开书,见书的扉页上这样写道:

赠给最优秀的老师星子:

感谢您没有扼杀我少年时期富于想象力的天性……

您的学生:田菲

星子看后,脸上又浮现出当年那种很愉快的笑容……

/// 学写作 ///

弯弯的月亮像什么,作者抓住了这一个问题,从小处入手,通过对比的手法,写出了星子和其他同学的答案的不同,最后用了一个重复的故事,将文章推向高潮,指出了文章的主旨:不要扼杀孩子的想象力。

### /// 懂人生 ///

在生活当中，我们不小心说错了一句话，便会敲碎一颗美好的心灵。人生的大多数时候都是生活在自己的固定思维中。有很多时候，我们被自己的理所当然欺骗了，所以一直墨守成规，对于新的思想，我们便以为是标新立异。有时候，多倾听别人的观点，也许我们的生活便会豁然开朗。

·杨志生·

# 蜡 烛

胡 炎

父亲说:"孩子,我考你一道题。"

他静静地坐在父亲对面,等待着那道神秘的考题。

"房间里点着五支蜡烛,刮来一阵风,吹熄了一支,那么,第二天早上还剩几支呢?"

他稍稍思忖一下,答:"五支。"

"为什么呢?"

"一支熄灭的,四支燃烧的,总数还是五支呀。"

父亲摇了摇头:"不对,孩子,只剩一支了。"

"为什么?"他困惑。

"因为那四支都燃尽了。"

······

这是多年前的一个晚上,发生在一方斗室里的情景。那时,他还不到十岁。

现在,他长大了,并且是纪检委的一个领导。而父亲,已经去世几年了。

他有四个要好的朋友,分别居于四个处级单位的要职上。有空时,他们免不了常聚聚,都不怎么说官场事,只叙旧,回忆同窗

时无忧无虑的日子。不过,分手时,他还是避免不了他的"职业病"。

"弟兄们官做大了,都悠着点啊。"

朋友就笑,说:"不怕,有纪检委的哥们儿罩着呢。"

他也笑笑,不说什么了。

他的家很清寒。父亲没给他留下什么,他又找了个家在农村的妻子,是他的同学,写一手好文章。只是,负担太重。

那天朋友中的一个登门,坐在老式沙发上,直摇头。朋友说:"怎么还是这个样子? 年代不同了,提高提高吧。"

"惯了,挺好。"他说。

朋友一叹:"佩服。"

这年,岳父母相继患了脑血栓,一个左偏瘫,一个右偏瘫。住在偏远的乡下,医护条件跟不上,万一有个意外,只怕误了大事。妻子不放心,他也不放心。他对妻子说:"把二老接过来吧,好有个照应。"

妻子眼圈红了:"只怕委屈了你和孩子,房子太小……"

他笑笑:"一家人挤着,倒热闹些。"

房子本就狭窄,两个病人住下,真的是磨不开身了。朋友又登门了,说是看看老人。临走,朋友没说什么,递给他一把钥匙。他不解。

"换套房子住吧,哥们儿一点儿心意。"

他真的有点心动。他知道朋友很阔,房子好几套。但他哪儿

来那么多钱？他敲打过朋友，但朋友很坦然，说："别担心，不会给哥们儿找麻烦。"……他把钥匙在手上掂量了一阵，还是还给了朋友。

"这点面子都不给？"朋友悻悻地。

"情我领了，我的脾性你还不知道？知足常乐。"他说得很轻松。

朋友意味深长地拍了拍他的肩，走了。

不久，他接到了许多举报信，反映朋友的问题……

"兄弟全看你的了。"朋友说。

他抬起头，许久许久一言不发。末了儿，他说："咱们还是看看良心吧。"

朋友入狱了，他一个人跑到一个僻静处，悄悄地流了一通泪。

几年后，他当上了纪委书记。而他的四个朋友，相继栽在了他的手上……

闲暇时，他常常静坐窗前。窗台上，总有五支蜡烛。他点燃它们，烛光中便浮出父亲的面容。父亲说："生命如烛，欲望似火。人的一生，就是在和欲望较量。"他又想起了多年前的那道题，现在，他是五个好友中唯一没有倒下的人了，就像那支唯一剩下的蜡烛。而当他在诱惑面前动摇的时候，他知道自己该怎么做。

"吹熄它！"这是一个严父，也是一个老纪委书记的话。

是的，吹熄它，爸爸。他把蜡烛全部吹灭，放在窗台。五支蜡烛，笔直地挺立着……

### /// 学写作 ///

作者没有花浓笔重墨去构思故事情节,而是用简朴的语言去刻画主人公的人物性格。文章用象征和对比的手法,借蜡烛来暗喻人生,通过主人公身边的朋友的语言描写,来衬托主人公为官清廉节俭、一身正气的品格,很有现实意义。

### /// 懂人生 ///

生命如烛,欲望似火。人的一生,就是在和欲望较量,欲望的火越大,生命之烛便越快燃尽。欲望,促使我们生活充满激情;欲望,也会把我们的良心湮灭。面对欲望的诱惑,只有端正自己,才能使自己的生命之烛永恒。

·杨志生·

## 第四辑

# ～成长的那扇门～

　　人总有年少的时候，年少的我们总是冲动、不羁，常常由于视野狭窄和经验的缺乏而做出让自己后悔的抉择。或许，你能从别人的故事里，找到一个可供参考的航标，然后让青春富有激情而又充满智慧。请拿准属于你的那把钥匙，轻轻地打开那扇门吧，那样就不会再迷茫了。

# 泥　　活

*房树民*

　　冯兰瑞老头，坐在厚重的桑木案前，腰板挺直，脖筋绷紧，眼神像锥子似的注视着案子上新捏好的泥活。他手持竹刀，这里抹一抹，那里镟一镟。对这么精巧生动的《武松打虎》，你还有什么可挑的？武松左膝镇住大虫的花脊，倾全身之力向大虫身上压去；右手揪住大虫的耳朵，反手抡拳，那大虫拱起半条身子，悬口吊牙，眼眶眦裂。这会儿冯兰瑞双眉挤在一起，只见他那窄细的瞳仁中有两个香火头般的亮点闪动着，直视自己的这件创作，摇了摇头。片刻之后，似乎有悟，他重新拈起案上的竹刀，挑起一丁点儿紫泥，朝着武松的拳背上三剔两刮，顿时，那拳背上便鼓起几条弯曲的虬筋。至此，冯兰瑞的花白胡子里才露出一丝儿不易觉察到的笑容，放下竹刀，搓着两手，轻轻地从案边站起。

　　孙子冯大刚好赶集回来。这个矮墩墩的小伙子进了屋，便从大竹篮里提出一瓶通州大曲，一包用荷叶托着的熟驴肉。他用手甩了一把流到下颏上的汗，说："爷爷，这酒这肉您就敞开吃！今儿头一天到集上去开张，您猜怎么着？这宗买卖别提多快！"

　　"怎么个快法呢？"冯兰瑞问。

　　"我把'芮庄泥人冯'的布幌一打出来，篮子里的各色泥人才

摆到地摊上,眨眼之间,赶集的人就围了个里外不透风,嗬,五十件泥人一下就卖个精光。好些人都说,泥人冯的手艺二十多年没见了!"

哈哈哈哈! 冯兰瑞老头开怀地笑起来。

冯大一眼瞄见桑木案上的武松,忙奔过去,一会儿蹲下,一会儿直起,反反复复看了又看,乐得眼泪都流出来:"爷爷! 爷爷!这是怎么捏出来的! 我压根儿没见过这么好的泥活!"他拉着爷爷两只粗糙的大手,说:"爷爷,下回赶大集,我得把这个也带去。"

"带去呗!"冯兰瑞答应了,"摆到地摊上,先让大伙看个够,收摊时随便卖掉就成。"

"爷! 武松难道不肯帮咱一个忙?"冯大神秘地靠近爷爷的耳朵说:"今儿个,管理市场的胖老刘蹲在地摊旁,捧起这个瞧瞧,抓起那个看看,爱得简直没治! 我把'打虎'带到集上送给他,说不定他能让咱把泥活的价往高里提!"

冯兰瑞眼里一闪一闪的亮光熄灭了。他走到桑木案前,用木滞的眼神盯着孙子冯大,张开粗糙的巴掌,放到《武松打虎》上面,狠狠地向下压去。

### /// 学写作 ///

开篇通过对一系列动作的生动描写和对《武松打虎》这件作品的精彩刻画,既丰满了主人公的人物形象,又增添了小说的神

秘感和文化内涵。接下来以爷孙俩的对话为故事的发展线索，从侧面反映了主人公身怀绝活而又重艺轻利的鲜明个性。文末以主人公不为利益所诱，毅然砸坏自己得意之作的举动，充分表现了他重艺轻利的崇高情怀，同时这也是小说的核心细节，前面的描写都是为这个细节作铺垫和造势的，作者通过这个细节，把情节推向了高潮，塑造高大丰满的人物，也突显了主题，可谓一举多得。一个好的核心细节往往能在文中起到非常关键的作用。

### /// 懂人生 ///

在物欲横流的世俗中，面对功名利禄，有些人选择了见风使舵，不惜随波逐流甚至同流合污；有些人却始终守住了心灵净土，"出淤泥而不染"！当我们要面临名利的抉择时，是否也会做到不受世俗的纷扰，以一颗平常心来看待一切呢？

·江伟栋·

# 无言的骡子

相裕亭

冬日黄昏,太阳像个霜打的红柿子,软蔫蔫地落下了。可那会儿万顺大叔正起劲地赶着他的骡子,从村东的水泥制板场又拉来满当当的一车水泥板子,精神抖擞地奔着这边公路赶来。他的儿子——一个长着小黑胡子、个头儿比万顺大叔还要高出一头的大小伙子,这阵子可能还在为刚才与父亲的争执而不快——远远地跟在后面,好像前面的车和车上的水泥板子与他无关。

万顺大叔看儿子那副熊样,不想答理他。万顺大叔想拉完这一趟,返回来再跑一趟。可儿子不那样想,儿子想拉完这一趟,就收工回家。他和西巷的三华子约好,晚饭后要去城关找朋友玩。

可父亲不让,父亲说:"今晚得把九更家的楼板送齐了。"

儿子说:"明天再送不行吗?"

父亲说:"明天还有吉庆家的、小套家的等着哩!"

小村腊月,外出打工的人都回来了,好多人家都选这个时候盖新房。万顺大叔为了揽下这送楼板的差使,专门在水泥制板场请了酒席。这阵子正忙得不可开交,他巴不得眼前的骡子能变成一匹马,一匹能多拉快跑的骏马才好哩!可他这个不争气的儿子正好与老子的想法相反。这小兔崽子,从小到大,一天力气活儿

没干过,整天当个宝贝一样疼着他惯着他,把他惯坏了!而今,干什么都没有长进,见天就知道和三华子伙在一起四处疯玩。

万顺大叔不想跟他啰唆,套上骡子,如同身边没有这个儿子一样,愤愤地赶着车,前头走了。儿子看父亲拿他无所谓,他本不想跟父亲走,可也不敢离去,就那么很无奈地跟在父亲后面,如同无事人似的。

眼看,前面就是村路与公路的交叉口。那儿,有一个看似很不起眼的陡坡。

但是装满水泥板子的骡子车爬上去很不容易,尤其是公路上浇灌了水泥板道以后,明显高于那条横向而来的乡间土道。

好在,万顺大叔的骡子爬过这个陡坡,知道在什么时候加劲,什么时候瞪起眼来爬坡。万顺大叔也相信他这老伙计有那个能耐。但他,在骡子加速的那一刻,还是下意识地回头瞥了儿子一眼,万顺大叔想让儿子快点儿赶过来,在后面用力推一把。看儿子那副蔫不唧的熊样,万顺大叔气不打一处来!他一咬牙,扬起鞭子,嘎,嘎!两声空响,给了骡子一个爬坡的信号,那骡子立马陡起耳朵,蹄下生风,扬起一片烟尘。万顺大叔在那烟尘中,随之弓下腰,一把拽住车子左边的护栏,瞪圆了眼睛,与骡子奋力冲向陡坡!

万顺大叔想在儿子面前显显他的能耐!他想正告儿子:你个小兔崽子,少在老子面前耍横,老子没有你来做帮手,照样能把这车水泥板子拉上坡去!往常,儿子不在的时候,万顺大叔与他的

骡子确实那样爬过。

可今天，那头骡子跟万顺大叔跑了一整天。一天中，每一车的水泥板子都装成小山一般高。这会儿，那骡子可能是体力不支了，万顺大叔抓住护栏的那只胳膊已经帮骡子下足了力气！可那骡子，偏偏在前蹄踏上公路的一刹那，打了一个前踢，就听咔嚓一声脆响，双膝跪地了。随之，车上的水泥板子往前一倾，当即把骡子压趴在地上了。

万顺大叔扬起鞭子，想让骡子站起来，快站起来！万顺大叔猛抽了骡子一鞭，声嘶力竭地扯嗓高喊："驾，驾！"

走在后面的儿子，看到前面发生了意外，一个箭步蹿上来，跳到车子的尾部，想以他身体的重量来平衡骡子背上的压力，企图帮父亲，或者说是帮骡子重新站起来。

父亲看到儿子的举动，心中虽有些暖意，可他仍旧面无表情。但，接下来，父子俩配合得十分默契。就在儿子纵身跳上水泥板车的一刹那，万顺大叔"啪"的一声鞭响，正抽在骡子的脖子上，给了骡子一个死命令，让它站起来！

骡子极有灵性，随之划动四蹄，想站起来，但它并没能站起来。这期间，万顺大叔又是重重一鞭，这一鞭，狠狠地抽在骡子的耳根部，这对于骡子来说，是无情的抽打，是凄惨的抽打！与此同时，就看那骡子瞪直了眼睛，从肚皮底下伸出一条后腿，划动了一下，没有找到支撑点，但它的两条前腿却神奇般地支撑起来，随之另一条后腿也颤悠悠地支撑住了。可，就在万顺大叔拽紧了缰

绳,强迫骡子往前迈步时,就听"扑通"一声响,骡子再次重重地倒下了。

万顺大叔扬起鞭子,还想抽打它,只见那骡子脖子一软,鼻孔里呼出长长的一团热气,两行浑浊的泪水,如同两条蠕动的蚯蚓一样,顺着它眼窝的黑线汩汩地流下来——那骡子的一条后腿,被顺势而下的水泥板子给撞断了。但,骡子无言,无法诉说它的腿断了,辜负了主人的期望,它在主人的皮鞭下,深深地把头戳在地上了。

这时候,儿子从后面过来,想看看前头的骡子到底怎么了,没料到,此刻,正蹲在地上与骡子"对话"的万顺大叔,抹着骡子的热泪,莫名其妙地扬起鞭子,冲着儿子,劈头盖脸"噼啪噼啪"地打来。

### /// 学写作 ///

小说一开头便道出了一对父子间的冲突,充满"火药味"。父子间的"代沟"是情节发展的主要线索,而骡子则是父子间矛盾爆发的导火线。当骡子要上坡的时候,却因体力不支倒下了。骡子的极有灵性与其身体受到重创,强烈地感染了读者,使人心生怜悯,同时故事的矛盾也发展到了最高峰。文章情节一波三折,在娓娓道来中揭示了两代人的鸿沟,其巧妙的构思值得借鉴。

### /// 懂人生 ///

两代人的鸿沟可以逾越吗?答案是肯定的。作为父辈,"望

子成龙"的心情是可以理解的,但在很多时候,他们与自己的儿女缺乏必要的沟通和交流,从而导致了许多误会,青年人特有的叛逆和不成熟的表现是一种正常的现象,应该用关爱和沟通去耐心引导他们,而不是一味的苛责。沟通和理解是搭建和谐家庭的重要桥梁,要消除隔膜,需要双方的共同努力。

·张裕娜·

# 人 生 试 题

邱成立

上大学的第二年,学校开了一门课程叫人生。

第一次上人生课,李老师先做了个简单的自我介绍,说他叫李毅然,和中华人民共和国同一天过生日。然后就说要进行一次摸底考试。同学们听了都很奇怪,刚刚开学,还没有学到什么东西,怎么考试呢?

李老师笑眯眯地说:"说起来是考试,其实也就是个小调查。内容很简单,只有三道题目。"李老师顿了顿,看大家还是一脸茫然不知所措的样子,脸上又堆满了笑容,说:"下面我开始出题了。第一题,你们有谁记得父母的生日?"听了李老师的话,很多同学愣住了,只有几个女生举起了手。李老师数了数举手的人数,轻轻地点了点头,又说:"学校有四个门卫,每两人一班轮流看大门,谁能说出其中两个人的名字?"这一下大家傻眼了。虽然大家经常从校门口出入,也知道这几个门卫分别是赵师傅、李师傅、王师傅、张师傅,可具体到每个人叫什么名字,还真说不出来。

李老师看大家哑口无言的样子,又笑了,接着抛出了第三个问题:"你是否经常反省自己?"这一问,所有的同学都低下了头。

教室里静默了一会儿,李老师说话了:"'人生'这门课程,旨

在引导我们树立正确的人生观、价值观和世界观,教导我们今后如何立身处世、做人成才。今天的三道考题,可以说是对同学们做一个检验。"

"第一题,记住父母的生日。"李老师边说边在黑板上重重地写下了"孝道"两个字。"孝道教人孝顺父母。当然,孝顺父母并不仅仅是记住父母的生日,更重要的是在思想上和行动上孝敬父母。"

"第二题,记住你身边每一个人的名字,尊重你身边的每一个人。尊重别人才能得到别人的尊重。尊重别人可以使自己宽厚。基石宽厚才能负重,人心宽厚才能做大事业。"

"最后一题,如果你记不住父母的生日,又叫不出门卫的名字,那么,你就该反省自己了。"说到这里,李老师又在黑板上写下了"反省"两个字,"反省才会有悔悟,有悔悟才会有进步,才会有成才的可能。"

这一课使每一个同学终身难忘。

二十年后,全班同学在酒店聚会。班长让大家介绍一下自己二十年来的工作情况和生活情况,每人所用时间不超过一分钟。

一个同学说:"毕业之后,我一直记着'人生'第一课上,李老师提出的三个人生试题。我不但自己记住了父母的生日,记住了身边每一个人的名字,还经常教育自己的学生也做到这三点,所以,我教的学生特别懂事,我也年年被学校、教育局评为优秀班主任,去年还被评为全国优秀教师。"

他的话音刚落,就响起了热烈的掌声。坐在旁边的李老师也

笑着点点头。

第二个同学说："我也一直记着李老师提出的三个人生试题。我不但记住了父母的生日，记住了身边每一个人的名字，还记住了所有客户家庭成员的生日，记住了所有竞争对手的生日。每到他们的生日，我都会送去一份贺卡或一束鲜花。礼物虽轻，却收到了意想不到的效果，不管是我的客户还是我的竞争对手，现在都是我生活和事业中最好的朋友。因此，我的事业也获得了成功，个人资产超过了八位数。"

大家听了，又一次热烈鼓掌。

第三个同学说："我也一直记着李老师提出的三个人生试题……"

全班四十多个同学很快都说完了，最后，班长说话了："同学们，大家在李老师这三道人生试题的指引下，每个人都有了自己想要的收获。我想再问大家两个问题，不知道大家能不能回答出来？"

大家异口同声地说："什么问题？快说吧！"

班长说："李老师给了我们那么大的帮助，谁能说出李老师叫什么名字？"大家听了，一下子都愣住了。是啊，上学的时候，成天李老师李老师地叫，毕业之后，一提起来还是李老师长李老师短的，从没叫过李老师的名字。现在班长这一问，还真把大家难为住了。

班长看大家都不吱声了，又抛出了第二个问题："不知道李老师的名字，是因为我们都是学生，不能直呼老师的名字。那么，有谁知道李老师的生日是哪一天呢？"

大家听后，又一次沉默了。

班长的脸色严肃起来了："同学们！我觉得人生的试题应该还有第四道，那就是：记住老师的名字和生日。有人说人的一生，选对伴侣，幸福一生；选对环境，快乐一生；选对朋友，甜蜜一生；选对行业，成就一生。那么，选对老师呢？"

一个同学不假思索地说："选对老师，智慧一生。"

"那么，我们该不该记住老师的名字和生日呢？"班长的话音虽然不高，却重重地砸在了每一个同学的心上。

### /// 学写作 ///

小说分别以一节课和一次聚会，叙述了同学们对于"人生试题"这一庄严命题的所悟所得。纵观全篇，从立意深远的题目，到李老师设置的三道人生试题，再到聚会上班长的两个问题及对人生试题的补充，主题鲜明，行文巧设悬念，层层深入，具有很好的启发性和教育意义。

### /// 懂人生 ///

"人生"并非深不可测，更不是遥不可及，而是始终牢牢地掌握在我们自己的手中。在人生的旅途中，始终怀有一颗感恩的心，用博爱、宽容的态度看待身边的一切，这样才能使我们在生活中如鱼得水，获得更多的幸福和快乐。

·江伟栋·

# 疏　忽

刘正权

老师一再强调，明天公开课上，举手发言一定要积极，要踊跃。不过，老师扫一眼小慧，又再三叮嘱，不能回答也不要滥竽充数。

小慧知道老师的意思，老师是在暗示自己呢，小慧成绩不太好，还怯场。老师不想自己辛辛苦苦排了三四遍的公开课让小慧给搞砸了。

小慧很想举手发言回答老师的提问，这些问题都背得溜溜熟了。小慧发言不是想出风头，小慧只想听老师表扬她一句："江小慧，你真棒！"老师已表扬过其他同学好多回了，却从没表扬过小慧一回，就算是施舍也该轮到她了。

小慧很激动，为明天的公开课激动，为公开课上的施舍激动。

小慧夜里睡不着，想象着公开课上自己小手举得高高的，老师点了她的名后，身子站得直挺挺的她双手背在后面，十分流利地回答的得意劲儿。老师当时一定睁圆了双眼，脸色激动得通红，抚摩着她的小脑袋，一个劲儿表扬："江小慧，你真棒！"

所谓的公开课，不过就是公开作弊的一节课，除了讲课的老师唾沫横飞外，听课的大都没什么兴趣，腻了，没什么新鲜玩头，

如同猫追尾巴的游戏，头一次追是新鲜，再转个不停地追就是无聊。

小慧不觉得无聊，小慧第一次在城里上公开课，小慧的父母在城里打工，小慧是借读呢！老师准备了很多问题，也在每个问题后面排上了提问学生的名字。小慧不知道这些，小慧只管将小手高高举着，不管不顾地举着。小慧想，你总能看见我的。正如小慧昨天想的，就是施舍也该轮到我了。

老师开始还没在意这双小手，老师讲得很投入，学生也回答得很精彩，老师很满意自己精心的编排。四十分钟其实是个很短的时间，但对小慧来说却是漫长的，她的手臂始终处于临战状态。先前的小慧还能听见老师讲些什么。再以后，她除了听见同桌窃窃的笑声，看见那些回答问题受到表扬的同学得意的一瞥外，她什么也不知道了。小慧的眼泪开始不争气地往下流，如同一个赴宴的孩子，刚刚尝了几个配送的小菜，主菜正上时却被强行赶走，能不委屈吗？

公开课结束了，听课的老师们陆陆续续地走了，只剩下老师在台上收拾讲义。老师这会儿才发现小慧的手依然举着，眼泪"哗哗"淌着。老师问："江小慧，谁欺负你啦？"

小慧摇了摇头。

老师很疑惑："没人欺负你哭啥？是不是哪儿不舒服？"

小慧还是摇头。

老师有点生气，老师说："既没有不舒服又没人欺负，你哭的

哪门子呀!"老师很不满地走了。

　　小慧放下举得发酸的小手,擦了把眼泪,从书本上一把撕掉了刚才的那一课。

　　打那以后,小慧再也没有举过手,甚至小慧还落下一个毛病,一上公开课就莫名其妙地流泪,没来由地感到不舒服。

　　老师就很奇怪,说带了那么多的学生,像江小慧这样的学生还真是让人越教越糊涂。

### /// 学写作 ///

　　小说的选材源于现实,行文以一种客观的笔法叙述了一个小女孩遭受人为"疏忽"的前因后果。通过对人物心理变化的形象刻画,笔端一方面洋溢着对幼弱儿童的关怀之情,另一方面又无情地揭露了当前教育界存在的某些弄虚作假的现象,具有强烈的现实性和批判性,发人深省。

### /// 懂人生 ///

　　孩子柔弱的心灵渴望得到大人的呵护和尊重,哪怕只是一次点头肯定或是一句鼓励性的话语,对孩子来说都可能起到非常重要的影响。"幼吾幼,以及人之幼",让我们全社会都行动起来,给孩子多一份关怀,为他们的健康成长撑起一片蔚蓝的天空。

　　　　　　　　　　　　　　　　　　　·江伟栋·

# 身 教 言 教

[苏联] B. 勃罗多夫 文　杨　郁 译

阖家三口儿围坐在一张铺着天蓝色桌布的圆桌旁。爸爸在翻阅报纸，妈妈在绣坐垫，八岁的维佳在看书。

"爸爸，我有个问题弄不清楚，"维佳突然向父亲发问，"请你给我解释一下，怎么有些人会吵嘴的？"

"这不难，"爸爸把报纸放置一旁说了起来，"打个比方，我们的房屋管理员与庭院清扫工之间有了意见……"

"没有那回事！"妈妈打断了爸爸的话，"房屋管理员与庭院清扫工相处得很好。"

"这是我举个例子嘛。"爸爸辩解道。

"你不应该凭空瞎举这样的例子！"妈妈提高嗓门喊了起来。

"那就有劳你向孩子解释解释……"

"你总是把责任推到我的身上！"

"不是我推卸责任……是你爱找碴儿……"

"是我爱找碴儿?!"

"是的，是你……"

"不对，是你……"

"别吵了，"维佳插嘴说，"我明白了。"

### /// 学写作 ///

这篇小小说的篇幅比较短小,但结构却非常精美。通过截取一家三口日常生活的一幕,运用人物对话的叙述方式,以一个独特的角度来反映了家庭教育对孩子的影响。含蓄而机智的语言,巧妙而精美的构思,使得这篇小说既富有生活哲理性,又散发着浓郁的生活气息。

### /// 懂人生 ///

对一个人的成长来说,家庭是第一所学校,父母是第一任教师。家庭氛围对孩子的影响起着举足轻重的作用,作为父母的应该注意自己的举止言行,通过正确的言传身教,在潜移默化中影响孩子,令孩子们健康快乐地成长。

·张裕娜·

# 那个冬夜

牧 毫

我所在的单位是一家特大型国企,因为是连续生产,工厂实行的是四班三倒制。厂里规定:新进厂的大学生,必须在生产岗位至少倒班一年,以熟悉生产情况。所以那年我大学毕业一进厂就分到了一个辅助岗位倒班。

厂里自动化程度比较高,倒班倒也不需要干多少活,主要是看看仪表,开开阀门,就是上夜班我很不习惯。一到夜里三四点钟,我的上下眼皮就不由自主地打起架来。每到这时候,我的师傅就有事没事找我说话。

有一天我和师傅谈着谈着就差点睡着了,师傅硬拉着我到现场去巡检。师傅说:"我们是辅助岗位,别人睡觉或者关系还不大,你可千万不能睡觉。"

我奇怪了:"那为什么?"

师傅很严肃地说:"像你们这些大学生都是厂里的宝贝疙瘩,迟早都要走上管理岗位的,你现在自己倒班都睡觉,以后还怎么管理别人?"

师傅的话在那个冬夜使我感触很深,睡意一下子跑得无影无踪。我问师傅:"师傅你怎么就不想睡觉呢?"

师傅说:"习惯了。"

师傅给我讲了一个他刚进厂的故事,很有点意思。

那时师傅还年轻,白天贪玩,晚上上班就没有了精神,有一天就在岗位上睡着了,正好厂领导来查岗,看师傅睡了,就把他自己的大衣披在了师傅身上。师傅醒来的时候,发现厂领导在给他代岗。从那儿以后,师傅再也没有在岗位上睡过觉了……

一年的实习很快就过去了,我走上了车间的技术管理岗位。几年很快也过去了,由于我的努力和工作的需要,我担任了车间主任。

一个冬天的凌晨,我带着两名技术人员查岗。来到一个比较偏僻的岗位,发现那个操作工正趴在桌子上睡觉,技术人员叫了他,又上前推推他,那个工人可能是太疲倦了,一点反应也没有。技术人员还准备推他,我摆了摆手。看他睡得那么熟,怕他着凉,我就把自己的大衣披在了他的身上。

那个冬天的凌晨,我在操作室顶了四十分钟的岗,就像当年我在岗位实习一样。直到技术人员在很远的另外一个操作室找来他的班长——我的师傅,我才离开岗位。

早晨上班的时候,师傅没有回家,他到了我的办公室还我的大衣。

我给师傅泡上一杯热茶,然后拿出我写的一张纸条,给师傅看。那张纸条是我写的一份处理意见,准备上午开办公会讨论的。

纸条上写着：建议对睡岗的职工按下岗处理，当班班长扣两个月奖金，车间主任，也就是我自己扣一个月奖金。

师傅看了又看，然后站起来，拍拍我的肩膀，一句话没有说就走出了我的办公室。

师傅的手还是那么有力，我的眼睛湿润了，仿佛又回到了几年前，我实习时的那个冬夜。

### /// 学写作 ///

小说并没有直奔主题，而是采用倒叙的方式，通过回忆"我"刚进厂时的一段经历，特别是以"师傅"的一个故事为下文埋下了伏笔。几年后，当"师傅"的故事在"我"的现实中重演时，情节达到了高潮，而"我"的富有人情味的举动和奖惩分明，则既来自于师傅的教诲，又有自己大胆的创新和强劲的魄力。此文能从生活中独具匠心地发现素材，并在行文中注入了真挚的情感，因此深深地打动了读者。

### /// 懂人生 ///

人与人之间没有不可逾越的鸿沟。在交往中，如果我们能把名誉、职务、身份和地位等通通搁下，以一颗感恩、善良和坦诚的心，平等待人，那么我们赢得的不仅仅是别人的尊重，还有真挚的友谊、舒心的快乐和温馨的幸福。

·张裕娜·

# 沃夫卡和祖母

[苏联]阿·阿克谢诺娃

沃夫卡的母亲三年前因病去世了,他和当船长的父亲生活在北部的摩尔曼斯克。由于父亲常年出海,小沃夫卡多寄居在邻居家,后来父亲决定把他送到乡下祖母那里去度假。

刚开始,小沃夫卡不太喜欢祖母。沃夫卡已习惯于所有亲朋好友都娇宠他,可这位祖母却并不溺爱他。

就在第一天,沃夫卡扭伤了脚,他极需要祖母来安慰他,但祖母却平静地说:"别哭啦!你又不是小孩子!"这还不算,还让他去商店买面包。沃夫卡委屈极了,但也只得照办。

沃夫卡一瘸一拐地从商店回来,把面包往桌上一扔,说:

"给你面包。"

"你这是干什么,这是什么态度?"祖母生气地说。

沃夫卡也不答话,扭头就去睡觉。他嘴上说不想吃饭了,心里却希望祖母来哄他,并拉他去吃饭,但祖母什么也没问,也没叫他去吃晚饭。早晨起来,沃夫卡还得打水、买面包,然后到地里帮祖母干活。沃夫卡感觉祖母很没人情味。

有一次,他对祖母说:"您写信让父亲来接我回去吧!"

"为什么?你会慢慢适应这儿的。"祖母答道。

"我要把这一切都告诉父亲。你让我整天劳动,我现在是放假,我应该休息,是你剥夺了我休息的权力。"

"别人都在干活嘛,你又不是小孩子。"

"可我才上二年级! 我不过才九岁。"

"九岁怎么了? 我九岁的时候,早就下地劳动了。"

沃夫卡采取消极怠工的方式对付祖母,他认为这样一来就可以不干活了。有一天,他没去商店买面包,晚上祖母说:"今天我们不吃晚饭了。因为没有面包吃。"结果沃夫卡只得饿着肚子去睡觉。事后,祖母对他说:"孩子,那样做是没有用的,要知道,你还要住在这里,而且也会喜欢我的。"

沃夫卡生气地瞪着祖母,一言不发。

有一天,沃夫卡跟他的好朋友维佳谈起了他的祖母。可维佳却对他说:

"你误会了你祖母,你祖母在村里非常受人爱戴。她是个好人,而且她懂很多,甚至还会治病。我们有个邻居有一次头疼得厉害,吃什么药都不管用,而你的祖母很快就用草药把他治好了。"

"她真懂那么多吗?"沃夫卡兴致勃勃地问道。

"一点不错,"维佳答道,"她能识别所有的草术,她还特别善于洞察人们的内心世界。"

"这我相信。"沃夫卡说,"她总能知道我在想什么。"

有一次沃夫卡和祖母一起到大森林里去。祖母在森林里如入家门:每一棵小草、每一棵树木都成了她的老相识。祖母告诉沃夫

卡各种各样的小草:瞧,这棵小草专治头痛病,那棵小草专治心脏病。

"你是如何掌握这些知识的?"沃夫卡问。

"我在乡下住了一辈子,我的母亲特别熟悉这些草木,是她告诉我的。"

"奶奶,你是如何治好那个人的头疼病的?"沃夫卡决心问个明白。

"哪一个?"

"你们村上的,他头疼得很厉害,吃什么药都不管用。"

"我已经记不得了,"祖母说,"噢! 我记不太清楚了。怎么治好的? 你看到了吧,我知道头疼时吃哪种草药管用。"

"那为什么吃那些管头疼的药就不管用呢?"

"因为他并不相信那些药能令他好起来。"

"那他相信你吗?"

"是的,我把草药给他,并告诉他,过三天就会好的。果然三天后他就好了。"

现在,沃夫卡已经喜欢上了祖母,他决心要做一个像祖母一样的人。从此,祖母让他干什么,他都乐意去干。他明白祖母为什么不像别的亲友那样娇惯他。

一天,从摩尔曼斯克拍来一封电报,祖母看了电报后说:"嘿,这下你该高兴了!"

"父亲要来吗?"

"不,是你要回去啦!"

"为什么?"沃夫卡问道。

"因为你父亲希望你回去。"

"那您一个人多孤单!"

"如果你愿意,还可以到我这儿来;如果不愿意,说明你不爱你祖母。"

沃夫卡想对祖母说,他非常爱她,但终究说不出口,眼泪却禁不住流了下来。

### /// 学写作 ///

文章采用了欲扬先抑的手法,先把沃夫卡眼中祖母的种种"不是"和盘托出,祖母"没有人情味"的一面导致了沃夫卡的误会和反叛,矛盾由此而生。但随后通过朋友口中获知祖母的"特长"后,沃夫卡的态度开始改变了,直到最后对祖母由"恨"转变为爱。行文巧设悬念,一气呵成,富有深刻的教育意义。

### /// 懂人生 ///

长辈的用心良苦,在很多时候却被我们误解,我们甚至用行动来表示反叛。事实上,有时我们会因为生活经验的缺乏,而被表面现象所蒙骗。因此,我们应该仔细地去观察、发现和思考,也许我们会发现在很多被我们忽视的生活背后,藏有长辈们无限的爱和关怀。

·江伟栋·

# 怀念战队

王　凯

又一次狭路相逢。

对方跳跃着向他奔来、扫射，他可以清楚地看到对方手中 AK－47 吐出的火焰。肩膀猛震，他中弹了。然而他的手并没有发抖，此刻，直觉和速度支配一切。一串 5.8 mm 的子弹射出后，他满意地吹了一声口哨——他的战队①又一次大获全胜。

事实上，他受伤的肩膀并未流淌鲜血，手中也没有冰冷的扳机，有的只是闪着红光的鼠标和油腻的键盘。这就够了！他是这个著名 CS 战队的灵魂、主宰和第一杀手，这是他的战队！在教室和书本中失去的自尊和快乐，他在这里一一赢了回来。没考上大学，那算个屁！

他伸了个懒腰，开始投入下一场战斗。然而就在即将进入那令他兴奋的界面时，他的脖子毫无准备地挨了重重一巴掌，紧接着，一双大手将他拎出了昏暗的网吧。

"滚回去。"父亲面无表情地命令道。

他乖乖地执行了命令。据说，他出生那天，母亲正在产床上痛苦地呻吟，而父亲则静静地潜伏在南方茂密的丛林里。在一个适当的瞬间跃起，用粗壮的左臂勒住了敌方特工的脖子。父亲本

想捉个活口,但当对方拼命挣扎着从怀里掏出一枚手雷时,父亲毫不犹豫地将匕首刺进了对手的右肋。就在那个时候,他离开了母亲的身体,来到了这个陌生的世界。这种并不愉快的巧合令他耿耿于怀,因为他一直认为自己正是那个倒霉的特工托生的,所以才不得不永远在父亲的强力面前低头。

他回到了家,他以为事情到此结束。可是在客厅的茶几上,他看到了一套崭新的军装。

那个冬天,他开始重新学习站立,学习行走,学习穿着,学习说话,学习礼节,也学习触摸从前自以为熟悉的沉重乌亮的步枪。在那个雪后的冬日,他伏在坚硬的戈壁上打出第一发子弹时,他的内心产生了一种前所未有的悸动。那一次,他打出的十发子弹全部脱靶。他脖子上挨了班长一巴掌,虽然轻得如同抚摩,但那动作却熟悉得要命。那一刻,他想起了自己的父亲。他站起身,不由自主地整了整刚刚戴上的领花和肩章。然后挺起了胸。从前的战队里,他握的只是鼠标,而在这个战队里,握着的,却是真正的武器。他摸摸发烫的脸,他明白了,在这个真正的铁血战队中,他只是一只——菜鸟。

从他记事开始,每一年的春天父亲都会从箱底里把那些缀着红领章的旧军装一件件拿出来晾晒熨烫,然后像宝贝一样小心翼翼地放回箱底。他曾厌恶地看着这一切,那时他觉得父亲像一个生活在石器时代的老傻瓜。但现在,他开始迷惑起来。

在一个周末,他请假外出。当他看到一家网吧的招牌时,几

乎走不动路了。他快速地跑进去找了一台机器,可看到等待开启的屏幕上映出军装里的自己时,他突然变得极度不安。没有父亲的大手揪住他的衣领,却有一双无形的手将他拉出了网吧。不久之后的另一个周末,他穿着便装再度走进这家网吧,但仅仅登录到游戏,他便坐不住了。在跨出门的那一瞬他想,他已经无法忍受这狭小空间里的污浊空气了。再往后,他再也没有看过那家网吧一眼。

军装里的他,先变得黑瘦,不过最终还是强壮起来,仿佛从大地中获取力量的安泰。第二年的时候,他领了一套更大号的军装,用自己的骨骼和肌肉填满了军装的每一寸空间。如果现在见到父亲,他想,他再也不会害怕了,因为他也拥有了和父亲同样的力量。他的枪法已经很准,他的口令也很漂亮。当他拍一下新兵的脖子时,感觉惬意。那是真正战队高手的感觉,无与伦比。

两年前,他觉得两年漫长得像两个世纪。两年后,他觉得两年短暂得像两个小时。那天晚上,他穿着军装在军容镜前认真持久地凝视自己。他觉得自己很帅,他觉得自己以后再也不会这样帅了。

他小心翼翼地把领花帽徽和肩章摘下来,仔细地包好,放进了皮箱的底层。如果明天司务长向他回收这些东西,他就撒谎说找不到了。以后,他也可以在每年春天,把自己的军装从箱底里取出,像父亲那样有板有眼有滋有味地晾晒熨烫。这时,他打算为自己这个小小的计谋微笑一下,可奇怪的是,他却无声地流下

了此生最为充沛的一次泪水。

### /// 学写作 ///

作者没有花浓笔重墨，而是精要地挑选了"CS 战队火拼"、"军营射击"、"两退网吧"、"无声流泪"等几个细节，就把"我"前后的态度和成长的历程表述得清晰、感人。如素描般的快速勾勒中，也不乏温情的话语，不但展示了网络与现实的两种不同境界，也让读者为"我"的成长流下欣慰的泪水。而"网络游戏"、"CS 战队"、"菜鸟"等特有、新鲜的信息，也为文章增色不少。

### /// 懂人生 ///

当我们沉溺和迷恋某一样事物时，是否有反思过：那值得吗？当我们为有价值的事物而付出辛酸的汗水时，那么我们将获得成长的喜悦和美好的回忆。但愿我们都能寻找到自我的理想和实现自己的人生价值。

·文刀天平·

# 马鸣的同学会

**无 风**

天麻麻亮,大学生马鸣便起床了。

秸秆木栅圈起的院子里,父亲"霍霍"的磨刀声在日渐浓郁的过年气氛里显得格外悦耳。

今天是农历腊月二十六,今年的同学会转到马鸣家。

同学会在马鸣的家乡很是流行,每个假期由金榜题名的"天之骄子"们自发举行,次数不定,尤以寒假最盛。每逢这时,胸别闪亮校徽的新朋旧友一个个心似归鸿,你来我往,热闹而又喜庆。当然,多少也有些炫耀的成分。

早在元旦前两天,尚在学校的马鸣便开始逐一给外省念书的几个学友寄出挂号信,确定了腊月二十六的聚会时间。

但事实上,马鸣的动作还是慢了半拍。去年元旦前,二柱子商量同学会的信早已八百里加急般飞到了马鸣案头。

马鸣想,去年大意失荆州,一不留神着了二柱子的"酒道",这次无论如何要报这一箭之仇。

灶间,新宰的芦花大公鸡早已煺毛开膛收拾干净,直等贵客的驾临。

太阳当顶时,二柱子们果然跨着锃亮的单车,西装革履地在

村里人们艳羡的目光中鱼贯而来。一时间，宽敞的堂屋里高朋满座，端茶的，递水的，笑语朗朗。不大的农家小院里到处荡漾着快乐的笑声。

一下子来了这么多"状元"，马鸣爹娘自然乐不可支。一一介绍后，老两口儿麻利地挽起袖口，一个掌勺，一个添火，乒乒乓乓地忙乎起来。马鸣无事，便招待众兄弟喝茶聊天儿。一炷香的工夫，饭菜上齐，冷热荤素摆了一大桌子。大伙儿起身，盛赞菜肴的色香造型后招呼马鸣爹娘一块儿就座。马鸣父亲不好意思地抻了抻有些起皱的海军蓝中山装，憨厚一笑："年轻人的事，我就不掺和了，你们哥儿几个好好玩玩。"说完拉着马鸣娘一头扎进灶间。众人不再拘于俗礼，按惯例由马鸣致过开幕词后，杯盘筷勺便快乐地鸣响起来。

三杯开门酒后，马鸣有目的地向二柱子发起了攻势。也不知是有意给东家一点面子还是咋的，一向号称"神拳"的二柱子竟连连败北，直呼手臭。

那一餐，气氛异常热烈。哥儿几个侃人生、叙别情，"剪刀布"、"魁五首"，一直闹腾到太阳也显出醉色方才撤席换茶。

二柱子喝翻了。

总结战果，马鸣大获全胜。

看着二柱子面红耳赤、步履蹒跚的窘态，马鸣大笑着递过一支当地产的"茅庐"烟："真是去年河东，今年河西啊！"

当下即有人不服："明年到……到我那儿，你……敢是不敢？"

马鸣又笑:"难道怕你不成!"

"一言为定?"

"一言为定。"

送走学友,马鸣这才想起半天没见着爹娘。也是,一年难得一聚的,客人走时打个招呼,也显得热情些。马鸣正站在村口暗自咕哝,见隔壁五婶着急忙慌地跑了过来。

"什么事这么着急?"马鸣转过身,满嘴酒气地问。

"正找你哩,你爹在大棚里晕倒了!"

"啥?"马鸣一个激灵,酒也醒了一半,撒腿跟跄着向自家菜地跑去。

地头儿站着几个乡邻,父亲正靠在干枯的草坡上喘气。

"爹,你咋了?"马鸣有些害怕,腔调都变了。

"不碍事,大棚里有点儿憋气,出来吹吹风就好了。"

"以后可得注意点儿。"大伙儿都说。

看着已无大碍,村里的二拐子开玩笑:"德生啊,你看你,你这是身子弱闹哩,这两天菜金贵,也不能挣钱不要命了。钱都让你挣了,我们喝西北风去?"

"那你说咋整,娃儿们上学,过了年又是几千块生活费。不趁这几天,指望啥?"马鸣爹苦笑了一下,忽然想起什么似的,一下从草坡上坐起来,"小鸣子,客人都送走了?咳,只说明儿早等着发菜,没顾上回去跟他们打个招呼,也不知道吃好了没有。"

"爹——"马鸣双腿一软,"扑通"一声坐在了地头儿上,两行

眼泪滚落,滴在了胸前闪亮的校徽上。

第二天一大早,人们看到一身粗布衣的马鸣和他爹一块儿去了菜市。

又一个假期到了,马鸣却没向爹娘提起参加同学会的事。

### /// 学写作 ///

小说用很大篇幅叙述了整个同学聚会的经过,都是些学生们所谓的"交际应酬"的烦琐细节,平淡无奇。转折点是在聚会后,父亲突然晕倒,以及父亲与乡亲的对话,让马鸣的心产生了强烈的震荡——父母含辛茹苦挣来的血汗钱却被他大吃大喝挥霍掉,惭愧之情不言而喻。如此的情节安排,具有深刻的现实意义和教育意义。

### /// 懂人生 ///

父母在日常生活中节衣缩食,争分夺秒地辛勤劳动,为的是让孩子能上得起学,能安心快乐地生活。但作为儿女的却身在福中不知福,吃香喝辣,追赶时髦,把父母的血汗钱用在了不该用的地方。《马鸣的同学会》是一个大学生的"惭愧录",更是我们所有学子的一面镜子。

·江伟栋·

# 清 风 流 水

［日本］北皇人德

人生于世,必然有它的道理,也必然有它的用处,这是不容置疑的。

这个哲理我是从一个老太太那儿得来的。她晚年因战祸而家破人亡,卖掉了大房子,只留下偏僻处的一间小茶室自住,好在茶室外围有个菜园子。

有一次,老太太与家人去伊豆山温泉游玩,恰逢一个叫乔治的少年投海自杀,但被警察救起。他是个美国黑人与日本人的混血儿,愤世嫉俗,末路穷途。老太太到警察局要求和青年见面。警察知道老太太的来历,于是安排了他们会面。

"孩子,"她说时,乔治扭过头去,他对一切都已失去兴趣,但老太太仍用安详而柔和的语调说下去,"孩子,你可知道,你生来是要为这个世界做些除了你以外没人能办到的事吗?"

她反复说了好几遍,少年突然回过头来,说道:"你说的是像我这样一个黑人? 连父母都没有的孩子?"老太太不慌不忙地回答:"对! 正是由于你是个没有父母的黑人孤儿,所以,你能做些了不起的好事。"

少年冷笑道:"哼,好啦! 别说了,你想我会相信这一套?"

"跟我来,我让你自己瞧瞧。"她说。

老太太把少年领回自己的居室,指使他去菜园干活。虽然生活清苦,她对少年却爱护备至。生活在小茶室中,处身在优美的大自然里,再加上老太太亲切周到的关怀,乔治慢慢地也心平气和了。老太太给了他一些生长迅速的萝卜种,乔治把它种了下去。十天后,萝卜发芽生叶,乔治高兴得又蹦又跳。他又用竹子自制了一枝横笛,吹奏自娱和吹给老太太听,老太太听了称赞道:"你是唯一吹笛子给我听的人。乔治,你真棒!"

乔治渐渐恢复了对生活的信心,又过了一段时间,他被送去念高中。在上学阶段,他继续在茶室菜园内种菜,也帮老太太做点零活。高中毕业后,乔治白天在地下铁道工地做工,晚上在大学夜间部深造。毕业后,他任教于一所盲人学校,对那些盲人学生他充满了关怀之情。

"现在我已相信,真有别人不能、只有我才能做的好事了。"乔治对老太太说。

"你现在相信我说的话了吧?"老太太说;"你如果不是黑皮肤,如果不是孤儿,也许就不能领悟盲童的苦处。只有真正了解别人痛苦的人,才能尽心为别人做有价值的事。当年你自杀时,你最需要的是关怀和理解,而那时你根本不具备这些,你大声呐喊,说你要的根本不可能得到,根本就不存在——可是后来,你自己却有了爱心。"

此刻,乔治才真正理解老太太当初说的话。

老太太的话给了乔治很深的启迪,老太太继续说:"尽可能爱护别人。等到你从他们脸上看到感激的光辉,那时候,甚至像我们这样行将就木的人,仍能体会到人生的价值。"

在老太太的茶室里,年轻的乔治利用假日自撰笛曲,吹奏给他的盲学生们听。他把流水、浪潮以及绿叶中的风声,都谱进了乐曲。那群盲学生用心聆听,他们听出了生活的意义、人生的价值以及理想、事业、爱情……他们给这首曲子起了个好听的名字——清风流水。

### /// 学写作 ///

小说以一种说故事的口吻,记叙了一个曾经绝望厌世的孩子如何成长为一名出色的盲人教师的经历。行文以对话的形式揭示了主题,通过一段真实的生活感悟,道出了人生的价值和意义。其哲理与抒情相结合的语言也为文章增色不少。

### /// 懂人生 ///

生活是没有绝境的,"山重水复疑无路,柳暗花明又一村"。当我们面对生活的困境时,请不要自怨自艾、愤世嫉俗,而应该用自己的爱心和信念去感染别人,为别人解决困难,始终以一种乐观积极的心态去为人处世,这样我们才能真正地体会到生命的意义。

·江伟栋·

# 女 儿 出 走

张小失

一个女孩负气离家出走,母亲看见她留下的纸条,十分吃惊,第一个念头是去派出所报案。但这时电话铃响了,是丈夫打的。

丈夫听完电话那头紧张的声音,沉默半晌,说:"不要闹得满城风雨,这孩子自尊心极强,等等吧。"

女孩的业余爱好是上网,父亲虽然不知道她常去的网吧,但有她的一个电子信箱,于是给她写了封信:我知道你生气藏起来了,我估计也找不到你,就让你安静地回味一下过去的快乐和苦恼吧。

一天过去了,女孩没有回音。母亲很着急,所有的亲戚朋友家都问过了,没见到女儿。她又想给女儿的同学打电话询问,却被丈夫拦住:"不要让他们知道,孩子以后还得上学,那时她面对老师和同学会成为'另类'。明天一早,你去学校撒个谎,帮孩子请一周病假。"

当晚,父亲又给女儿发了一封电子邮件:呵呵,我猜到了,你现在正在上网,对吗?注意啦,墙那边的屋子里就坐着你老爸,不信你去看看?

夜里11点,女儿终于有了回音,一封给父亲的伊妹儿:我们

相隔万水千山,好自由的感觉!我要独自闯荡世界,像三毛那样浪漫地漂流四方!妻子一看,眼泪当场冒出来,丈夫却笑着说:"这是曙光啊,说明孩子想我们了,否则又何必说这些?"他当即复信:坚决支持你的伟大行动!我为有你这样一个充满激情与幻想的女儿而骄傲!老爸年轻时是个诗人,那时多想像你今天这样走出去啊,但没有决心,太惭愧了……

第二天上午,父亲的电子信箱里有一封信:老爸,不要惭愧,现在行动还来得及。但我想先创业,然后接你过来玩。父亲赶紧回复:可是,我得等多少年?你创业成功时,我也老喽,走不动喽!

十分钟后,女儿的回音来了:我预计,创业要十年,那时你五十五岁,还没退休呢!父亲看了,故意不答复;等到午饭后才上网回信:不行啊,老爸今天淋雨了,全身难受,到五十五岁,身体可能更弱。你买伞了吗?

下午,接到女儿回信:不要紧,雨淋不着我,我不出门。丈夫阅后,对妻子说:"好了,女儿现在很稳定,我推测她没出城,可能住在旅馆里。让她疯两天,一切自理,累了就会想家了。"

晚上,女儿又来了封短信。这次丈夫以妻子的口吻回答她:孩子,你爸爸淋雨后全身难受,发高烧,住院去了。妈妈现在没时间跟你联系,得去医院陪护他。再见!

果然不出所料,女儿在第二天的伊妹儿中关切地问:爸爸的病好些了吗?父亲一笑,关上电脑,不予理睬。

午饭时分,电话铃响了,丈夫示意妻子去接,说:"告诉她,爸

爸现在烧糊涂了,老是念叨女儿。说完就挂,别啰唆!"妻子照办。

傍晚,楼梯口传来熟悉的脚步声。父亲赶紧躺上床,母亲按原定计划准备迎接女儿。"嘭嘭嘭",有人敲门。透过猫眼瞅,是女儿。母亲轻轻开了门,对女儿摆摆手:"小声点,你爸在睡觉。"女儿一脸疲惫,放下包裹,蹑手蹑脚走进里屋,见爸爸安静地躺着,泪水一下子涌出来……

事后,丈夫说,孩子一个人在外边吃点儿苦,是迟早的事,阻拦她只会适得其反。何不顺水推舟,让她去锻炼一回呢!

### /// 学写作 ///

小说一开头就交代"女儿出走"这件事,"父亲"为了保护孩子的自尊心,特意设置了许多使孩子"回心转意"的交流,最后甚至编织了一个美丽的谎言使得女儿平安回家。通篇悬念层出,环环相扣,以一种常人难以揣度的思维方式,向我们传授了一种教育孩子的"另类"方式,发人深省。

### /// 懂人生 ///

在面对突发事件的时候,我们首先要学会沉着冷静,通过对事情进行具体的联系、判断和分析,然后再做出行动,这样往往可以事半功倍,鲁莽行事只会适得其反。在恰当的时候,善意的谎言也可以使事情峰回路转,柳暗花明。

·张裕娜·

# 维佳，往窗外看

［俄罗斯］格·叶·雷克林夫

电车里拥挤不堪，有老爷爷、老奶奶，还有残疾人。

车里有一位年轻的女读者坐在那儿吟诵着莱蒙托夫的诗句："海边坐着一位年轻美貌的姑娘……"

十分钟、十五分钟……画面依然如故，还是那一页书，还是那一行诗："海边坐着一位年轻美貌的姑娘……"姑娘还是那样稳稳当当地坐着，看着那页书。七岁的小弟弟坐在她身旁的位子上，她小声对弟弟说："维佳，往窗外看，因为你什么都没发现，知道吗？"

一位乘客实在忍不住了，"姑娘！你们该让个座。小弟弟也那么大了，站一会儿不会累坏的。"

姑娘"没听见"，她还是一个劲儿地吟诵着："海边坐着一位年轻美貌的姑娘……"

维佳感到很没面子，碰了碰姐姐，姐姐却回答说："你坐着吧！不要管他们说什么。"

"你可知道……"

"住嘴！"

回到家里，到了吃饭的时候，妈妈喊维佳吃饭，维佳却望着窗

外好像什么也没听见。

"维佳! 叫你几遍了?"

维佳沉思着,眼睛一直望着窗外。

"维佳!"

"住嘴,妈妈!"

"维佳! 你怎么这样跟我说话? 你难道不害羞吗?"

爸爸回来了,妈妈为儿子的表现同他议论了好长时间。

"这些粗话,他是跟谁学的?"

爸爸煞有介事地说:

"外边呗! 都是在外边学坏的,我们不应该让维佳到处乱跑,也不要让他跟院子里的孩子接触。"

他们心安理得地终止了议论。


### /// 学写作 ///

小说截取了两个生活场面,在电车上亲身经历了姐姐熟视无睹的冷漠,对维佳后来顶撞母亲造成了直接的影响。颇具讽刺性的是,维佳的父母只是把责任推到了外界的影响上,而毫不自省。文章语言含蓄,取材于现实,巧妙地揭示了某些社会现象,具有很强的现实性和讽刺性。


### /// 懂人生 ///

人与人之间的距离往往是因为冷漠造成的。可怕的是,很多

人并没有意识到自己的错误，反而把责任都推给社会。《论语》中曾子说过"吾日三省吾身！"但在我们的现实生活中，又有多少人能做到积极地自我剖析呢？

·张裕娜·

# 我的绝妙坏诗

［美国］巴德·舒尔伯格 文　居若水 译

我八岁时就写下了我的第一首诗。

妈妈边读边嚷了起来："真美！巴德，真的是你写的么？"

我脸红耳赤地承认了，心里充满了骄傲。妈妈赞不绝口，她甚至说只有神童才能写出如此美丽的诗篇！

"爸爸什么时候回来？"我兴高采烈地问。我简直等不得了——他呀，是好莱坞电影公司著名的剧作家，一个大名鼎鼎的大人物！我想：他一定比妈妈更能评判我的诗！

我作了充分的准备以迎接他的到来。首先，我用花体将诗好好地重新抄写了一遍，接着再用彩笔画上花边，最后，我将诗稿放在餐桌上爸爸的盘子里。

我等呀等，好不容易等到七点半，爸爸这才气冲冲地回到家中。他回来后铁青着脸大发牢骚，他埋怨同事们不跟他好好配合。

"不过，本，巴德创造了一个奇迹，"妈妈劝慰道，"他写了一首诗！写得美极啦！"

"要是你不介意的话，"爸爸打断了妈妈的颂辞，"还是让我自己来评判吧。"

在他读诗时,我的脸几乎要埋进盘子中!诗只有短短十行,但爸爸似乎读了好几个小时!我大气都不敢喘一口……终于,我听见爸爸将诗稿放回盘子里。接着,他直截了当地评判说:"依我看,诗写得很糟!"

我抬不起头来。我的眼中顿时涌出了泪花!

"本,你这个人有时就是让人闹不明白。"妈妈生气了,"巴德还小,这是他学写的第一首诗,他需要鼓励。你现在可不是在工作室里!"

"世上的劣诗已经太多了,"爸爸却很固执,"如果孩子写不出好诗,并没有哪条法律规定他非得去当诗人不可!"

爸爸和妈妈为此争论不休。我再也无法忍耐。我从餐厅跑回卧室,一头扑倒在床上,痛苦地呜咽着。

风波很快就平息了。爸爸毕竟是爸爸呀!我继续写诗,只是再也不敢拿给爸爸看了。

过了几年,我回过头来重读那首诗——这时我才体会到:它果真写得很糟!后来,我壮着胆子给爸爸看了一篇我写的短篇小说。爸爸认为我写得勉强可以,只是啰唆了点。

岁月流逝,很多年又过去了。我成了个"著名"作家,书店里在出售我的小说,舞台上在上演我的戏剧。今天,当我被无数"歌颂"和"批评"包围着时,我又想起了"我的第一首诗"和它引起的小插曲。我感到庆幸——我从孩提时代起,就既有爱说"真美"的母亲,又有爱说"真糟"的父亲!是他们教会了我如何对待形形色

色的"肯定"和"否定"——首先我得不惧怕批评,不管这些否定意见来自何方,也不管这样"宣判"多么令人心碎,我绝不能因为别人的否定而丧失勇往直前的勇气;而另一方面,我又得在一片赞扬声中克服内心深处的自我陶醉!

"真美!"……"真糟!"……这些似乎完全对立又相辅相成的话语,一直伴随着我在人生的道路上跋涉。它们就像两股方向相反的风——我得竭尽全力在这两股强风中驾稳我的风帆。

### /// 学写作 ///

小说的题目就能吸引人,把"绝妙"与"坏"放在一起,引起读者的好奇,然后采用一种对比的写法展开全文。通过描述爸爸和妈妈在对待我的第一首诗时的不同态度,以及我对待父母这些态度时的表现,特意制造一种矛盾冲突,引出下文的思考,再结合这件事对我以后的成长影响升华文章的思想,深化全文的主题。

### /// 懂人生 ///

世上的人很多,每一个人都会有自己看问题的角度和对事情的理解,我们并不能要求所有的人对自己的看法都能一样。不要因别人的一句话而否定自己,也不要因别人的一句话而过于肯定自己,你在走着你的路,别人只是看客,一路的批评与喝彩不应使你停下脚步。

·黄 棋·

# 老师，我站着呢！

[日本]菊池哲哉 文　陈晓光 译

这是一所能看到大海的地势较高的中学，上课时从教室就能看到变化无穷的大海。

那年约有八十名新生入学，其中大多数是那些与大海搏击的渔民们的子弟。

那是我给新生上第一堂课的事情。

"起立。"

大家都站起来了。因为是新生，所以都很认真，教室出现瞬间的寂静。

但是，有一名学生耍滑头，未起立。

"站起来，刚入学就是这种态度可不行！"我的语气顿时严厉起来。

这时，传来一个声音："老师，我站着呢！"

是的，他，A君站着，但是由于他个子太矮，我看着像是坐着。

糟糕！我做了对不起 A 君的事。

我为自己的粗心感到不安，一时竟不知说什么。如果在此时道歉，反而会伤了 A 君的自尊心。于是，我当时只说了声"对不起"。周围的学生都笑起来。A 君的心情一定很难受，我意识到

A君以后也许会因为这件事受他人的欺侮。

下课后,我本想向A君道歉,但忙乱之中竟把此事忘了。晚上,我犹豫着是否给A君打电话。但打电话道歉太不礼貌,于是只好作罢。

第二天,天空晴朗无云,春天的大海碧波荡漾。我给A君的班上第二堂课。

"起立。"

又是瞬间的寂静。这时,忽然传来一个洪亮的声音:"老师,我站着呢!"

是A君,他站在椅子上,微笑着。

从A君的微笑中,我看出他这样做并不是讽刺,也不是抵抗情绪的表露。我感到了"老师,我不在意,不要为我担心"这样一种体谅,我的心口感到一阵疼痛。

晚上,我怀着复杂的心情给A君拨了电话。

"老师,别在意,别在意!"对面传来A君爽朗又充满稚气的声音。

我祈盼明天的天空还是晴朗无云,大海还是碧波荡漾。


### /// 学写作 ///

小说篇幅的短小精悍并没有阻碍故事情节的完整表述。第一人称的叙述,通过"我"与A君在起立这件小事上产生的误会,既推波助澜地促进了情节的发展,又使"我"内心的矛盾冲突披露

在读者面前。可见，把人物放置在误会的情境中亦不失为展示人物性格的一种好方法。

### /// 懂人生 ///

理解与宽容是世间最美好的一种情感。生活在社会这张大网中，难免不会发生碰撞。当我们无法对身边的人和事释然时，不妨多一份宽容，多一份理解，那么，我们便能时时拥有一份好的心境、一个豁达的人生。

·王清玲·

第五辑

## ～人生的多棱镜～

人生,充满着悲欢离合、七情六欲、幽默与悖论、隐喻与无奈……究竟要如何面对人生,才可以真实地享受生命? 到底要经历多少的舛难,才可以茅塞顿开,掌握命运的方向? 或许,只有我们明白了人生的悲痛和深邃之后,才可以创造艺术的人生,拓展生命的宽度。

# 立　正

### 许　行

"你说说,为什么一提蒋介石你就立正?是不是……"

我的话还未说完,那个国民党军队的被俘连长,早又"叭"一下子来了个立正,因为他听到我提蒋介石了。

这可把我气坏了,若不是解放军的纪律管着,早就给他一撇子了。

"你算反动到底啦!"

"长官,我也想改,可不知为什么,一说到那个人就禁不住这样做……"

"我看你要陪他殉葬啦!"我狠狠地说。

"不,长官,我要改造思想,我要重新做人哪!"那俘虏连长很诚恳地说。

"就凭你对蒋介石这个迷信的态度,你还能……"

谁知我的话里一提蒋介石,他又"叭"一下子来了个立正。

这回我终于忍不住了,一杵子把他打了个趔趄,并且厉声说:

"再立正,我就打断你的腿!"

"长官,你打吧! 过去我这也是被打出来的。那时我还是个排副,就因为说到那个人没有立正,被团政训处长知道了,把我弄

去好一顿揍，揍完了对我进行'单兵训练'，他说一句那个人的名字，我就马上来个立正，稍慢一点就挨打。有时他趁我不注意冷不防一提那个人名字，我没反应过来便又是一顿毒打……从那以后落下来这个毛病，不管在什么时间地点，一说到那个人或一听到那个人的名字就立正，弄得像个神经病似的，可却受到嘉奖，说这是对领袖的忠诚……长官，你打吧！你狠狠地打一顿也许能打好了呢，长官，你就打吧！打吧！"俘虏连长说着就痛苦地哭了，而且恳求我打他。

这真怪了！可听得出来，他连"蒋介石"三个字都回避提，生怕引起自己的条件反射。不能怀疑他这些话的真诚。

他闹得我也有些傻了，不知该怎么办啦！

1948 年我在管理国民党军队俘虏时，遇到了这么一件事。当时那个俘虏大队里都是国民党军队连以下的军官，是想把他们改造改造好使用，未曾竟意遇到了这么一个家伙。

"政委，咱们揍他一顿吧！也许能揍过来呢。"我向大队政委请示说。

"不得胡来，咱们还能用国民党军队的办法吗?！你以为你揍他，就是揍他一个人吗?！"

嗬！好家伙，政委把问题提得这么高。

"那么?"我问。

"你去让军医给他看看。"

当时医护水平有限，自然看不出个究竟来，也没有啥医疗办

法。以后集训完了,其他俘虏作了安排,他因这个问题未解决,便被打发回了家。

事隔三十年,"文化大革命"后,我到河北一个县里去参观,意外地在街上遇到了他。他坐在一个轮椅上,隔老远他就认出我来了。

"教导员,教导员!"他挺有感情地扯着嗓子喊我。

他头发花白,面容憔悴,显得非常苍老,而且两条腿已经坏了。我问他腿怎么坏的,他说因为那毛病没改掉,叫"红卫兵"给打的,若不是有位被关在"牛棚"的医生给说一句话,差一点就要他的命啦!

我想这个我们不许做,也不忍做的,"红卫兵"做了。打断了他两条腿,当然就没法立正了,这倒是一种彻底的改造办法。这时,我情不自禁地说:

"你这一辈子,算叫蒋介石给坑啦!"

天呵!我非常难过地注意到:在我说"蒋介石"三个字时,他那坐在轮椅中的上身,仍然向前一挺,做了个立正的姿势。

### /// 学写作 ///

异乎寻常的开头与出人意料的结尾,使这篇小小说的立意显得别具特色。作者围绕"立正"这一动作,在倒叙与夹叙夹议的叙事手法中,将"他"在国民党与"文化大革命"中所受的迫害似乎轻描淡写实则沉重地叙述出来,作者的无奈与同情亦渗透其中。一

个极富戏剧性的"立正"动作,揭示了两个时代对人的迫害,同时也反映了一个人痛苦的一生,这种巧妙的串连,既使文章耐读,也深化了主题。

### /// 懂人生 ///

往事有时虽然已经随风而去,但岁月的脚步却常常在心灵留下无法磨灭的痕迹。有一种习惯是在日常生活中不知不觉中形成的,很难改,却可以改,只要我们学会走出往事的记忆,走出那种曾经的伤痛,一切重新做起。

·王清玲·

# 军犬黑子

吴若增

那一年,我认识了一位军犬训导员。我问他:最聪明的狗能达到什么程度?他说:除了不会说话,跟人没有差别。他的回答,令我一怔,随后我说:你准是掺进了许多感情色彩吧?不!他说。

他给我讲述了几个关于狗的故事,都是他亲身经历的。有几个,我已淡忘了,唯其中的一个,至今记得鲜明。那是他讲到,在他们的那个营地,有一条名叫"黑子"的狗极其聪明。有一天,他们几个训导员想出了一个特殊的办法,决定用来测一测黑子的反应能力。他们找来了十几个人,让这些人站成一排,然后让其中的一位去营房"偷"了一件东西藏起来,之后再站到队伍中去。这一切完成了,训导员牵来了黑子,让它找出丢失的那东西,黑子很快就用嘴把那东西从隐秘处叼了出来。训导员很高兴,用手拍了拍黑子的脖颈以示嘉奖,之后,他指了指那些人,让黑子把小偷找出来。黑子过去了,这个嗅嗅,那个嗅嗅,没费多少劲就叼住了那个小偷的裤腿将他拉出了队伍。

应该说,黑子把这任务完成得极其完满,但训导员却使劲儿地晃了晃脑袋对黑子说:不!不是他!再去找!黑子很诧异,眼睛里闪出了迷惑的光,因为它确信自己并没有找错人,可对训导

员又充满了一贯的绝对的信赖。这,这是怎么回事呢? 它想。不是他! 再去找! 训导员坚持。黑子相信了训导员,又回去找……但它经过了再三再四的谨慎辨别和辨认,还是把那人叼了出来。不! 不对! 训导员再次摇头。再去找!

黑子愈发地迷惑了,只好又走了回去。这次,黑子用了很长的时间去嗅辨。最后,它站在了那个小偷的腿边转过头来,望着训导员,意思是——我觉得就是他……不! 不是他! 绝对不是他! 训导员又吼,且表情严厉起来了。

黑子的自信被击溃了,它相信训导员当然要超过了相信自己。它终于放弃了那个小偷,转而去找别人。可别人……都不对呀?

就在他们那里头! 马上找出来! 训导员大吼。

黑子沮丧极了,在每一个人的脚边都停那么一会儿,看看这个人像不像小偷,又扭过头去看看训导员的眼色试图从中寻到一点点什么迹象或什么表示……最后,当它捕捉到了训导员的眼色在一刹那间的微小的变化时,它把停在身边的那个人叼了出来。

当然,这是错的。

但训导员及那些人们却哈哈大笑起来,把黑子笑糊涂了。之后,训导员把小偷叫出来,告诉黑子:你本来找对了,可你错就错在没有坚持……

一刹那间,令训导员和全体在场人们莫名意外兼莫名惊恐又莫名悔恨的是,他们看到——当黑子明白了这是一场骗局之后,

它极度痛苦地"嗷"地叫了一声,几大滴热泪流了出来。之后,它沉沉地垂下了头,一步一步地走了开去……

黑子!黑子!你上哪儿去?训导员害怕了,追上去问。

黑子不理他,自顾自往营外走去。

黑子!黑子!对不起!训导员哭了。

但黑子无动于衷,看也不看他一眼。

黑子!别生气!我这是跟你闹着玩儿呢!训导员扑上去,紧紧地搂住了黑子,在黑子面前热泪滂沱。

黑子挣脱了训导员的搂抱,一步一步地走到了营外的一座土岗下,找了个背风的地方趴下了。

……

此后好几天,黑子不吃不喝,神情委顿,任训导员怎么哄,也始终不肯原谅他。

人们这才发现——哪怕是只狗,也是要尊严的!

或者反过来说——它们比人更要尊严!

……

后来呢,后来是黑子不再信赖它的训导员,甚至不再信赖所有的人。同时,它的性情也起了极大的变化,不再目光如电,不再奔如疾风,甚至不再虎视眈眈、威风凛凛……训导队没办法,只好忍痛安排它退役。

……

啊,黑子呀!

### /// 学写作 ///

小说从人的心理角度，认为狗是一种愚忠的动物，从而一而再，再而三地戏耍、"考验"一条叫黑子的警犬，但结果是狗不但愚忠，而且还需要被信任、被尊重，这和人们的"预设心理"形成了强烈的反差，从而营造出一种出人意料、发人深省的意蕴。在这里作者故意花大量笔墨设置了一个"阅读陷阱"：反复逗狗，既增强了趣味性，又强化人们的"预设心理"，为后文势如破竹的反转做好了充分的准备。这种创设"阅读陷阱"的写作方式，往往能使小说创作取得意想不到的奇妙效果。

### /// 懂人生 ///

不要轻易地去欺骗，因为一次的欺骗可能让你在别人的心中失去永久的信任；不要轻易地去怀疑，因为别人给你的可能仅仅只是一次欺骗。人与人的相处最重要的是一份彼此的信任和相互的真诚。

·王清玲·

# 柔 弱 的 人

[俄罗斯]契诃夫　侯存治 于鹏飞 译

前几天,我曾把孩子的家庭教师尤丽娅·瓦西里耶夫娜请到我的办公室来。需要结算一下工钱。

我对她说:"请坐,尤丽娅·瓦西里耶夫娜!让我们算算工钱吧。您也许要用钱,你太拘泥礼节,自己是不肯开口的……呶……我们和您讲妥,每月三十卢布……"

"四十卢布……"

"不,三十……我这里有记载,我一向按三十付教师的工资的……呶,您呆了两月……"

"两月零五天……"

"整两月……我这里是这样记的,这就是说,应付您六十卢布……扣除九个星期日……实际上星期日您是不和柯里雅一块儿学习的,只不过游玩……还有三个节日……"

尤里娅·瓦西里耶夫娜骤然涨红了脸,牵动着衣襟,但一语不发……

"三个节日一并扣除,应扣十二卢布……柯里雅有病四天没学习……你只和瓦里雅一人学习……你牙痛三天,我内人准您午饭后歇假……十二加七得十九,扣除……还剩……嗯……四十一

卢布。对吧?"

尤丽娅·瓦西里耶夫娜两眼发红,并且满眶湿润。下巴在颤抖。她神经质地咳嗽起来,擤了擤鼻涕,但——一语不发!

"新年底,您打碎一个带底碟的配套茶杯。扣除二卢布……按理茶杯的价钱还高,它是传家之宝……上帝保佑您,我们的财产到处丢失!而后哪,由于您的疏忽,柯里雅爬树撕破礼服……扣除十卢布……女仆盗走瓦里雅皮鞋一双,也是出于您玩忽职守,您应对一切负责,您是拿工资的嘛,所以,也就是说,再扣除五卢布……一月九日您从我这里支取了九卢布……"

"我没支过!"尤里雅·瓦西里耶夫娜嗫嚅着。

"可我这里有记载!"

"唉……那就算这样,也行。"

"四十一减二十七净得十四。"

两眼充满泪水,长而修美的小鼻子渗着汗珠。令人怜悯的小姑娘啊!

她用颤抖的声音说道:"有一次我只从您夫人那里支取了三卢布……再没支过……"

"是吗? 这么说,我这里漏记了! 从十四卢布再扣除……呐,这是您的钱,最可爱的姑娘! 三卢布……三卢布……又三卢布……一卢布再加一卢布……请收下吧!"

我把十一卢布递给了她……她接过去,喃喃地说:

"merci(法语:'谢谢')。"

我一跃而起，开始在屋内踱来踱去。憎恶使我不安起来。

"为什么'谢谢'？"我问。

"为了给钱……"

"可是我洗劫了你，鬼晓得，这是抢劫！实际上我偷了你的钱，为什么还说：'谢谢'？"

"在别处，根本一文不给。"

"不给？怪啦！我和您开玩笑，对您的教训是太残酷了……我要把您应得的八十卢布如数付给您！呐，事先已给您装好在信封里了！可是何至于这样快快不快呢？为什么不抗议？为什么沉默不语？难道生在这个世界口笨嘴拙行吗？难道可以这样软弱吗？"

她苦笑了一下，而我却从她脸上的神态看出了一答案，这就是"可以"。

我请她对我的残酷教训给予宽恕，接着把使她大为惊奇的八十卢布递给了她。她羞怯地点了一下数就走出去了……

我看着她的背影，沉思着：

"在这个世界上做个有权势的强者，原来如此轻而易举！"

/// 学写作 ///

作者以"我"与家庭老师的对话为写作场景，在近乎戏剧式的情节安排下，展示了家庭教师的不断变化的神态刻画与心理活动描写。结尾处是文章故事发展的高潮，在作者的匠心独运下，这

里来了个情节的大突变,这个转变,使"我"由"强者"变成了"善者",这样的角色转换,为后文"我"对世界不公的控诉提供了说话的"机会",同时也增强了小说的戏剧性和趣味性。

### /// 懂人生 ///

没有人是天生的弱者,除非你把自己放在了弱者的位置。不要去羡慕别人的优秀,也不要去惧怕别人的权力,任何人都没有高贵低贱之分,因为在世界上每一个生命都是平等的。记住,只要自己看得起自己,没有人会看不起你。

·王清玲·

# 雅普雅普岛的金喇叭

[美国]奎因 文 张名 译

　　大名鼎鼎的探险家艾麦利·霍恩斯奈格尔博士在他最新出版的《雅普雅普岛上部落的奇风异俗》这本书里,提到了一些关于言论自由的趣闻,这是他在这个默默无闻的岛上土著居民当中观察到的。

　　雅普雅普岛的斯洛鲍布①伊吉·布姆布姆有一次在宫里设宴招待霍恩斯奈格尔博士,谈话中间,这位探险家问起:岛上法律准许不准许居民自由和公开地发表自己的意见?

　　"当然准许,"斯洛鲍布说,"我们岛上的居民享有充分的言论自由,政府也严格执行人民的意志。"

　　"这在实际上是怎么实行的呢?"霍恩斯奈格尔问道,"您怎样判断公众对各种事情的意见呢?"

　　"这很简单,"斯洛鲍布解释道,"要决定任何重大问题的时候,我们就把全岛居民召集到我的宫廷前面来。大僧正先根据羊皮纸手稿宣布要讨论的问题,接着我细听金喇叭的声音,这样我就知道人民的意志了。"

　　"金喇叭又是什么玩意儿?"霍恩斯奈格尔问。

　　斯洛鲍布说:"金喇叭是表达公众意见的唯一工具。我把右手举过头顶,宣布说:'凡是赞成的,请吹喇叭!'马上,所有赞成那个提案的人就全都吹起金喇叭来。接着我又把左手举过头顶,宣布:'凡是反对的,请吹喇叭!'这时反对的人就吹金喇叭了。吹得比对方响亮的那一边当然是多数,问题就按照他们的意思来决定。"

　　"照我看来,"霍恩斯奈格尔博士说,"这是我所听说过的最完善的民主方式了。我很想参加这样表达民意的盛会并且照几张相片。"

　　到第二天下午,霍恩斯奈格尔博士就亲眼看到这一切了。全岛居民都被召集到斯洛鲍布的宫廷前面来解决一个重大问题。这儿一起有将近三千人,要是不把他们身上的臂布算上的话,全都是赤条条的。可是在隆重地宣布开会之前,又有四个大人物到场了。他们衣着华丽,是乘镶上珠宝的轿子来的。这四个全身珠光宝气、熏香四散的大人物当着全场的人在丝绒椅垫上坐了下来,仆从们用孔雀羽毛扇子替他们扇着。

　　"这些人是谁?"霍恩斯奈格尔问。

　　"他们是本岛最最有钱的人。"斯洛鲍布回答。

　　一等有产阶级到场后,大僧正就开始宣读羊皮纸手稿。随后斯洛鲍布走上前来,把右手举过头顶。

　　"凡是赞成的——请吹喇叭!"他喊道。

　　四个财主拿起金喇叭,使劲吹起来。

于是斯洛鲍布又把左手举过头顶。

"凡是反对的——请吹喇叭!"他喊道。

广大人群里鸦雀无声。

"决议通过!"斯洛鲍布宣布。

于是大功告成。

霍恩斯奈格尔跟着就问斯洛鲍布,为什么只见到四个财主吹了金喇叭。

"因为也只有他们才买得起金喇叭,"斯洛鲍布解释说,"其余那些全不过是些干活的粗人罢了。"

"在我看来,这压根儿说不上什么言论自由,"霍恩斯奈格尔说,"归根结底,只有少数几个阔人吹他们自己的喇叭。在我们美国,人民是有充分的机会来表达自己的意志的。"

"当真?"斯洛鲍布叫起来,"那么,在美国是怎么样的呢?"

霍恩斯奈格尔说:"在我们美国不用什么金喇叭,我们用的是各种报纸、杂志和广播电台。"

"这倒挺有意思,"斯洛鲍布说,"可是是谁占有这些报纸、杂志和广播电台呢?"

"有钱人。"霍恩斯奈格尔回答说。

"这就是说,也还是跟我们岛上一个样儿,"斯洛鲍布说,"在你们那里也净是有钱人吹自己的喇叭,所有的声音都是他们发出的。"

① 斯洛鲍布就是部落的酋长。

### /// 学写作 ///

作者以滑稽的笔调、辛辣的讥讽叙述了霍恩斯奈格尔博士去土著居民的岛上考察时的所见到的趣事,并通过"吹喇叭"这件趣闻,生动形象地把美国较为复杂的假民主现象揭示出来,这种"借鸡下蛋"的叙述方式,使得故事情节波澜起伏,并通过悬念的设置来吸引读者,使全文带有一种荒诞色彩,却不失真实。

### /// 懂人生 ///

一只标榜着"民主"的金喇叭吹着的却是有钱人的声音,实在令人啼笑皆非。正如西方的某些国家打着民主的旗帜去干扰其他国家的政权,却不反躬自问:"自己的国家是否真的民主了?"真正的民主不是吹的,而是做给别人看的。

·黄 珍·

# 卖 笑 人

[德国]伯尔 文  孙坤荣 译

倘若人家问起我的职业,那我就尴尬万分,刷地一下面红耳赤,张口结舌,不知所答,因为我是个有名的诚实可靠的人。我很羡慕瓦工可以回答说:我是瓦工。我妒忌会计师、理发师和作家,他们都可以直截了当地说出自己的职业,因为这些职业名副其实,用不着多费唇舌去解释。我没有办法,只好回答:我是卖笑人。人家听了不免还要追问下去:你靠卖笑为生吗?我不得不直说"是"。于是问题接二连三,没完没了。我的确靠卖笑为生,而且活得很好。用商业用语说,就是我的笑很畅销。我是拜过名师的笑的行家,无人能与伦比,无人能掌握我的惟妙惟肖的艺术。我长期把自己看做演员,其原因就不必说了。然而,我的语言能力和表演技巧太差,演员这称号我实在不配。我爱真理,而真理是:我是卖笑人。我不是小丑,也不是滑稽演员;我不逗引观众欢笑,我只是欢笑的化身。我笑得像一个罗马皇帝,像一个参加毕业考试时反应灵敏的中学生。19世纪的笑是我的拿手好戏,17世纪的笑我也笑得毫不逊色。如果有必要,我可以模拟各个世纪的笑,各个社会阶层的笑,各种年龄的笑。我像鞋匠学会钉鞋后跟一样,轻而易举地学会笑。我满腹都是美洲的笑、非洲的笑、白

的笑、红的笑、黄的笑，只要给我适当的报酬，导演怎么说，我就怎么笑，我已成为不可缺少的人物了。我的笑灌制了唱片，我的笑录了音，广播剧导演更一刻不放过我。我苦笑、淡笑、狂笑，我笑得像电车售票员，像食品公司的学徒一样，早晨笑，晚上笑，夜里笑，黎明还笑。简而言之，不管何时、何地、何人，都会相信这种职业是很辛苦的。再说我还有逗人笑的特长，三四流的滑稽演员也少不了我，因为他们正为自己的噱头是否叫座而提心吊胆。我差不多每天晚上都坐在杂耍场里，担任微妙的捧场者的角色，在节目淡而无味的当儿发出感染人的笑声。这事干起来很像计量工作那样仔细，我的大胆的狂笑必须笑得正是时候，早了不行，迟了也不行。时候一到，我就得捧腹大笑，接着是观众的一阵哄堂大笑，于是不能引人兴趣的噱头就得救了。

可是演出一结束，我就精疲力尽地溜进衣帽间，穿上大衣。终于下班了，心里无限高兴。通常在这样的时候，家里已经有"急需您笑，星期二录音"的电报在等着我。几小时后，我只得又在直达快车上奔驰，深为自己的命运而感慨不已。

我下班后或休假时是不爱笑的，这是大家都理解的。挤奶员如能忘却奶牛，瓦工如能忘却灰浆，那该多美。常见木工家里的门关不上，抽屉拉不开，糕点工人喜爱酸黄瓜，屠宰工喜爱杏仁夹心糖，面包师傅宁要香肠而不要面包；斗牛士爱玩鸽子，拳击师见到自己的孩子鼻孔出血会大惊失色。凡此种种，我都明白。我自己历来就不在业余时间笑。我本是个不苟言笑的人，人家都说我

是个悲观主义者,这也许不是没有道理的。

结婚的头一年,老婆常对我说:"笑一个吧。"而这些年来她终于明白,我是无法实现她的愿望的。我紧张的面部肌肉和忧郁的心境,如真正得到松缓的时候,那我就感到无比幸福。说真的,旁人的笑声也会引起我心烦意乱,因为听到笑声难免要想起我的职业。我老婆也把笑的本能遗忘了,于是我俩的夫妇生活就显得冷冷清清、平平淡淡的。偶尔我逮住她脸上掠过的一丝笑容,我自己也怡然一笑。我俩常常是唧唧低语,因为我恨杂耍场的喧哗,恨录音室里可能出现的嘈杂。

素不相识的人总以为我沉默寡言,这或许是对的,因为我得频繁地张着口去笑。

我木然地走着我的人生之路,间或赐予自己一丝微笑。我常常想,我是否真的笑过。我确信我从未笑过。我的兄弟姐妹可以告诉你们,我从小就是一个严肃的男孩。

我用各种各样的方式来表现笑,但是,我不知道自己究竟为何而笑。

### /// 学写作 ///

作者以第一人称的叙述方式,通过语言、行动、细节、心理描写和环境的渲染等来细致入微地全面解剖了自己内心的矛盾。文章语言中带有一种调侃讽刺的意味,同时讽刺的语言下体现了作者生活的苦衷。

### /// 懂人生 ///

生活有它的无奈之处,它不可能给予每一个人喜欢的工作。所以当我们的工作不能改变时,就要选择你的工作态度,尽力选择积极愉快的态度,然后坚定信念,坚持到底。你会发现自己会变得更乐观。

·黄 珍·

# 奇妙的警棍

木 桦

一位从海外归国的侨胞,讲了这样一个滑稽而可笑的故事。

N国一位忠于职守的治安警察,在一个阳光绚丽的早晨,手执警棍,兴冲冲走进警察局长办公室。

"您早! 尊敬的局长先生,请允许我向您报告一件振奋人心的喜事!"

"请坐,什么喜事?"

"是这样——"警察顾不上落座,站在那儿喜形于色地讲起来,"您不是经常批评一些玩忽职守的警察,"他扬了扬手中的警棍,"随便乱用这种可以发出电击的警棍,致使一些遵纪守法的公民无辜受害!"

"是的,这种不适当使用警器的现象,真让人头痛!"局长显出沮丧的样子回答。

"好了,这回您可以放心了。"

"怎么回事? 为什么?"

"是这么回事,局长先生!"警察得意地摆弄着手中的警棍说,"为了惩治那些不适当使用警棍的人,我研究了一个小小的装置!"

"装置？什么装置？"

"一种反馈电脑装置！"警察拔开了警棍的一端，指着一粒纽扣状的金属装置说，"喏——就是它！"

"这……有什么用？"局长颇感疑惑地问。

"它可以起到这样的作用——当警棍戳向真正的罪犯时，电流便会发挥攻击作用；而当警棍戳向无罪公民时，电流就会反馈到持棍人身上，使警察自己受到电击的惩罚，从而起到保护好人的作用。"

"噢，那真是奇妙了！"局长惊异地拿过警棍，怀疑地观察着那粒小小的装置："这为什么？"

"这其实很简单。"警察得意地解释道，"根据我的研究，罪犯身上放射一种 X 微波，这是由于高级神经受到恐惧刺激造成的，正常守法者就没有这种恐惧信号。这个小小的反馈电脑，在接受到恐惧微波后，便会发出指令，使警棍发出电击；当没有收到恐惧信号，而警棍用以攻击好人时，反馈电脑就会使电流反向传导，进而使持棍人触电！"

"这怎么可能，警棍的表皮是绝缘的！"警察局长不相信地摇起了头。

"反馈电脑的特异功能正在这里，它可以使电流在非导体中传导，不信我们可以试试！"

局长犹豫一下，但很快命人带来一个杀人犯。

"喂，你这家伙为什么杀人？"

局长说着，拿起警棍向罪犯戳去。

"啊!"一声惨叫，罪犯立即被击倒在地上。

局长命人把罪犯带了下去。

"要是对好人呢?"局长想再试一下警棍。

"当然就完全相反了，请拿我再试一下吧!"

"那就请包涵了!"

局长边说边用警棍向这位警察的手臂轻轻点了一下。就在这瞬间，他感到一阵麻木，身子晃了几晃，险些跌倒。

"这真对不起，请原谅!"

警察扶住局长，连声道歉。

"太奇妙，太灵敏了!"局长连声称赞。

"只是个小发明，局长过奖了!"

"请在我身上试一下。"局长很怕这位下属有抵御电击的特异功能，要亲自试一下。

"那就冒昧了!"

警察以为让局长亲自试一下就能使他最后相信，虽然这样自己要吃点苦头。但奇怪的事情发生了，当警棍戳上了局长的手臂，警察自己非但没有感觉，局长反而被电击得"啊"地一声大叫，跌倒在地上，失去了知觉……

第二天，那位警察被开除了。罪名是"藐视警方，欺骗上司"!

于是，警棍还是现在的样子。

### /// 学写作 ///

小说以一根小小的警棍的特异功能为线索,以警察与局长对警棍神奇功用的对话、态度进行布局,情节曲折起伏,引人入胜。结尾作者却笔锋一转,局长竟然被击倒,情节的发展出人意料,让人为作者的巧妙的设置惊叹。同时这个突变也深化了主题。

### /// 懂人生 ///

一根有着特异功能,本来是用来辨别罪犯的真假,维持社会治安的警棍,却对局长起了作用,这是莫大的讽刺,不由得让人深思。在现实的社会上,又有多少类似如此的改革计划,因为这些道貌岸然的人而破产。

·黄　珍·

# 医院需要病人

[美国]阿·巴彻沃尔德

近来,医院的效率越来越高了。病人住院根本无须久等,因为医院的床位过剩。为了经营下去,医院就得尽力避免病床空闲。这既是好事,似乎也不是好事。

前些天,我到医院探望一位住院的朋友。我先到了问讯处,那里兼办入院手续。没等我开口问及我朋友的病房房号,值班小姐便拿出一份表格,记下了我的姓名、年龄、职业,揿了电铃。我刚要说明我只是来探望朋友的,早有两个护理员推着一辆轮椅来到我跟前。他们把我按到轮椅上,顺着走廊推起就走。

"我没病!"我嚷了起来,"我是来看朋友的。"

"他一来,"一个护理员说,"我们就带他去你的房间。"

"他早就来了。"

"那好,等我们把你安置到床上,他就可以来看你。"

我发现自己被带到了一个写着"私人病房,未经护士许可不得入内"字样的小房间。护理员扒光了我身上的衣服,递给我一件古怪的,背后系带的短睡衣和一个水罐,然后打开了悬吊在天花板上的电视机,对我说:"需要什么就按一下电铃。"

"我要我的衣服!"

"噢,你放心好了。"护理员说,"哪怕发生最不幸的事情,我们也会把你的东西都交给你那可能成为寡妇的妻子的。"

正当我设想着怎样从窗户逃出去的时候,威德大夫带领他的几个学生进来了。

"谢天谢地,你们可来了!"我说。

"你疼得很厉害吗?"他问。

"我一点儿也不疼!"

威德大夫显得十分忧虑:"如果你不觉得疼,那意味着情况比我们预料的还要严重。起初是哪里疼?"

"哪儿也不疼!"

威德大夫同情地点了点头,转身对他的学生们说:"这是最难对付的一种病人,因为他拒不承认自己有病。在他打消自己根本没病的错觉之前,他是不会痊愈的。既然他不肯告诉我们什么部位有病,我们就只好做个外科检查性手术来找出毛病。"

"我可不想动手术。"

威德大夫摇了摇头,"没人愿意动手术,但治病还是宜早不宜迟哪!"

"我没病可治!我一切都正常!"

"如果你一切正常,"威德大夫填写着病历卡说,"就不会到这儿来了。"

次日早晨,他们剃光了我的胸毛,并且拒绝给我开早饭。

来了两个护理员把我挪到一辆担架式推车上,护士长车旁随

行,一个牧师殿后。我环顾四周想寻求救援,但是我失望了。

最后,我终于被推进了手术室。"等一等,"我开了口,"我有话告诉你们。我是病得很重,但是我还没有加入医疗保险!交不起麻醉费。"

麻醉师关掉了麻醉仪器。

"当然,我也没有钱付手术费。"于是,大夫们纷纷放下了他们手中的手术刀具。

接着,我转向护士说:"我甚至连交住院费的钱也没有。"

没等我明白过来,我已换上了自己的衣服,被最初把我送进病房的那两个护理员赶到了大街上。

我又去问讯处打听我朋友的病房,值班人员盯着我,冷冷地说:"我们再也不愿在本院见到你。你不正常。"

### /// 学写作 ///

文章的成功之处主要在于作者精妙的构思,以及白描手法的灵活出色运用。荒诞而又充满戏剧性的情节变化让人在笑声中体会到深刻的立意,作者抓住医院里一种无病说病、只重钱财不重医德的现象写成了一篇故事性短文,把其中的道理与批判寄寓情节发展之中。

### /// 懂人生 ///

有人说,护士是穿着白衣的天使,医生是拥有上帝双手的使

者。可是当一名医生失去了基本的医德，这样的医生是否还是上帝的使者呢？人是应具有基本的道德修养的，不要让生活、让名利模糊了自己的双眼。

·王清玲·

# 知 己 话

何开文

吴县长回老家看望父亲。晚饭以后两个人坐在院子里说话，一问一答，气氛很亲切。

秋天的夜，月亮很好，气爽风柔。田野里的瓜香果甜悠悠晃晃飘过来，绕着人的头顶转；有不知名儿的虫儿在他们身旁的菊花丛里叫，还听见露珠"噗噗"地跌在黄土院里。

雾气氤氲，烟霭朦胧，农家的房前屋后极像一片仙境圣地。

问过了老人的身体，问过了田里的庄稼，问过了村里的变化，问过了左邻右舍，吴县长说：爸，我已经四五年不回家了，回来一趟很不容易，下一次回来还不知道什么时候，咱俩再说说知己话，心里怎么想就怎么说，不搞虚的假的，我听假话听得太多太多了，一听就腻！

老汉很倔，一下子就激动起来：小子，你说什么？你连你爹也不相信了不是？我多会儿和你说过假话？我这一辈子和谁说过假话？别跟我耍心眼儿，说假话那是你们的事！

吴县长说：爸，你看你，一说话就上火——我这不是回家看你嘛，官还不打送礼的呢。

老汉笑了：真是真是，儿呀，你别和你爹一样，我就是这种嘎

古脾气。有什么话你尽管说,我再不闹腾了就是!

吴县长说:爸,你什么时候心里最舒坦最惬意?

老汉说:舒坦当怎么讲我知道,这惬意是咋回事?

吴县长说:惬意就是满意、称心、舒服、得意。

老汉抬起头来看着天上的星星、月亮,看着那游动的云丝,看得心驰神往,如痴如醉,好像把儿子的话忘却了,半天没有吭声。

闻着父亲浓重的汗息,吴县长说:爸,没有吗?

老汉说:有,想起来了! 春天我站在房檐下,看外面下雨、听庄稼拔节时,心里舒坦得不行。

吴县长说:爸,你那是官话,套话,车轱辘话,是迎接上级检查的话! 常言讲,春雨贵如油,春天下雨,哪个农民不喜欢不高兴? 不手舞足蹈眉飞色舞? 你这话没有个性!

老汉说:儿呀,这就奇怪了,我成天从土里刨食,连个村民小组长都不是,从哪里来的官话? 那么我问问你,你什么时候最舒坦最惬意?

吴县长说:爸,我不和你打官腔,我说心里话,县里那些科局长们给我汇报工作的时候,我最舒坦惬意!

老汉说:那有什么听头儿? 一群人这个说了那个说,想听也得听,不想听也得听,乱糟糟一片,麻烦死了,你还舒服惬意?

吴县长笑了:爸,这你就外行了。他们给我汇报工作,从来不说我不想听的话,都是顺耳的、遂心的、可意的;如果有一两个意

外,我一个眼色,比如我一皱眉,一咳嗽,一端一放茶杯,一抬腕子看表,一说我去方便方便,或者挪挪椅子稍微弄出一点声响来,他们就会立刻把话打住……

老汉说:你办法倒是挺多,不显山不露水的,很灵验吗?

吴县长说:非常灵验,特别灵验!我举手投足之间,他们就改变了话题,所以那个时候最舒坦最惬意!爸,你是没有体验过,那才叫……打个比方吧,那才叫我是太阳,他们都是向日葵!

圆圆的月亮升到了头顶,凉风从雾霭中渗透下来,带着水星,带着潮湿,老汉肩膀一抖,打出一个沉闷的喷嚏。女人应声从屋里走了出来,给他们续了热茶,摸了摸老汉的额头后,又给老汉套了一件厚厚的褂子,而且一个一个地把扣子扣好,把衣襟抚平。

吴县长说:爸,我妈待你真好——咱们再谈另外一个话题,你什么时候心里最慌最乱最没底最着急?

老汉脱口而出:小子,这还用问?老天爷劈里啪啦下雹子的时候!

吴县长说:老人家,你这又是官话、套话、车轱辘话,是迎接上级检查的话!下雹子是严重的自然灾害,哪个农民不慌不乱不着急不上火?还有哭的骂的哪!爸,你也学会逢场作戏了,这话是大路话,谁都会这么说,又没个性!

老汉的声音硬了:你说!那你什么时候心里最慌最乱最没底最着急?

吴县长说:爸,我和你说的还是体己话、心里话,我给领导汇

报工作的时候心里最慌最乱最没底最着急,因为我不知道领导想听什么,不想听什么;喜欢听什么,不喜欢听什么。我得煞费苦心地察言观色,注意动向,哪怕人家眨眨眼挠挠头吐口痰,我也得用心琢磨琢磨,品品什么味道。稍有不慎,一句话错了,就会后悔莫及,寝食不安……

老汉说:你先等等,那要是人家放个屁呢?

吴县长说:爸,谢谢你,算你理解了我。

老汉在他的鞋底上磕他的旱烟锅。老汉用的力气很大,因此磕出的声音很响,啪,啪啪,啪啪啪!

吴县长说:爸,你怎么了? 你发脾气啦?

老汉说:不怎么。小子,这一回我悟透啦,我重说。我这一辈子最舒坦最惬意的时候是你娘守在我跟前的时候,刚才的事情你都看见啦,我就不再细说……

吴县长鼓掌说:爸,这才是你的心里话、知己话。那么你什么时候心里最慌最乱最没底最着急?

老汉说:有你在我跟前的时候!

吴县长愣了:老人家,你这话什么意思?

老汉说:你小肚鸡肠,疑神疑鬼,我真不知道你以后会是什么样子! 说完起身就往屋里走。

吴县长激动了,马上喊道:同志,你站住! 我还没说散会,你怎么敢走? 回来!

### /// 学写作 ///

这篇文章的最大特点人物的对话,全文的人物只有"吴县长"与他的父亲两个,作者就是通过这种语言细节描写,对话情景的设置,把人物的性格特点、文章所要表达的中心思想蕴含其中,清晰明了地展现了吴老汉的朴实和吴县长的虚伪。

### /// 懂人生 ///

有一种人,当你和他说了真话,他觉得你是在说谎;当你对他说了谎,他却觉得你说了最真实的话语。可是我们并不能因为这种人的存在就总是挑一些好听的话来说,放弃说真话的权利。真实是人生最美的个性。

·王清玲·

# 桥 之 过

俞凤斌

柳老师,姓柳爱柳。柳无水不活。她生在柳溪,既有柳又有溪。人生自然一帆风顺:小学毕业上初中,初中读完考进师范,后来分配回柳溪。

柳溪在村东头,三米多宽,溪源在山上,终年溪水潺潺,流向远方。溪水像一把明晃晃的剑,斩断两岸人们相连的纽带。自打柳溪村炊烟初升起,有志之士就欲在溪上架一座桥,把断了的纽带连接起来。这是积德之事,"架桥铺路养儿无数",造一座桥就是树一尊碑,那些无儿无女的户家更是争先恐后。于是,几乎每年的秋天,溪上总是支起简陋的独木桥。

可是,第二年一场暴雨,又被山洪吞噬,溪水依旧是一把剑。人们说造桥者心不诚! 造桥者说溪水不义。谁是谁非,无人评说。

柳老师任教的柳溪小学,有三分之一的学生在溪东,春夏秋冬涉水就读。春夏秋三季溪水像母亲的手揉在孩子的脚上,搓去污垢,搔得脚心痒酥酥的。冬季溪水却似一坛辣椒水,辣得孩子脚掌红红的。柳老师小时候冬天下过水,知道那滋味:开始脚像被狗咬似的,钻心痛,然后就是麻木无知,像绑在身上的两块木

头。于是,她郑重宣布:冬季的溪东学生不准脱鞋过溪,全由自己一人背着接送。

夏天,山洪滚下来,溪水增宽变深。家长不让孩子上学校,教室里总是空出三分之一。这时柳老师的心房也随之空荡荡的。为了填满教室,也为了填满自己的心,每场大雨之后,柳老师准时蹚过溪水,挨家挨户领学生。

柳老师背送学生过溪的事迹,随着溪水从柳溪漂向天外……

县里、地区、省里分别表彰她为"优秀教师"。

四季转换,溪水悠悠。获得赞誉的柳老师依旧在冬季和大雨之后背送学生过溪,只是又多了一件分外事——带领同学们开荒种地,她打算在溪上造一座桥,预算一千块。

一千块钱终于凑够了:勤工俭学收入五百元,加上柳老师自己的积蓄。承包者被柳老师的精神所感动,夜以继日赶在"教师节"前把桥架通了。断了数百年的纽带终于接上了。

桥上没有树碑,也没有剪彩,只有孩子们"咯咯咯"的欢笑声和脚踏桥面发出的"咚咚咚"的响声,但这声音声声叩击着柳老师的心,不时激起一阵阵欣慰的涟漪……

寒假到了,又开始一年一度的"优秀教师"评选工作。可是,这次柳溪小学上报的柳老师的先进事迹材料,不几天却被退了回来,上面批着:缺少背送学生过河的典型事迹,材料不过硬。

柳老师知道了,找出几年来省地县发给她的奖状,铺在潺潺的溪水上,她想:这荣誉属于溪水,应该归还它。

孩子们像约好似的，从家中带来锤子、斧头，狠命地敲打石桥，想砸毁它。因为他们听说：由于有了这座桥，柳老师才没有评上好老师！

柳无水不活。柳老师姓柳爱柳，大概也离不开水吧……

### /// 学写作 ///

文章以小见大，将一个社会生活的大弊病——形式主义浓缩到对一座桥的修建上，通过新颖别致的构思，使修桥前后柳老师的命运落差在对比中揭露出来，可以看出作者对社会的病态心理不动声色的谴责。同时，大量比喻修辞手法的运用也使文章显得生动精彩。

### /// 懂人生 ///

无私的爱是一座桥，将柳老师与孩子们的心连起来，溪水阻断不了，寒冬冷却不了，却在真正的桥面前遇到了障碍。然而我们应当明白，尽管我们无法铲除形式主义的弊病，但是我们能更好地坚守自己。柳老师明白，真正的荣誉很快就会到来，因为阳光总是隐藏在阴影的背后，她的爱早已藏在孩子的心中。

·王清玲·

# 最后的犹太

李 黎

这可能是个真实的故事，也可能是个寓言。

那时，在纳粹政府统治下，先是纯种的犹太人被一批一批抓起来，送进集中营去。后来，混血的犹太人也在被捕之列。清查家族中的血统成分，是不折不扣的"查三代"——直到曾祖父辈。任何一个人，只要上三代中有一个犹太裔的，即只要有八分之一的犹太血统，就算是犹太人，就属于被消灭之列。

这样的大搜捕，对纳粹政府的"盖世太保"们是极为繁重的工作，于是他们想到雇用"线民"。

有这么一个犹太人，被选上担任线民。他的工作是每星期报上城里十个犹太人的名字；工价是：他自己可以享受豁免。

开始的一段时候非常容易。他只消在街上闲逛，或者坐在酒馆里，就能像猎鹰般准确地看出隐藏着自己身份的犹太人。他又可以从种种渠道得知：某某人有一个祖父或外曾祖母是犹太人。十个名额轻而易举地就可以报足。

过了一阵子，城里的犹太人几乎抓光了，他便开始感到吃力。闲逛已经没有用了；别人家谱的小道消息也用得差不多了。他只得到城市比较偏僻的地区，去找寻藏匿起来的同胞。这真是辛苦

而危险的工作。他时时感到惶恐不安。

连这些人也捕风捉影似的找不到时，他只得开始诬栽。发色浓黑、鼻梁高大点的，即使没有证据证明是犹太裔，他也把人家名字报上去——只好看那人的造化了。他想，要是有办法向盖世太保提出有力的证据，证明自己祖宗三代共十四人全是纯日耳曼裔，就没事了。

然而这也行不通。盖世太保发现他在胡乱凑数，非常愤怒，勒令他此后只准交上正确无误的犹太人，一星期十个。弄不出来的话……"别忘了，你是在跟盖世太保做交易。"他们提醒他。

于是，他每一刻钟都在冷汗涔涔的焦虑中度过。他度日如年，然而一天天飞快过去，眼看一星期的期限要到了，而他连一个名字都还没有。他走遍城里的大街小巷，最后走到郊外，仍是一无所获：却看见远处烟囱冒出一蓬蓬浓密的黑烟——那是集中营新建的大型焚尸炉在工作。

死亡这样迫近，使他对死的恐惧巨大得要发疯。他像困兽一般关在屋里绕室疾走，喃喃道：十个名字，只要十个名字，就可以再活一个星期——一个星期，七天，一百六十八个小时……

忽然，他充满血丝的眼睛发亮了！他坐下来，用兴奋得发抖的手，写下他父亲、母亲、妻子、三个兄弟以及三个孩子的名字。

写完了，数一数，九个。

还差一个。他再苦苦思索，忽然快乐地想起：有了！他写下——那是他自己的名字。

### /// 学写作 ///

小说的开头描写了当时的社会环境,为以下的故事作了铺垫,营造故事发生的氛围。作者把深刻的讽刺和无情的揭露放在充满一种紧张与沉重的故事情节之中,语言朴实自然,却尖利深刻,结尾的有意留白都是这篇文章成功的地方。

### /// 懂人生 ///

每一个人的生命都如同一瓶墨汁,有人用它写出了传世华章,也有人涂出了枯草行尸。我们手上都有一支生命的笔,当它装满了生命的墨汁的时候,我们不一定要把人生的图画描绘得很美丽,但我们可以让它具有更鲜艳的色彩。

·罗咏虹·

# 二十年以后

[美国]欧·亨利 文　罗国良 译

纽约的一条大街上，一位值勤的警察正沿街走着。一阵冷飕飕的风向他迎面吹来。已近夜间十点，街上的行人寥寥无几了。

在一家小店铺的门口，昏暗的灯光下站着一个男子。他的嘴里叼着一支没有点燃的雪茄烟。警察放慢了脚步，认真地看了他一眼，然后，他向那个男子走了过去。

"这儿没有出什么事，警官先生。"看见警察向自己走来，那个男子很快地说。

"我只是在这儿等一位朋友罢了。这是二十年前定下的一个约会。你听了觉得稀奇，是吗？好吧，如果有兴致听的话，我来给你讲讲。大约二十年前，这儿，这个店铺现在所占的地方，原来是一家餐馆……"

"那餐馆五年前就被拆除了。"警察接上去说。

男子划了根火柴，点燃了叼在嘴上的雪茄。借着火柴的光亮，警察发现这个男子脸色苍白，右眼角附近有一块小小的白色的伤疤。

"二十年前的今天晚上，"男子继续说，"我和吉米·维尔斯在这儿的餐馆共进晚餐。哦，吉米是我最要好的朋友。我们俩都是

在纽约这个城市里长大的。从孩提时候起,我们就亲密无间、情同手足。当时,我正准备第二天早上就动身到西部去混钱。那天夜晚临分手的时候,我们俩约定:二十年后的同一日期、同一时间,不论我们发生什么情况,也不论我们在什么地方,我们俩将来到这里再次相会。"

"这听起来倒挺有意思,"警察说,"你们分手以后,你就没有收到过你那位朋友的信吗?"

"哦,收到过他的信。有一段时间我们曾相互通信。"那个男子说,"可是一两年之后,我们就失去了联系。你知道,那西部是个很大的地方。而我呢,又总是不断地东奔西跑。可我相信,吉米只要还活着,就一定会来这儿和我相会的。他是我最信得过的朋友啦。"

说完,男子从口袋里掏出一块小巧玲珑的金表。表上的宝石在黑暗中闪闪发光。"九点五十七分了。"他说,"我们上一次是十点整在这儿的餐馆门前分手的。"

"你在西部混得不错吧?"警察问道。

"当然罗!吉米的光景要是能赶上我的一半就好了。啊,实在不容易啊!这些年来,我一直不得不东奔西跑……"

又是一阵冷飕飕的风穿街而过。接着,一片沉寂。他们俩谁也没有说话。过了一会儿,警察准备离开这里。

"我得走了,"他对那个男子说,"我希望你的朋友很快就会到来。假若他不准时赶来,你会离开这儿吗?"

"不会的。我起码要再等他半个小时。如果吉米还活在人间，他到时候一定会来到这儿的。就说这些吧，再见，警官先生。"

"再见，先生。"警察一边说着，一边沿街走去。街上已经没有行人，空荡荡的。

男子又在这店铺的门前等了大约二十分钟的光景。这时候，一个身材高大的人急匆匆地径直走来。他穿着一件黑色的大衣，衣领向上翻着，盖住了耳朵。

"你是鲍勃吗？"来人问道。

"你是吉米·维尔斯？"站在门口的男子大声地说，显然，他很激动。

来人握住了男子的双手。"不错，你是鲍勃。我早就确信我会在这儿见到你的。啧，啧，啧！二十年是个不短的时间啊！你看，鲍勃，原来的那个饭馆已经不在啦。要是它没有被拆除，我们还一块儿在这里共进晚餐该多好啊！鲍勃，你在西部的情况怎么样？"

"喔，我已经设法获得我所需要的一切东西。你的变化不小啊，吉米。我原来根本没有想到你会长这么高的个子。"

"哦，你走了以后，我是长高了一点儿。"

"吉米，你在纽约混得不错吧？"

"一般化，一般化。我在市政府的一个部门里上班，坐办公室的。来，鲍勃，咱们去转转，找个地方好好地叙叙往事。"

这条街的街角处有一家大商店。尽管时间已经不早了，商店

里的灯还在亮着。来到亮处以后，这两个人都不约而同地转过身来看了看对方的脸。

突然间，那个从西部来的男子停住了脚步。

"你不是吉米·维尔斯，"他说，"二十年的时间虽然不短，但它不足以使一个人变得容貌全非。"从他说话的声调中可以听出，他在怀疑对方。

"然而，二十年的时间有时候却可以使一个好人变成坏人，"高个子说，"你被捕了，鲍勃。芝加哥的警方猜到你会到这个城市来的，于是他们通知我们说，他们想跟你'聊聊'。好吧，在我们还没有去警察局之前，先给你看一张条子，是你的朋友写给你的。"

鲍勃接过便条。读着读着，他微微地颤抖起来。便条上写着：

鲍勃：

刚才我准时赶到了我们约会地点。当你划着火柴点烟时，我发现你正是那个芝加哥警方通缉的人。不知怎么的，我不忍自己亲自逮捕你，只得找了个便衣警察来做这件事。

吉 米

/// 学写作 ///

小说的细节描写十分精当，如"小小的白色伤痕"、"宝石在黑暗中闪闪发光"、"小巧玲珑的金表"、他"已经设法获得""所需要的一切东西"，他不得不"东奔西跑"等细节描写成功地塑造了鲍

勃的人物形象,为结局的戏剧性变化作了许多铺垫,使人读起来并不感到唐突,大大增强了故事的真实性。

### /// 懂人生 ///

友情是无价的,两个主人公之间的友情值得我们敬仰与学习。但"友情诚可贵,正义价更高!",当你们面对友情与正义的选择时,你会选择哪一方面呢,文中的吉米给我们做出了一个很好的答案:坚决捍卫正义!

·陈耀江·

# 诗人李晓晓的生存之路

朱传辉

李晓晓原是一个文化馆的馆员,馆里裁员就把他裁下来了,李晓晓是个纯粹的诗人,不裁他裁谁? 李晓晓就呆在家里。李晓晓当然有情绪。要在以前,爱人就迁就他了,可是现在爱人情绪也不大好。李晓晓再闹点诗人脾气,爱人就拿鄙夷的眼光看他。李晓晓受不了,李晓晓就说,你不要看我不顺眼,我就不信我一个大男人还真会饿死你们!

李晓晓就出去找事做。进了报社发行部。发行员叫起来像回事,实际上得拿着报纸在大街小巷叫卖,并且每人每天售量不少于一百份。李晓晓不愿让人看低,卖不出去的报纸就自己垫了。这一天就贴进去四十多元,李晓晓就知道这活不能干了。

他就去找别的事做。李晓晓没有技术,只有去服务行业。李晓晓先在一家鲜花店帮人将花枝剪平,又在一家快餐店门口帮忙打盒饭,还在一家超级市场负责送电器上门,都干不了一星期。服务行业讲的是服务,微笑服务,可李晓晓不行,他的脸太僵硬,还常和顾客讲道理,这道理是服务生讲的么? 每次李晓晓把道理讲赢了就把工作丢了。

李晓晓回到家里就发现爱人也不讲道理了。爱人说,道理值

几个钱？道理能当饭吃？能交女儿学费？能升官发财？李晓晓说不讲道理这个世界还是世界吗？爱人懒得跟他说，把记账本扔给他，上面记着买粮多少钱，房租多少钱，水电多少钱，女儿的书包多少钱，一笔一笔加起来大大超过爱人那三四百块钱的工资，因此又记着某年某月某日欠某某多少钱，女儿开学还需多少钱。李晓晓就不吱声，李晓晓是男人，男人挣不回钱养家糊口道理再多也没有道理。

李晓晓就下狠心去赚钱。以前李晓晓领八百块钱一个月的工资以为自己的脸面值八百块钱，现在才知道其实一文不值。李晓晓终于悟出来了，如果一个人连脸面都不要了，钱才好赚。李晓晓就决定不要脸面了，要钱。李晓晓不能偷不能抢，但李晓晓可以卖油条。

李晓晓就每天早晨用自行车将炉子、油锅推到街口去炸油条。每根油条现在在李晓晓眼里值五毛钱，李晓晓要很多五毛钱，就必须炸出很多根油条，油条炸出来还得卖出去。现在李晓晓不要脸面了，这就好办了，李晓晓就边炸油条边吆喝："又香又脆的油条快来买呀！五毛钱一根味美价廉快来买呀！"附近炸油条的只有李晓晓一家，居民却不少。李晓晓就赚了许多个五毛钱，就把欠的钱和女儿的学费都还清了。

李晓晓就扩大经营，上午卖油条下午卖馄饨。李晓晓现在不穿西装不打领带了，光着膀子抡起铁通条往炉子底"通通"乱拨一气，炉子里的灰"噗"地上来，把他弄个大花脸，他也只是用手把眼

睛揉一揉,那只揉眼睛的胳膊,早被炉火烤了个红棕色,像一截厚重的红肠。李晓晓就着桶子里的一丁点水,把手洗个大概,就又去擀面皮包馄饨馅,嘴里还叼着根烟。这时有人吃完了来付账,李晓晓就囫囵着口齿,呜噜呜噜一边忙他的一边算账,多少多少算得一清二楚。亲戚向他借钱,李晓晓最迟一个月就上门向人家要。爱人说,缓缓吧,人家挺难。李晓晓说,过日子谁不难。爱人说,再难也比人家好。李晓晓说,好那也是我挣来的,难道是偷来的抢来的?爱人说,你怎么不讲道理?李晓晓就说,道理值几个钱?还值不了一副猪下水!

李晓晓还交了许多卖小吃杂货的朋友,到了晚上就聚在一起喝酒聊天侃大山,侃够了就打牌,也赌上几把,李晓晓和他们一样,赢了便哈哈大笑,吼着喉咙唱歌,然后跑到院子里"哗啦啦"对着某棵树撒尿。输了就把椅子砸得"啪啪"响,用很直露的脏话骂人。

他爱人就拿忧郁的眼神看他了。李晓晓说,你放心,我不会上瘾,只不过寻寻开心。李晓晓果然不上瘾。可他爱人还是拿忧郁的眼神看他。李晓晓就说,现在我们钱不多可也够花了,日子也过踏实了,我也没学坏,不玩女人不打架,你怎么还忧心忡忡的呢?他爱人就说,你还是写诗吧。李晓晓就不解地看着他爱人,说,我们不需要诗,我们需要钱,谁都可以不写诗可是不能没有钱。再说诗写给谁看呢,我们不需要诗。他爱人说,我不喜欢你现在的样子,还是喜欢你写诗时的样子,喜欢刚认识你的样子。

李晓晓说,那我就没有办法了,我知道你的意思,可是你不能要求我太多,既要求我赚钱又要求我写诗,有谁见过一边卖油条馄饨一边写诗的呢?

但他爱人仍坚持说,可我还是喜欢你写诗时的样子。

### /// 学写作 ///

第三者的叙述角度,生活化与个性化的语言描述,营构了文章完整故事情节的同时,也生动逼真地刻画了主人公的人物形象与性格的转变过程。而主人公李晓晓的生存之路亦在富有幽默性的细节描写和前后反差巨大的人物形象中,越走越接近现实。

### /// 懂人生 ///

生活是现实的,然而现实的生活又总是让那些感性地生活着的人朦胧地看到炫丽与浮华。揭开生活的面纱,放下虚有的面子,才能真实地生活着。相信主人公在寻找生存之路的同时,亦寻找到了属于他自己的生活的真谛!

·王清玲·

# 满　票

孙方友

村中有一小学校,学校虽小,但年代久远,据说开初伊始是村上一位乡绅办的。乡绅姓张,名毅斋,学校也就起名叫"毅斋乡小"。解放后,张毅斋被镇压,学校就更了名,改为"张广小学"。张广也是本村人,是位烈士,解放战争时期任共产党的第一任村长,不料当时反动势力猖獗,被反动派暗杀团杀害。因为张广是在小学校里被敌人活活钉死的,为纪念这位为革命献身的烈士,所以经政府同意,将学校改为"张广小学"。

校名本来应该顺理成章地叫下去,岂料不久前张毅斋的儿子从台湾回来了。他见家乡小学校房屋破旧,院墙倒塌,决心为乡人办点好事,捐款五万元人民币修建小学校,但也附加了个条件,学校修建好之后恢复原名:毅斋小学。

老村长的独生子张郑原在乡政府里当书记,眼下离休在家安享晚年,一听说要更改校名,大发雷霆,气冲冲找到村支书,说是坚决反对学校更名。村支书更是左右为难:改吧,烈士遗孤不同意;不改吧,这里为老区,经济困难,眼看五万元就要顺水漂走。万般无奈,他急忙召开村委会研究,干部们议论了一天,最后决定召开群众大会,让大伙用无记名投票来决定。

　　大会就在小学校里召开，一家一个户主，几百户人家全来了。村支书发下选票，宣布了两个候选名单，并说为照顾文盲，来个简单行事，只在选票上画圆或打"×"。画圆者表示同意更换校名，打"×"者就是不同意。

　　可做梦也未想到，投票结果，竟是满票——大伙都同意更换校名！

　　只是，大伙的情绪也非常低沉！

　　村支书大惑不解，悄悄问张郑说："你为何也投了赞成票？"

　　张郑哭丧着脸说："昨黑我儿子和媳妇孙子跟我吵了一夜，说我糊涂，说是对子孙万代有益的事儿你为何阻挡？名字算个鸟？爷爷的名字挂在上面就有点儿丢烈士的脸！再过几年学校塌了砸死了学生是谁的罪过？孙子劝我说：爷爷你别难过，等我大学毕业挣了钱咱再把名字改过来！"

　　村支书面红耳赤，许久没说出话来……

### /// 学写作 ///

　　文章以村中小学校的更名为线索，在作者精湛的写作技巧下，情节的发展一波三折，波澜层层掀起，矛盾的焦点全都集中在校名更改这件事上，显得情节紧凑。故事结果的巨大反差更是在通俗化的语言推动下巧妙地生成，出人意料，发人深思。

### /// 懂人生 ///

在利益面前人们常常会迷失，可以让人们向往一些东西，同时忘记一些东西。不过不管你是怎么样去追求利益，人们都得用良心去生活，一个人如果轻易把自己最珍贵的品格放弃了，再多的拥有又有什么意义呢？

·王清玲·

# 一 步 棋

许 行

绿冠擎天,清风徐来。树下豪与一老者对弈,观者如堵。但鸦雀无声,无敢妄议者。忽一少年过此,无意间一搭眼便断言:

"再一步便定局矣!"

豪与老者一惊,抬头见少年面若敷粉,唇如涂朱,潇洒倜傥,甚是不俗。豪不为怪且甚喜,遂与搭言:

"敢问公子亦嗜此道?"

"偶尔消遣。"

"请问何谈一步定局?"

"老翁已走华容,是擒是纵,全凭先生之一步棋了。"

豪是当地棋坛高手。艺高胆大,善走险着,每每出其不意,以一步棋而全局,人称"一步棋"。对少年之言甚中下怀,拱手揖坐,邀与对弈。

少年名杰,幼受祖传。棋多诡谲,变化无常,擅破旧出新,以奇制胜,也有"一步棋"之称。

今日两强相遇,异着迭出,精彩纷呈。大令围观者眼目一新,不断暗中叫好。杰看来已使尽全身招数,但最后终不敌豪,为其一步绝棋所败。豪哈哈大笑甚为得意,对杰连称"高手,高手"!

此时此刻,与其说是称赞他人,莫如说是炫耀自己。

杰少年老成,声色不动,连说:"惭愧,惭愧!"并问,"还能令小子再学一局乎?"

豪忙说:"当然奉陪。"

开局前杰似无意中忽然提出:"能否下一赌注,以助棋兴?"说时颇有几分羞涩之态。

豪冷笑说:"君一过路之人,可身带重金?"

杰似被激怒,稍一沉吟,愤然从臂上脱下一镶金之玉镯,乃极难得之祖母绿,而以黄金衬里贴边。往棋盘上一放,金玉生辉,熠熠夺目。豪大惊诧,观者亦眼前一亮,交头接耳,啧啧有声。

杰说:"重金虽无,但愿以此为注。"

豪对此玉镯万分喜欢,心想这真是天赐。遂指身后之豪华宅院,大言道:"愿以此宅院连同其中财产和妻妾为注。"

杰见此似有惊讶之色,但略一踌躇,便说:"既然先生如此,小子再添一赌注。"

豪问:"何物?"

杰说:"现已无身外之物,倘若败北,愿以此身与君家终生为奴。"至此两人之赌注也算旗鼓相当,无可反悔也。

开局后,豪借上局之余威,求胜心切,运子不久,便思用其绝步再度置杰于死地。怎奈此局已非上局,杰对豪逼人之凶棋,虽神色紧张,却偏偏在侥幸中一一化解。其运子则以守为攻,以缓待急。有时竟似无心而走些漏步,先是舍弃一炮,豪未敢轻取;后

又放掉一马,豪仍未动。观众未明理路,都替豪惋惜,而为杰捏一把汗。最后杰车入虎口,亦有悔色,但已落子只好认了。至此豪已有轻蔑之意,前后左右精察细算一番,觉此车不能放过,吃它之后便有一步制胜之棋。孰料车甫入口,忽生巨变,仅只一步便被杰双马逼宫,踹老帅于蹄下,他的胜算恰恰晚了一步。豪顿时面若死灰,汗如雨下,仰天长啸:"我一步棋,栽了!"声入云空,悲惨动人。

豪的宅舍和财产杰均收了,唯妻妾杰作为奉送请其带走。

豪走时,杰掏出玉镯双手相赠:"棋上为敌,棋下为友,既然君家喜欢,权以此留念吧!"

观者都一惊愕,甚感杰少年豪爽,赢个精湛,赠个义气。豪稍一迟疑,接过玉镯。熟视良久,猛然把它摔碎在对弈的石桌之上,大呼:

"好个奸徒!还欲令我以此相欺他人乎?"

盖玉镯乃一赝品也。


### /// 学写作 ///

这篇小小说无论是在整个的故事情节结构上,还是在结尾的安排上都有着相当的过人之处。文中通过对"豪"与"杰"之间的赌局拉开故事的序幕,接着以对棋盘上厮杀中两者的表现的细致描写烘托全文的气氛,最后制造一个出人意料的结尾,留给读者更多的思考。

### /// 懂人生 ///

人生如棋，棋如人生，是好是坏有时候仅仅在于一步之间。我们从来到这世上的第一天便把人生抵押在棋盘之上，它就成了一个赌局，如果不想失败，就只能认真走好每一步。因为棋有棋谱，输了可以重来，但人生的每一步都得自己去走，从来没有"悔棋"可言。

·黄 棋·

# 老 黑 报 靶

肖建国

团长李大麻子靠他爹老麻子几千个大洋买来这个官。李大麻子虽是个纨绔子弟,但喜欢玩枪。

李大麻子第一次练枪就杀了一名报靶员。30米的枪距,他一匣子子弹打完,报靶员报一枪未中,李大麻子让报靶员扛着靶子过来让他检查。这一检查,李大麻子发现靶上有很多洞都被白纸隔着,其中一个已经破裂。李大麻子问:"这是怎么回事?"报靶员答道:"这是以前练习射进的。"

"那么,这个呢?"李大麻子指着那个白纸破裂的洞,声音里充满了火药味。

报靶员一时没明白过来李大麻子的意思,愣了。

"他奶奶的,你竟敢谎报军情。"李大麻子对着报靶员就是一枪。

报靶员死后,老黑接班。老黑上班的第三天,李大麻子又过来练习射击。这次李大麻子一梭子子弹放完后,老黑钻出坑来报靶,乖乖,竟中了七枪,高兴得李大麻子满脸放光。

李大麻子问:"真的是我射的?"

老黑很坚定地说:"当然是团座射的。"老黑怕李大麻子不相

信，一路小跑把靶子扛到他的跟前，不多不少正好7个洞。

李大麻子一高兴，奖了老黑两个银元。

李大麻子有了长进，来射击场的次数也就多了起来。每次来他都要带上一些狗头军师一字排开练习射击，李大麻子练习的枪距从三十米增加到四十米、五十米。老黑报靶，每次李大麻子都是前几名。渐渐地，李大麻子竟得了一个"神射手"的外号。

这年冬天，湘粤联防军的一车军饷路过李大麻子地盘时，被一帮人劫走。押送的士兵抓住了一个劫匪，经严刑拷打后道出幕后主使是李大麻子。这可惹恼了湘粤联防军总指挥俞汉谋。可俞汉谋也不敢轻举妄动，虽说李大麻子只有百十个人，但李大麻子是远近闻名的神射手啊。若硬来，自己这边不知要死伤多少个弟兄。俞汉谋眼珠一转，计上心来。他亲自书写了一个"神射手"的匾牌，带着一个旅的人马吹吹打打往铁炉嶂而来。

李大麻子见总指挥亲自给自己送贺匾，真是受宠若惊。忙让手下士兵杀猪宰羊，大摆筵席，招待俞汉谋的队伍。正当大家酒酣耳热之际，俞汉谋身边的副官一跃而起把李大麻子按倒在地，捆了起来。

俞汉谋问李大麻子为何要抢自己的军饷，李大麻子赶紧跪下，对天发誓说抢军饷一事纯属冤枉，边说边向俞汉谋叩头，头皮磕得鲜血直流。为给自己找台阶，俞汉谋要求李大麻子亲手毙了劫匪，以证心诚。

李大麻子如获大赦，兴冲冲地提起王八盒子直奔劫匪。俞汉

谋却说:"你一个神射手,这样杀一个绑住的人多没意思。今天我们大家高兴,也想开开眼界,把劫匪放了,你打活靶吧。"

李大麻子满口应承。为了卖弄自己的枪法,李大麻子让劫匪跑出三十米后再开枪。劫匪撒腿就跑。旁边的老黑见劫匪跑了,就扯开嗓门高喊李大麻子开枪。

李大麻子冲着老黑就骂:"你奶奶的熊,还没有三十米呢,嚷什么嚷。"等劫匪又跑了十几步,李大麻子这才提起王八盒子瞄准劫匪,"砰"的一声,子弹竟落在劫匪脚边。士兵们还以为李大麻子在玩猫捉老鼠的游戏呢,有人竟拍起了巴掌。李大麻子心发慌,子弹接连"砰、砰、砰"……等李大麻子打光了子弹,劫匪已经跑了个无影无踪。

这一下所有的人都愣住了。俞汉谋一声令下,将李大麻子拉下去崩了。

李大麻子临死前只有一个愿望,就是想跟老黑说说话。老黑怯怯地来到李大麻子跟前,李大麻子飞起一脚踢在了老黑的裆部,痛得老黑哎哟连天。李大麻子说:"都是你这小子害了我。"

老黑大哭:"团长,我若不这样,我早就被你打死了,是你自己害了自己啊——"

### /// 学写作 ///

悬念的设置是这篇小小说的一个可取之处。如李大麻子由第一次练枪的一靶未中到第二次练枪的中了七靶,打劫匪时的一

枪未中,处处都埋下了悬念,而直到文章的最后才解决了疑问,增加了情节的吸引力,引起读者对故事中人物命运的关注,令人佩服作者取材的独特与叙述技巧的高超。

### /// 懂人生 ///

李大麻子到最后也没有明白,是他自己的狂傲自大害了自己,这是一种人生的悲哀!可见,充分地认识自己,勇于正视自己的缺陷与不足,谦虚踏实地学习才是不断取得进步的良药。

·王清玲·

# 一 局 台 球

[法国] 都　德

两天过去了,战场上的局势没有丝毫改变,两天的艰苦战斗已使那些久经沙场的老兵精疲力尽了,更何况是背着行军包站在倾盆大雨中过夜呢。现在,他们在公路旁的水洼里和渗透了雨水的烂泥里,已经又熬过三个小时了。

战士们的衣服已经湿透了,他们又困又乏,挤在一起相互取暖和支撑着。到处可以看见有人靠在别人的背包上站立而眠。在那些被困倦征服了的人们的面孔上,饥饿和困乏留下了最深的印迹。站在雨水烂泥中,没有火取暖,没有食物充饥,头顶是阴沉的天空,四面是敌人的重围……

在这艰苦的条件下,他们仍然严阵以待:机关枪在隐蔽的地方死死盯着地平线,炮口对着前方的丛林,进攻的一切准备就绪了,为什么还不出击呢?此时此刻,他们还在等什么?

原来,他们在等待司令部的命令,可是命令却迟迟不下。

司令部就设在前线附近的路易十三的那座漂亮的古堡中。被雨水冲刷过的红砖墙从半山腰的灌木丛中闪露出来。那是名符其实的王室宫廷,法兰西元帅的旗帜完全有资格在那里升起。院中人造池塘的水面像镜子一样粼光闪烁,一群白天鹅在水面上

嬉戏。在一座巨大的宝塔形的鸟舍下面,孔雀和金色的野鸡大摇大摆地走来走去,舒展着翅膀,时而对着天空发出几声尖厉的鸣叫。房子的主人早已搬离了这里,但这里无论从哪里也看不出一丝一毫战争带来的荒芜和毁坏。翠绿的草坪上的花连最小的一朵都没有受到摧残,在阳光下绽放着难以言状的迷人笑脸;灌木矮墙被修剪得整整齐齐,林阴小路宁静幽雅……完全是一派和平景象。然而你根本不会相信,这里却与战场只有咫尺之遥。如果没有屋顶飘动的军旗和门前的两个卫兵,谁会想到司令部就设在这里呢?

餐厅的窗户正对着古堡的大门,透过窗户可以看到一张杯盘狼藉的餐桌。弄皱的桌布上面堆放着一些开着的酒瓶和几只黯然无光的玻璃杯,告诉看到这一切的人宴会刚刚结束。客人虽已散去,但从旁边的房间里,还不时传来高声谈话和阵阵大笑声,时而还有台球碌碌的滚动声和碰杯声。元帅在悠闲地准备打一局台球——这便是部队待命的原因。元帅一打上台球,天塌下来他都不管,现在不可能有任何事情阻止他打完这局台球。

元帅是一名伟大的军人,唯一的一点不足就是他把打台球视为与生命一样重要。他穿着一身整齐的军服,胸前佩戴着各种勋章,那严肃而认真的样子好像亲临战场一样。美酒佳肴催得他赌兴冲天,他两眼冒火,面颊涨红。他的副官们众星捧月似的围着他献殷勤,钦佩地赞叹元帅打的每一个球,记下每一次得分更是他们争先恐后献殷勤的好机会。元帅想要喝点什么,他们赶忙跑

去准备,头盔的羽饰和肩章在跑动中沙沙作响,身上的十字勋章和绶带发出"喀啦喀啦"的声音。在一色橡木雕刻装饰的客厅外是花园般的庭院,你看客厅里这么多崭新的军服,这么多奴颜婢膝的繁文缛节,这么优雅动人的举止,仿佛贡比涅秋天的景色又展现在面前。此时此刻,元帅早已把那些披着溅满泥浆的斗篷、集聚在路边站在雨里等待着他的命令的士兵们忘到了九霄云外。

与元帅对阵的是参谋部中的一个年轻上尉,黑黑的头发,小小的个子,戴着一副轻巧精致的花边手套。他是一个卓越的台球手,他可以击败世界上所有的元帅。可是他很了解自己上司的脾气,他正在使出全部精力和技艺打好这一局台球,他的智慧告诉他即使不赢,也不能输得太痛快。

上尉!你要做好准备。元帅已经领先五分了。如果你能自始至终圆满地打完这局台球,对于你的晋升,自然会比在大雨之中与战士们站在一起更有把握,这总比在雨水及泥水中得来的容易些。

精彩的台球比赛还在紧张而愉快的气氛中进行着,满台的球滚动着、碰撞着,打过去弹回来,越打越有趣。突然,外面天空掠过一道闪光,传来了大炮声。"隆隆"的炮声震得窗户摇晃,这着实让人吃了一惊,在场的每一个人都不安地你瞧瞧我,我瞧瞧你。只有元帅没什么反应,就仿佛他什么也没有听见,什么也没有看到似的。他正专心地考虑如何打好下一杆球。他要拿出他的绝招奠定胜利的基础。

外面又是一道闪光,炮声越来越近,越来越密集了。副官们不由得走到窗口观望:普鲁士开始进攻了吧?

"别管它。"元帅熟练地用白垩粉擦着球棒说,"上尉,该你打了。"

参谋部里的人都把敬佩的目光投给了元帅。他们的元帅在战斗的时刻尚能保持如此沉着冷静,全神贯注地打台球,那昔日中了埋伏仍照样安睡的梯伦元帅就不值得一提了。枪炮声更加密集了,与山谷的回响完美地交融在一起。一团镶着黑边的红色烟云在草坪那边腾空而起,后花园起火了。受惊的孔雀和野鸡在鸟舍中失声尖叫着,火药味使马厩里的阿拉伯马惶恐不安,乱踢乱跳。司令部开始有点骚动了。告急接踵而至,传令兵们骑马飞奔而来,他们要找元帅汇报紧急军情,却到处找不到元帅。

元帅仍然无动于衷。一局台球一旦开始,没什么——世界上没什么能阻止他打完这局球赛。

"该你了,上尉……"

此时,上尉有些惊慌,竟然忘记了自己是在同元帅打台球。他连打了两个好球,险些赢了元帅。元帅急了,显得有些愤怒和惊慌。正在这时,一个满身是泥的副官骑着一匹全速飞跑的战马跃入院中,推开卫兵,一跃跳到石阶上,喊道:"元帅! 元帅!"元帅面带愠色,涨红了脸,出现在窗口时,仍然手握球棒,神情自若。

"谁呀? 什么事? 卫兵哪去了?"

"可是,元帅……"

　　"好了,好了,等一会儿,真捣乱,让他在外面等我的命令!"窗子"砰"地关上了。

　　是啊!那些可怜的士兵在泥水中坚守他们的阵地,正在等待他的命令,风雨卷着枪弹袭击着他们。令人无法理解的是:一方面部队在遭受屠杀,而另一些人却全副武装袖手站在那里,不能向敌人进攻!他们要等待命令。然而死亡是不会等待使命的,数以百计的战士倒下了,他们倒在身后的树丛中,在那座豪华宁静的古堡前的战壕里,战士的尸体堆积在一起,然而枪弹连他们的尸体都不肯放过。从那些裂开的伤口处,静静地流着法兰西战士忠贞的鲜血。然而,山上的台球室里却仍在激烈地打台球,也像战斗一样。元帅又占了上风,小个子上尉也在竭尽全力与之周旋。

　　战斗的炮火已逼近古堡了,十七分,十八分,十九分……还有一分元帅就赢了。此时花园中的棚架已经坍塌,一颗炮弹在池塘中爆炸了,一片通红。

### /// 学写作 ///

　　人物形象的刻画是小小说写作的中心。文章开头采用了折叠与悬念的写作技巧,在故事情节的中间揭露了战士们待军的原因,于是元帅的形象在情节的激烈发展与士兵们的态度对比中逐渐清晰起来。而作者在文章的最后留下了空白,暗示并激发了读者对元帅输赢与战争结果的想象,这种结局又是不言而喻的,作

者的写作目的亦不言而喻。

### /// 懂人生 ///

责任感是一个人存在应具备的美德，中国自古就有"玩物丧志"的说法，而故事中的元帅似乎不懂得这一点。他把台球看得同生命一样重要，却把战士们的生命看得轻如芥末，把战争的责任忘得一干二净，因此，注定是不能成功的。

·王清玲·

# 叶 琳 卡

[苏联]叶·米恩 文　杨永红 译

战争的最后一年。我们的部队驻扎在国外,离莫斯科很远很远。

这天晚上,我回到营房感到很疲倦。思乡的情绪又向我这颗疲倦的心袭来。

"快结束这一切吧,快回家吧。"我这样盼望着。

院子里,一个淡黄色头发、身体很单薄的小孩迎面走来。

"您好,叔叔。"她用一种异国的、但听起来像俄语的语言向我打招呼。

"你好,小姑娘。"我应声道。院子里有一块用平整的白石块砌墁的空地,我们在空地旁的长凳上坐了下来。夜晚凉爽而宁静,山脚下的小湖仿佛蜷成一团在憩息。

"你叫什么名字?"我这样问着,很想与这新相识攀谈几句。

"叶琳卡。"她用明亮而又认真的目光注视着我,慢慢地说着自己的名字。

"你几岁了?"

"六岁,快七岁了。那您呢?"

"我么,你看呢?"

叶琳卡沉默了片刻,然后肯定地说:

"可能是十六岁了吧。"

我可爱的小叶琳卡啊,想必,这是你知道的最大数字了吧。我不想使她失望就附和地说:

"是的,你猜对了。"

我们默默地坐着。叶琳卡仔细端详起我军便服上别着的勋章,忧伤地低声说:

"勋章都不亮了。您怎么不擦擦呀?"

"没有擦。"

"可以用牙粉擦,也可以用小砖头磨。"

"是的。"我同意了她的建议。

于是我们又沉默了下来。

"讲个故事吧,叔叔。"叶琳卡请求说。

"从前有个国王,"我讲了起来,"他很老,很坏……"

"像希特勒那样坏吗?"

"比他还坏。"说着,我竭力装出很可怕的样子。

"不,没有比希特勒更坏的,"叶琳卡表示反对,"希特勒是世界上最坏的人。他把我们赶出了家,还偷走了我的爸爸。"

叶琳卡沉默不语了。又过一会儿,她悄悄地,仿佛是在讲什么秘密,对我说道:

"过去爸爸给我们来信,可现在不来了,也许是他把地址忘了。"

"也许是。"我重复着她的话。

又是一阵沉默。我焦躁地想,如何才能把叶琳卡吸引过来,使她不再想那些令人伤心的事呢?可我怎么也找不到话题。我已经完全不知该怎么跟孩子谈话了。

终于我又问了:

"叶琳卡,你说,你长大了想干什么?"

她用明亮而认真的目光望着我说:

"我想像妈妈那样,当个寡妇。"

她微笑着说出这个令人毛骨悚然的字眼。大概她以为寡妇也是一种职业,就像当司机和清扫工一样。

看着小叶琳卡,看着她瘦削的双肩和像小溪一样蜿蜒在她背上的漂亮的辫子,我内心开始觉得惭愧,我怎么疲倦呢?

### /// 学写作 ///

　　文章故事人物简单,语言简练,作者省略了的法西斯战争背景在"我"与小姑娘二人的对话中逐渐揭开真面目,这种侧面描写法西斯侵略给人民带来的沉重灾难比正面描写更具有震撼人心的力量。而人物的心理与文章的主旨在通篇以对话形式串联起来的故事情节叙述中深刻地展现与揭示出来的,女孩的天真与战争的残酷之间的矛盾,使得文章拥有了强烈的批判精神。

### /// 懂人生 ///

战争的债谁来偿还，战争的沉重谁来承受？六岁的小叶琳卡对法西斯血泪般的控诉，犹如巨石般砸在我们的心上。也许今天的我们无法理解战争带来的罪恶，但是和平是每个时代不绝的呼声，但愿我们每个人都能成为和平的使者！

·王清玲·

# 奸　细

孙方友

公元前 209 年,陈胜、吴广在大泽乡起义反秦,在陈郡古城上树起了"张楚"大旗,陈胜被推举为王。不久,秦将章邯东击,消息刚刚传出,陈胜部下就抓到一个奸细。

奸细名叫巴将,很年轻,不足三十岁,一副文质彬彬的样子。陈胜望了巴将一眼,问:"你为什么背叛我?"

巴将笑笑,回答:"我是奸细,原本就不是你的人,何谈背叛?"

陈胜语塞,许久了又问:"是谁派你来当奸细的?"

巴将望了陈胜一眼,说:"是你的敌人!"

"我的敌人是官府,你为什么要替官府卖命呢?"陈胜不解地问。

"原来我也是如此想的!"巴将咽了口唾沫说,"刚混入你的队伍时,我真想背叛我原来的主子! 因为我也是穷苦出身! 后来见你称王,就再也不三心二意了!"

"为什么!"陈胜瞪大了眼睛。

"大王如果得天下,我不是照样给官府卖命吗? 一臣不保二主,我何必落个背叛的骂名呢?"

陈胜叹了一口气,问:"临死你还有什么要求?"

"只求大王开恩,让你的敌人知道我是为他们而死就足矣!"巴将恳求说。

陈胜望着巴将,沉思片刻,突然笑道:"如此忠诚,令我心动!我决定不再杀你,为能挽留你,我还要封你为官!"

巴将不相信地望着陈胜,半天没说一句话。

陈胜言而有信,当即下了诏书,封巴将为陈郡太守,第二天巴将就走马上任进了陈郡太守府邸。

消息很快地传到章邯军中,章邯大怒,急忙派人杀了巴将全家。

消息反馈到陈胜这里,陈胜大笑,立即派人抓来巴将,笑道:"人人都有官心,你也不例外,一顶乌纱让你落得里外不是人,而且搭了全家性命!"

巴将也笑道:"我知道你会这样干的! 为报此仇,我虽然只在位半个月,但已经为你安排了后事!"

陈胜大惊,慌忙派人包围太守府,提来府内大小官员和士兵佣人,一下杀光了。

这批人中,有一个姓庄的小吏。他的哥哥叫庄贾,就在陈胜的王宫里当差。田臧叛杀吴广之后,庄贾就杀死了陈胜。


/// 学写作 ///

文章的独特之处不仅在于作者在历史的基础上进行合理的再创作,让这篇小小说有了一种真实和新奇的感觉,而且这种新

奇的立意主要是通过"陈胜"与"巴将"两个人物的问答进行展开的,这种对话式的写法不仅很好地表现了人物的个性,而且在表达全文的中心思想上收到了一种简明直接的效果。

### /// 懂人生 ///

生活是很公平的,你付出什么你就会收获什么。它就像一面镜子,当你给别人一个微笑的时候,你得到的也会是一个笑容;当你给别人一种埋怨的时候,你看到的也同样是别人的埋怨。善待生活,善待别人,世界也会善待你。

·黄　棋·

# 地 狱 之 旅

〔德国〕梅洛利 文　仲丹 译

"威廉,今儿个早上我想去一趟丹佛,"塔玛拉·汉佩尔对她的丈夫说,"也许,银行能同意分期归还。这样的话,我们家那笔债不难偿清。咱们也用不着三天两头为此吵架了。"

威廉爽快地答应了。早饭后,塔玛拉离家时把汽车开走了。反正,丈夫不需要用车。再说,他在国家公园工作,要用车的话,可以用单位里的公车。

汽车在一条僻静的大道上行驶。路的两旁林深树密。突然,塔玛拉看到路边躺着一个人,一动也不动地躺在那里。她心想,准是让别的汽车撞上了。于是,她赶紧停车,从车里下来朝那人走去。殊不知,那人蓦地跃起,用手枪顶着塔玛拉的鼻尖,拖着她,把她按回司机座上:"别出声! 快,开车!"

不一会儿,那人开口问她的姓名。

"塔玛拉·汉佩尔。"她怯生生地回答。

"塔玛拉,"他咕噜道,"这名字顶让我喜欢。过去,我有个女朋友,也叫塔玛拉。可她卑鄙无耻地欺骗了我,居然和我的一个朋友暗中勾搭。顺便告诉你,我是警察,是个讨人喜欢的人。"

塔玛拉心中一惊。清晨,电台里在广播,说是一个叫罗伯特·佐林的杀人犯从中央监狱逃了出来。难道眼前这个家伙就是……

塔玛拉感到自己的心在激烈地跳动。就在此刻,车厢里响起一阵轻轻的嗡嗡声。

"什么声音?"那人急切地问。

"是无线电话。"塔玛拉一边说,一边拉开盒箱,那是威廉工作单位替他安装的一部无线电话。

"这电话我不能不接。否则,对方会产生怀疑。"她说。

"可你得放老实些!"那人发出威胁。

话筒中传来她丈夫的声音。"塔玛拉,我想想,还是给你打个电话。早晨,咱们又为了几个臭钱吵架了。你可别生我的气!"

"没有关系,"她一边说,一边竭力克制着自己不让眼泪流出来,"重要的是,咱们彼此依然相爱!"

"少废话。"那人凑近她的耳朵说。

"你现在到了什么地方了?"威廉问。

"快到丛林古堡了。咱们的小宝贝,莎丽坦乖不?你替我亲亲她,好好地亲一亲她!"

身旁的那个歹徒使劲地把枪顶住了她的腰部。"快挂上!"他恶狠狠地说,"快把电话搁上!"

"威廉,我得把电话挂了,"她压低声音说,"这地段的交通很挤,再见了,亲爱的!"

汽车又行驶了一阵。前面不远处有个加油站。

"咱们该加油了，"塔玛拉说，"要不然，车子会抛锚的！"

那歹徒以怀疑的目光瞅了一眼汽油计量表。"好吧，"他勉强同意，"你呆在车里，闭上你的嘴，懂吗？"

塔玛拉把汽车开进加油站。歹徒冲着加油站的管理员叫了一声："把油箱加满！"

此刻，塔玛拉忽然从汽车的后视镜中看到一辆警车正在向加油站驶来。显然，歹徒也发现了这辆警车。

"别动，沉住气，"他低声说，"否则，我就毙了你，塔玛拉！"

此时的塔玛拉，由于紧张而在哆嗦。不过，总算没有出事。两名警察把汽车停在一边在测试车胎的压力。之后，他们又和加油站的两个管理员有说有笑地聊了起来。坐在塔玛拉身边的歹徒硬是拿她钱包里的钱付了油款。汽车再次开动，那个警察居然咧嘴一笑对他点了点头。

汽车继续行驶了十多分钟，在一处建筑工地的路口遇上了红灯，并行的两条车道上长长地停满了各式轿车。

和塔玛拉的汽车并排停着的一辆车上走下一名男子。只见他轻松地舒展了一下身子，然后，轻轻地敲了敲塔玛拉的车窗。

"对不起，先生，"此人非常有礼貌地对坐在塔玛拉身旁的那个歹徒指了指他自己手上的那支香烟说，"向您借个火，可以吗？"

此刻，歹徒正好从塔玛拉的烟盒里取了支烟在点火。在这种情况下，他很难拒绝车门外那个人提出的要求。于是，他无可奈

何地嘀咕了一声，犹豫不定地瞅了对方一眼。终于，他一手拿着打火机，一手按动车窗的升降机钮。

就在这一刹那，车门外那个人以迅不及防的动作，拉开车门，把枪顶住歹徒的太阳穴。"别动，我是警察！"

而另一侧，几乎还没有来得及让塔玛拉搞清发生了什么事，她身旁的那扇车门也被打开，"您别害怕，汉佩尔太太！"另一名警察对她说。

"谢谢您两位！"她噙着眼泪结结巴巴地说。

"您该谢谢您的先生，"警察说，"您俩根本没有孩子。所以，当他听到您要他好好亲亲您女儿时，他就意识到出事了。于是，他立即报告了我们。在加油站那边，我们的两位同事认出了坐在您身旁的正是那个越狱的杀人凶犯罗伯特·佐林。"

"他裹挟着我，为他开了这一段路，这真是太危险了，"塔玛拉心有余悸地说，"简直像是一趟地狱之旅！"

警察微微地对她一笑，说："汉佩尔太太，您自己也真够勇敢的。顺便告诉您一个好消息：抓住这杀人凶犯罗伯特·佐林的赏金是相当高的。我想，您正需要这样一笔钱，不是吗？"

### /// 学写作 ///

集中笔墨、渲染主题、合情合理、曲折迷人是这篇小小说的特点。小说的开头先写主人公遇险镜头来吸引读者，然后用一种间接描写的方式把人物的个性特点放在一些语言行为动作之中，在

创作中别出心裁,独具特色。

### /// 懂人生 ///

　　人总会有面对危险的时候,但在危险面前我们应怎么样做呢?危险与困境并不会因为我们的逃避便会消失,一个人只有勇敢地去面对,勇敢地战斗,才能在生活困境的战场获得胜利。不要惧怕,不要慌张,相信吧,彩虹总会在风雨后。

·杨春照·

第六辑

## ～生活的魔方盒～

你能听见生活最自然、最丰满的歌唱吗？生活的旋律，总是那样的飘忽不定，时而真实，时而虚幻；时而洗尽铅华，时而喧嚣艳俗；时而心满意足，时而空虚纵欲……生活总在与你捉迷藏，生活总是在愚弄自以为聪明的你。然而，当你回归自然，细心聆听的时候，会发现其实生活很天真，很简单，你完全可以成为主宰生活的禅师。

# 邂　逅

[苏联]克拉夫琴科 文　黎皓智 译

　　……那是 1946 年春天,我在一位战友家做客后,从农村回到城里。我一大早就动身。农村的土路,十分坚硬,好在我这双脚经过了战争行军的锻炼,那时又年轻,还受得了。离城里已经没多远了,这时我看见前面有一个人。他穿着一件破旧的短皮大衣,脚上套着一双胶皮毡靴,头上戴着护耳皮帽。他沿着路边走,小心翼翼地,步伐像他这种上了岁数的人一样谨慎。我迈大了步子,赶上了他。我把大衣敞开,让胸前的奖章都露在外面,向他打招呼。

　　"你好,孩子。"他停下来,低声回答。

　　"进城吗? 大伯。"我问道。

　　"是啊,孩子,进城去。"他点点头。

　　"那正好,我们同路。办什么事情? 不保密吧?"当我们并排走时,我好奇地问。

　　"去打证明,孩子。我需要打张证明。"他叹口气说。

　　"什么证明呀?"

　　答话之前,他先用手捂着嘴咳嗽了一声,又聚精会神地望了我一眼,再悄声细语地对我说:

"孩子,我要一张写着我的儿子格里沙还活着的证明,还要盖上大印。"

"既然还活着,那要证明干什么? 他活着就是活着嘛!"我感到很诧异。

"一切的不幸,都是由于……"沉默了片刻之后,他低声地说,"我的格里沙已经不在了。他牺牲了。战争一开始,他就牺牲了。阵亡通知单我都收到了。"

"既然牺牲了,那你为什么……"我惊讶地问道。

"我这就告诉你,孩子,一五一十地对你讲,"他匆匆忙忙地说,"我这就……"

又有一段时间,我们默默地走着。田野里寂静得很,充满了柔情蜜意。

"阵亡通知单是谢苗给我送来的,他是我们的乡邮员,"老人突然说起话来,"有一天,我在院子里整修草棚,我的老伴生病了,躺在小木屋里。就是这样,我只读到他牺牲得很英勇,就再也读不下去了。再往下读,又有什么意思呢? 我虽说是个庄稼汉,但也懂得,没有死亡的战争是不存在的,我自己也参加过战斗,尽管,我悲痛得都要大声疾呼了。而对老太婆,你怎样去解释呢? 这是没法向她解释清楚的。她是做母亲的人……这你知道,对于做母亲的人来说,活着的意义也就是为了孩子。于是,我把阵亡通知单撕掉了,并告诉谢苗,这件事不要声张。战争还在进行。在农村,得到了阵亡通知单的人,就不可能再知道部队的消息了。

可我的老伴还在等,我也和她一起在等。战争结束了。有的人回来了,有的人不在了,"老人心情沉重地叹口气,"后来,我想出一个主意——是谁指点的,我自己都不知道——我就对老太婆说,我们的格里沙没有回家,因为要在部队继续服役。把他留在部队是工作需要,因为他大学毕业了,会说外国话。也正是这个原因,他才没有写信,这是规定,是部队纪律。开始时,她不相信,久而久之,也就信以为真了。医治母亲心病的良药,莫过于期望了。而这事……"老人绝望地摆了摆手,"在我们那个村子,每到晚间,老太婆们便喜欢聚集在一起叙谈。有一次,当我的老太婆谈起格里沙的时候,一个小孩插话,听说有一种专供侦察兵使用的通信系统,据说通过这个系统可以寄信回家,不会损坏。他还拿出一本什么样的书,说书上写得清清楚楚。于是,老太婆马上就热泪盈眶。只要一提到儿子,她不是哭诉不停,就是默默发呆。昨天她又病倒了。要是我没有给她带去这张证明,她肯定活不成的。"老人悲伤地摇摇头,"要能开到这张证明就好啊……"他沉默了一会儿,"要开个证明,证明上应该这样写,尊敬的阿格里宾娜·玛克西莫夫娜,您的儿子格里沙在部队服役……还要盖上大印。你看怎样,孩子,他们能给我开证明吗?"

我掩上大衣衣襟,点起一支烟,用肯定的口吻说了一句:

"会给你开的,大伯。"

"那就感谢上帝,感谢上帝了。"他在胸前划了个小十字。

我们在城里便分手了。

### /// 学写作 ///

能以情节取胜是本文的一大特色。作者紧紧围绕"老伯为什么要给儿子开活着的证明?"这个有点奇怪的疑问展开,我们读者也跟着作者的思路往后移,然后由老伯叙述了缘由,老伯的叙说也是波浪起伏,最后,一篇好文章就在这样的情节安排下取得了成功。因此,以情节取胜,也是我们平时作文的一大法宝。

### /// 懂人生 ///

有时候谎言是无奈的,但也可以是善意的,老伯的"心事"已经"欺骗"了老太太很多年,但我们并不觉得老伯是一个坏人,因为他是如此的爱她,才如此做的,这份真挚的感情的确能震撼我们的心灵。

·黄建彬·

# 第八棵馒头柳

刘心武

丈夫是搞地质的，出差是家常便饭，总是背袋一背就走了，她从来不送。丈夫下楼出门也从不回头张望。

这回丈夫又走了。门在丈夫背后撞上时，她正站在桌边收拾碗盘，一副若无其事的表情。但门撞上以后，她却撂下手里的东西，走往阳台。她站在阳台上朝下望。阳台下面是马路，马路边上栽着一排馒头柳，馒头柳的树冠又大又绿，从楼上俯看下去并不像馒头而像帐篷。她习惯地朝阳台下往东数第八棵馒头柳那里望去。她等待着，她知道，再过五六分钟，丈夫的身影将在那棵馒头柳下出现。他们这幢楼门开在没有阳台的一面，从楼门绕出楼区前往地铁入口，必从第八棵馒头柳那儿经过，然后便被一座治安岗亭遮住视线。每次，她总是欣慰地在预计的时间、预计的位置望见丈夫宽厚的背影，特别是，那只经丈夫设计、由她改制的帆布旅行背包，她总默默地对着那脊背、那背包送去她的祝福。但她从未向丈夫吐露过这隐秘的一幕，连儿子也全然未曾察觉。

这天她习惯性地去往阳台一站，却忽然不习惯起来，因为丈夫的背影迟迟没有出现。他必得去乘坐地铁直往北京站，不可能改往别的方向。怎么第八棵馒头柳下不见他的踪影？惶急中她

痛切地意识到,这往常短暂而稳拿的一瞥于她有多么重要!

她忍不住跑到楼下。楼门口空空荡荡。她不知不觉地来到第八棵馒头柳下,朝四面张望着。难道他钻到地底下或飞到天上去了?真不可思议。她差一点跑进治安岗亭去报失。回到家中时儿子跟她说什么她没听见,却听见了街上急救车"呜哇呜哇"的由远及近又由近及远的声响。她无端地朝儿子发了火,心里堵着一块鹅卵石。

接连好几天,她都无精打采。她一忽儿暗自取笑自己,一忽儿又从逻辑推理上断定情况的不正常。终于,有天晚上她接到了他从很远的地方打来的电话,她情不自禁地说:"你哪儿去了你?你急死我了!"丈夫莫名其妙,于是她便向他倾诉了一切,她怎么每次分别时都表面上若无其事,每次却都要跑到阳台上去望他的背影,在那第八棵馒头柳下……电话那边沉默了一会儿,然后是丈夫深受感动的声音:"傻女子!那天我刚一出门就遇上了咱们楼老王,他们单位的车正好接他去火车站,我就蹭了他的油,你真是死心眼儿……不过,我知道那棵馒头柳,对,第八棵馒头柳。你知道吗?每次我出差回去,你别看我进门的时候没事人儿似的,其实,我一走到那棵馒头柳下,就忍不住抬头望咱们家的阳台、咱们家的窗户,有时一站好几分钟,特别是晚上,那一窗灯火,让我心里头好爱你们……"

撂下电话,她才发现儿子站在面前,儿子正问她:"妈,您干吗抹眼泪儿?"

### /// 学写作 ///

能以情动人的文章是成功的。而小说也是用真情深深地打动了读者。没有很华丽的语言，作者仅仅通过日常生活中的一件小事，巧妙地安排了"第八棵馒头柳"这个牵动故事、触发情感的物件就把两夫妻之间的深深的关心和朴素的爱恋表现了出来，可见善用道具、物件往往能使故事的叙述变得流畅、感人。

### /// 懂人生 ///

生活中我们处处被别人关心着，我们也经常关心着别人，但很多时候这种爱于我们已经是一种习惯，不是刻意地去做的，这就是朴素的爱，是人间最真实的真情流露。

·陈耀江·

# 身后的眼睛

曾 平

那是一头野猪。

皎洁的月光洒在波澜起伏的包谷地上,也洒在对熟透的包谷棒子垂涎欲滴的野猪身上。

孩子的眼睛睁得圆圆的。野猪的眼睛也睁得圆圆的。孩子和野猪对视着。

孩子的身后是一个临时搭建的窝棚,那是前几天他的父亲忙碌了一个下午的结果。窝棚的四周,是茂密的包谷林,山风一吹,"哗啦哗啦"地响个不停。

孩子把手中的木棒攥得水淋淋的,这是他目前唯一的武器和依靠。孩子的牙死死地咬紧,他怕自己一泄气,野猪趁势占了他的便宜。他是向父亲保证了的,他说他会比父亲看护得更好。父亲回家吃晚饭去了。孩子是吃了晚饭之后主动向妈妈提出来换父亲的。

野猪的肚子已经多次"轰隆隆"地响个不停。野猪眼露凶光,龇开满嘴獠牙,向前一连迈出了三大步。

孩子已经能嗅到扑面而来的野猪的臊气。

孩子完全可以放开喉咙喊他的父亲母亲——家就在不远的

山坡下,但孩子没有。孩子握着木棒,勇敢地向野猪冲去。尽管只有一小步,但已经让野猪吃惊不已。野猪没有料到孩子居然敢向它反击,"嗷嗷嗷"地叫个不停。野猪的头猛地一缩,它准备拼着全身的力气和重量冲向孩子。

在窝棚的一个角落,一个汉子举起了猎枪。正在他准备扣动扳机的时候,一双手拦住了汉子。

汉子是孩子的父亲。拦住孩子父亲的是孩子的母亲。

孩子的母亲一边拦住孩子的父亲,一边悄悄地对孩子的父亲说,我们只需要一双眼睛!

汉子只好收回那只蓄势待发的手。

孩子的父亲和母亲,眼睛全盯在孩子和野猪身上。月光洒在孩子父亲母亲紧张的脸上,他们的担心暴露无遗。孩子的父亲和母亲已经躲在窝棚的角落有些时候了。

孩子没有退缩,也没有呼喊。他死死地咬紧牙,举起木棒严阵以待。

野猪和孩子对视着。

野猪恨不得吞了孩子。

孩子恨不得将手中的木棒插进野猪龇满獠牙的嘴。

野猪喘着"呼噜呼噜"的粗气。

听得见孩子的心"咚咚"地跳动。

月光照在孩子的脸上,青幽幽的。一粒粒的细汗,从孩子的额头缓缓地沁出。

野猪的身子立了起来。

孩子的木棒举过了头顶。

他们都在积蓄力量。

突然，野猪扭转头，一溜烟儿的，跑了。

孩子长长地吐了一口气，一屁股瘫在了地上。

孩子的父亲母亲长长地吐了一口气，走了过来。父亲激动地说，儿子，你一个人打跑了一头野猪！父亲的脸上全是得意。

孩子看见父亲母亲从窝棚里走出来，突然扑向母亲的怀抱，号啕大哭。孩子不依不饶，小拳头擂在母亲的胸上，说，你们为什么不帮我打野猪？一点儿也没有了先前的勇敢和顽强。

孩子的母亲抱起孩子，重复着孩子父亲的话，说，儿子，你一个人打跑了一头野猪！母亲的脸上全是赞扬。

孩子依然不依不饶，哭着说，你们为什么不帮我打野猪？母亲一本正经地说，我们帮了你啊！我和你父亲用眼睛在帮你！

孩子似懂非懂。他仔细地看了又看父亲母亲的眼睛，父亲母亲的眼睛和平时一模一样，怎么帮自己的啊？

那孩子就是我。那年我七岁。

### /// 学写作 ///

生动、细腻的细节描写与心理描写是本文之一大特色。作者把孩子与野猪之间的心理动态淋漓尽致地刻画出来，整个故事可以说是人猪之间的心理大战。此外，文章的细节描写也十分成功,突出表现在动词的运用上,如"睁"、"攥"、"露"、"握"、"冲"、"沁出"、"立"、"举过"、"跑"、"瘫"等动词的运用极其生动、细腻,使人如身临其境。

### /// 懂人生 ///

记得一位哲人说过:"目光的力量是强大的。"七岁小男孩用目光战胜了一头凶猛的野猪,因为他内心深处是坚强、勇敢的,是他的坚强与勇敢战胜了野猪。勇敢和顽强是我们克服困难走向成功不可或缺的品质。

·陈耀江·

# 鸟 的 故 事

刘　璟

每当老哥们儿说老梗晚年有福时,老梗就会眼一瞪:咋,不该? 接着又会嘿嘿一乐:咱都有福,咱都有福。

老梗吃了大半辈子苦,儿子生下才仨月,老婆就撇下他们爷儿俩撒手西去了。那时老梗还是小梗,他既当爹又当妈拉扯着儿子一天天挨了过来。老梗是靠捡破烂供儿子读完书的,那时候老梗可不知道儿子将来能做市里的大官,只指望他能认识几个字大了走丢了能摸回家。儿子当了官后就把他从胡同里迁到了高楼里,说爹有福你就尽管享吧。可他该怎么享呢,楼房像个猪圈,圈得他浑身痒痒;打麻将他老是帮着下家和牌,弄得没人敢跟他玩;玩象棋他咋着也记不住那复杂的象走田马走日;玩陆战棋呢,官太多了他又记不了谁大谁小,老想拿自己的排长把对方的司令吃掉,最后老梗对儿子说,你给我弄个鸟儿吧。

老梗养鸟也和别人不一样,他不养长大后的鸟,要养就养刚出壳的鸟娃子,他说这样鸟长大了才跟他亲。现在在他笼子里欢蹦乱跳的这只画眉就是他一粒米一滴水喂大的。这只鸟通体金黄,只头顶和尾巴梢各有一点白,看着煞是喜人,老梗当这只鸟宝贝似的,谁也不让动一下。

　　小城东面有一座小桥叫中华桥,中华桥往南是一条刚修的马路,每天早晨,等遛鸟儿的老哥们儿都到齐的时候,老梗已托着他的鸟儿笼子顺马路遛了两个来回了。呼吸着新鲜的空气,倾听着鸟儿婉转的歌唱,老梗觉得他的晚年还真是有福。

　　从中华桥往东,是一所小学叫实验小学,每天早晨都有很多小学生从老梗身边经过,大部分是由大人护送着,有用自行车送的,有用摩托车送的,还有用小轿车送的,他们一般在十字路口的饭摊儿上吃了早餐再去学校。但是有一个孩子引起了老梗的注意,这个孩子看上去也就六七岁的样子,到这儿遛鸟儿一个多月来他从未见过有大人送他,也没见他在饭摊儿上吃过早餐,倒是有两次见他边走边啃一个干烧饼,这使他依稀看到了儿子小时候的模样,引起他注意的还不仅如此,这个孩子似乎对他的鸟儿特别留意,每次经过总要看上几眼,目光怯怯的,有时候是企盼,有时候又分明是仇恨。

　　终于有一天,那个孩子径直走到了老梗身边,以一个大人的口吻说:"爷爷,我要买你这只鸟儿。"

　　"它是爷爷的伴儿,卖了爷爷就没有伴儿了。"老梗和颜悦色。

　　"我有二十块钱,你可以再买只别的鸟儿啊!"

　　"二十? 五十我也不卖。"

　　"那多少钱卖?"小男孩穷追不舍。

　　老梗有点不耐烦了。"一百。"他说。

　　老梗压根儿就没有想过要卖鸟儿,所以说过也就忘了,照样

天天早晨遛他的鸟儿,照样见那个孩子啃着干烧饼从他身旁经过,照样从孩子眼中读到那种复杂的眼神。

随着新马路的南北贯通,遛鸟儿场日见热闹,而且除遛鸟儿娱乐外,还出现了买卖鸟儿现象,这天就有两个鸟儿贩子费尽口舌要买老梗的鸟儿。正好那个孩子从旁边经过,尽管老梗咬死说他的鸟儿根本不卖,但他还是从孩子的眼中看到了一阵慌乱。

大约也就是又过了一个星期吧。那天早晨天阴着,老梗正和几个老哥们儿交流着养鸟儿经时,东面突然传来一阵喧闹声。挤进人群,老便看见一个一身名牌的小男孩正在狠狠地打着另一个小男孩,挨打的是要买他鸟儿的那个小学生,此刻他眼中噙着泪花,但不求饶也不还手,只响亮地数"四十、四十一……"

老梗看不下去了,挤进去说:"干啥,干啥,想打死人吗?"

"不用你管。"挨打的怒视着他说,"接着来。"

"老东西少管闲事。"打人的也说,拳头又落在小男孩身上。

"四十七、四十八、四十九……"

打人的小男孩甩甩累酸的手,说:"行了,我的气出完了。"

"别,还差两块,你再打我两拳吧。"

打人的小男孩甩甩头,扔下五十块钱:"一块钱不用找了,滚吧。"说完扬长而去。

"爷爷。"小男孩走到老梗跟前,"这是九十九块钱,还差一块,我明天不吃烧饼,还你行吗?求你别把那只鸟儿卖给鸟儿贩子。"

老梗觉得他的眼突然间花得厉害了,他把鸟儿笼递给小男

孩。"你看你这孩子,要是真的这么喜欢这只鸟儿,我送给你都成,你咋不早说?你看,你看看打的,嘴都流血了,我也不要你的钱,你快去药铺包扎。"

小男孩虔诚地接过鸟儿,看了看,然后毅然拉开了鸟儿笼的门。鸟儿"扑棱"一声飞走了。

老梗愣了。

"爸爸,你快回来吧。"小男孩望着鸟儿飞走的方向,泪流满面。

直到小男孩走远,老梗才回过神来,不知什么时候小男孩又把那九十九块钱塞到了他的手中。

后来老梗打听到,小男孩的爸爸曾经是个鸟儿贩子,从北方弄来鸟儿,再卖给南方的大酒店,有一次卖了不该卖的鸟儿,被判了刑。老梗好像记得在电视上看过这条新闻,镜头上那只叫什么来着的国家一级保护动物很像他的鸟儿,都是头尾两点白。

### /// 学写作 ///

《鸟的故事》没有很大的波澜起伏,全文围绕鸟来展开写作,写了老梗为什么要养鸟,小孩的坚持执著地买鸟与老梗的坚持不卖鸟,到老梗终于肯卖鸟,而小孩却把鸟放了的故事。故事比较朴实简单,但结局却是发人深思,警醒世人:要爱护动物。

### /// 懂人生 ///

人与自然应该是和谐相处的,我们爱护自然中的一花一草、一虫一鸟,自然也会回赠我们人类一个美好的生存环境。小男孩是我们应该学习的榜样,我们应该坚决站起来与毁坏自然的违法行为作斗争。

·黄建彬·

# "喂，儿子，我也爱你"

[美国]史蒂沃特

　　一天，我下班回家，当我那十二岁的儿子站在客厅里抬头望着我，说"我爱你"的时候，我竟无言以对。足足有几分钟，我站在那里，打量着儿子，等着他说下去，我想他肯定有事求我，要不就是做了恶事，想用善良的模样骗取我的原谅。

　　终于，我问："你想干什么？"

　　他笑着跑了出去。我叫住他："喂，到底是怎么啦？"

　　"没什么，"他调皮地说，"我们生理老师让我们对父母亲说'我爱你'，看父母怎样回答我们。这是个实验。"

　　第二天，我拨通了老师的电话，想知道这"实验"究竟是怎么回事。说实话，我更想知道其他孩子的家长是什么反应。

　　"你的反应和大多数父亲是一样的，"儿子的老师说，"当我第一次提出这个建议的时候，我问孩子们，你们觉得父母会做何反应？他们都笑了起来。有两个学生说，他们肯定会吓成心脏病。"

　　我猜想，老师的这种做法会引起很多家长的不满。一个初中的生理教师最好还是去告诉孩子们注意饮食的平衡，以及正确使用牙刷等等，"我爱你"跟生理老师有什么相关？这是父母和孩子们之间的私事，别人无权干涉。

"现在我还要解释一下,"老师说,"感觉到被爱是身体健康的一个重要方面,这是人类的需要。我一直在告诫孩子们,把这种感情藏在心里是不利于身心健康的,不仅仅是大人对孩子,男孩对女孩,而且,一个男孩子也应该能对他父亲说句'我爱你'。"

对我们这类人的心理,这位中年男教师很了解,而且也很理解。有些话明知道很好,但又很难说出口。

他承认,他的父亲从没有对他说过这样的话,而他自己也从没有对父亲说过这些话——直到他父亲离开他的最后一刻也仍然如此。

在我们中间,很多人都是这样。疼爱我们的父母亲把我们抚养成人,从没有用嘴说个"爱"字,而我们也延续着父辈们的样子对待我们的孩子。

但是,我们这一代人正在改变这种靠单一行动来表达父爱或母爱的做法。因为我们这一代人是很重感情的,也很善于表达。

我们明白,也应该明白,儿女们需要我们给予的,远不止桌上可口的饭菜和衣柜里的衣服。应该知道,父母的亲吻对儿女也很重要,会使他们倍感亲切的。

我们不必再继续抱怨父辈用这种方法哺育了我们,我们已经做了许多父辈们做过的事情,比如,他们才不会焦急地等候在产房门外,更不会去吸尘或做点心。

如果我们已经被改变了,就一定会知道怎么回答十二岁的儿子说的"我爱你"了。而我却没有,至少开始的时候是束手无策的。看

来，要把父亲的形象从刚毅冷峻转变成和蔼可亲还着实不容易。

那天晚上，当儿子又一次敷衍地向我道晚安时，我抓住了他，回了他两个吻，没等他逃掉，我用男子低沉的口气对他说："喂，我也爱你。"

我不知道这么说了以后，是否能使我们更健康一些，但是，我确实感到心里很舒服。但愿下次那个小家伙跑来说"我爱你"的时候，我不至于为了找到正确的回答而用掉一整天的时间。

### /// 学写作 ///

本文通过一件小事情告诉我们要勇敢地表达自己的爱。即使是生活中很普遍的事，也可能隐含着大道理。这是本文最突出的表现手法——以小见大。作者通过时间顺序来记叙事情的发展，有条有理，最后作者用轻松幽默的笔调写出自己对这件事的感受：当儿子对我说"我爱你"时，不至于为了找正确答案而用掉一天时间。既对文章作了总结，又升华了文章主题。

### /// 懂人生 ///

俗话说："一粒沙子就是一个世界，一滴露珠能够反映太阳的光辉，一则小故事蕴含着大道理。"有时简单的"我爱你"却可以很好地表达彼此之间的感情。情感是可以传递的，一句话、一个动作都是一种爱的表现。

·罗咏虹·

# 打 电 话

[中国台湾]爱 亚

第二节课下课了,许多人都抢着到学校门口唯一的公用电话前排队,打电话回家请妈妈送忘记带的簿本、忘记带的毛笔、忘记带的牛奶钱……

一年级的教室就在电话旁,小小个子的一年级新生黄子云常望着打电话的队伍发呆,他多么羡慕别人打电话,可是他却从来没有能够踏上那只矮木箱,那只学校置放的、方便低年级学生打电话的矮木箱……

这天,黄子云下定了决心,他要打电话给妈妈,他兴奋地挤在队伍里。队伍长长,后面的人焦急地捏拿着铜板,焦急地盯着说电话人的唇,生怕上课钟会早早地响。然而,上课钟终于响起。前边的人放弃了打电话,黄子云便一步抢先,踏上木箱,左顾右盼发现没人注意他,于是颤抖着手,拨了电话。

"妈妈,是我,我是云云……"

徘徊着等待的队伍几乎完全散去,黄子云面带笑容,甜甜地面对着红色的电话方箱。

"妈妈,我上一节课数学又考了一百分,老师送我一颗星,全班只有四个人考一百呢……"

"上课了,赶快回教室!"一个高年级的学生由他身旁走过,大声催促着他。

黄子云对高年级生笑了笑,继续对着话筒:

"妈妈!我要去上课了,妈妈!早上我很乖,我每天自己穿制服,自己冲牛奶,自己烤面包,还帮爸爸忙,中午我去楼下张伯伯的小吃店吃米粉汤,还切油豆腐,有的时候买一粒肉粽……"

不知怎么的,黄子云清了下鼻子,再说话时声音变了腔:

"妈妈!我,我想你,好想好想你,我不要上学,我要跟你一起,妈妈!你为什么还不回家?你为什么还不回家?你在哪里?妈妈……"

黄子云伸手拭泪,挂了电话,话筒挂上的一刹那,有女子的语音自话筒中传来:

"下面音响 10 点 32 分 10 秒……"

黄子云离开电话,让清清的鼻涕水凝在小小的手背上。


/// 学写作 ///

情节是小说的生命,精彩的情节是小说取得成功的重要"法宝"。本来打电话是很普通、很平常的一件事,但作者要怎么去描述这件事情呢。随着事情的一步步发展,这就给读者留下了一个悬念,文章最后来了一个突转,道出了黄子云打电话的与众不同,这样巧妙的情节安排就突出了文章的成功之处。

### /// 懂人生 ///

看完这篇文章，你难道不为主人公的命运而落泪吗？为他的缺少母爱、失去亲人而落泪。想想我们自己，我们更要为自己现在拥有的幸福与亲情而倍加珍惜。

·陈耀江·

# 错寄情书给父亲

贺双龙

那年,我在远方城市的一所大学读书。

一个有雪的冬天,我对同校的一个漂亮女孩一见钟情。我们不同年级,见面的机会也就很少,我甚至于连她的名字也不知道,但是我实在很喜欢她,于是我决定写信给她,以此来表达我对她的一往情深、万般牵挂。

你好:

真不知道该怎么称呼你才能表达我的一片心意。冬天的雪很大,天气很冷,请原谅我没有送你一束美丽的花或者一条暖和的围巾。你似乎离我太遥远了,我们难得相见,即使见面,你也很少注意我,而且从不跟我说话。也许你从来没有给我留一个位置,也许命中注定我们只能一生都陌生着吧? 即使如此,我也永远不会怪你。我只有一个小小的请求:这个周末让我见到你好吗? 我夜以继日地想你啊!

最想亲近你的人于星期二深夜

信写得很短,但是真挚可见。因为不知道她的名字,也就省了。写完信已经是深夜,我匆匆忙忙地把信塞进一个信封里,就开始蒙头大睡。第二天起床,寝室长告诉我,他捎带把我桌上的

那封信投到邮筒里去了。

"可是我没有写地址呀!"我惊呼。

"写了地址,我只是帮你贴了一张邮票而已。"

天哪,那封情书,被投到谁家的书桌上了? 我的桌子那么乱,根本就记不起那个信封上写的是谁的地址了。

周末的下午,我正在图书馆看书,同学来喊我,说是我父亲来看我了。我父亲会来看我? 这不可能啊! 父亲年轻时好赌,把家底输得精光,最后把母亲气得一病不起。记得母亲去世前嘱咐我,如果父亲不戒赌,就不要认他。但是父亲没有听从母亲的遗愿,依然嗜赌成性,若没有亲友的资助,我是不可能考上大学的。所以我一直痛恨父亲。除了写信索要生活费,我几乎不与他有任何其他联系。

回到宿舍,真的看见父亲坐在我的床边,"吧嗒吧嗒"抽着烟。我不想见他,正要往回走,寝室长叫住了我。我怕在同学面前难堪,只好硬着头皮进了房。父亲也不作声,只是"嘿嘿"地笑,很不好意思的样子。

"老伯,喝杯热茶吧。"寝室长热情地招呼父亲,"这么冷的大雪天,您一路辛苦了。"

"不辛苦,不辛苦! 我接到信就赶来了。"

信? 什么信? 我没有给这个不争气的父亲写过信啊? 我疑惑地望了父亲一眼,却分明看到他脸上布满沧桑,稀疏的头发里夹杂着丝丝白发。这个当年的浪荡公子如今也老了。

父亲从内衣口袋里掏出一封信，晃了一下又收了进去。

"啊……"我明白了，顿时羞得满脸通红，差点失声大叫：那不是我那寄错的情书吗？一定是那天晚上我晕了头，把它塞进了以前就写好准备向父亲要钱的信封，但是我不能说出来。

"龙仔——"父亲叫我，竟然用的是我的乳名，"我接到信就匆匆忙忙赶来，今天正好是周末……"

"龙仔，我对不起你……我该死！"父亲已经哭出声来了，我也想哭。

"龙仔，你能写信原谅我，我真高兴！"父亲走过来握住了我的手。

"爸爸——"我还能拒绝如此让人心醉又心痛的亲情吗？我扑进父亲的怀里。父子两人抱头痛哭。

那封寄错的情书，就这样轻易地融化了那场大雪，也融化了横亘在我和父亲之间的坚冰。父亲后来开始正正当当地做生意，赚的钱也没有拿去赌博，而是积下来买了一套房子。我毕业了，又参加了工作，一直跟父亲住在一起，我们过着父爱子敬的日子。

然而，我还是不敢跟父亲说明那封情书的真相。有几次我向父亲讨要那封信，却遭到断然拒绝。父亲说，他要一辈子珍藏着那封信。

/// 学写作 ///

好的题目是文章成功的重要元素。小说运用了奇特的题目

来引起读者的注意,将"情书"和"父亲"组合在一起,非常新颖奇特,又给读者留下了一个极大的疑团,促使其产生解疑的心理,形成浓厚的阅读兴趣。接着小说就如何错寄"情书"给父亲的原因、经过、结果逐一展现,把读者的心一步步往里牵,于是,一篇优秀的小小说就这样"诞生"了。

### /// 懂人生 ///

父子之间没有隔夜仇。人与人之间也一样,没有大不了的仇恨,或许只是因为你心里装的东西太多了,而容不下一点宽容之心,这样,难受的是你自己。如果你勇敢地敞开心扉,接纳"仇人",或许你就会得到一片宽广的天空。

·陈耀江·

# 两 地 书

唐训华

一

亲爱的弟弟：

你好！

此次来信，要请你原谅我的罪过：我对你撒了五年的谎。

这五年中，我时刻都在愧疚，每次写信都想向你吐露真情，但穷困的生活，你的瘫痪在床的嫂嫂，不得不使我一次次向你谎报家情，骗取你的孝心，我真不配当你的哥哥呀！

你每月都给父亲寄来十元赡养费，可是你知道吗？父亲早在五年前就去世了！

现在，由于你知道的原因，我们翻身了，你嫂嫂也得到了彻底治疗，该是对你们披露真情的时候了！

五年中，我用说谎的手段，以死人的名义，索取了你们省吃俭用的六百元血汗，现一并寄还给你们。谢谢你们的深情大恩。

你能原谅我吗？没见面的弟媳能原谅我吗？

即颂

近安！

兄上

1984 年 7 月 1 日

二

尊敬的兄长：

您好！

读了您的信，我很悲痛。公公早已去世，我做儿媳的未能尽一点孝心，真是愧对公公九泉之下的魂灵。

您是为生活所逼撒了谎，我完全能谅解，可是，您能原谅我的撒谎吗？

为了使老人不至过度悲伤，为了让您一家愉快地生活，我隐瞒了您弟弟在对越自卫反击战中牺牲的消息。

寄给你们的钱是您弟弟的抚恤金。现在我手头很宽绰，这六百元钱仍退还给您，请接受。

也请兄长原谅我的罪过。祝贺嫂嫂病体康复！

致

礼

弟媳

1984 年 7 月 7 日

### /// 学写作 ///

小说的构思很好。首先在文体上，主要是采用书信的形式，通过兄长与弟媳一寄一回的两封信把发生在两者之间的事情在字里行间不经意地写了出来；其次是此文的立意很深刻，两个曾经的谎言，两颗忏悔的心，表达的是一种真挚美好的思想和感情。

### /// 懂人生 ///

有一种谎言充满了善意，因为它包含了人们最真实的情感；有一种欺骗根本不需要原谅，因为它从来不会带来伤害。当我们面对别人的错误和欺骗的时候，多给予一些宽容和理解，你会发现这个世界其实充满着感动。

·黄 棋·

# 豪　赌

朱耀华

　　医院旁边有一个小餐馆,名为知青之家。有段时间,我们经常到那里去吃夜宵。老板是一个年近五十的男人,姓周,我们叫他老周。两口子都是下岗职工,于是办起了这家餐馆。餐馆取这么一个别致的名字,也许是对当年知青岁月的缅怀吧。看得出来,老周是个挺怀旧的人,我注意到他的胸前总是挂着一个小铜牌,上面镌有"为人民服务"五个字,餐馆里那些年历画报也都充满着往昔岁月的情调。据我所知,老周并不宽裕,但他一直赡养着两位与他没有任何血缘关系的老人。我私下里想,他是一个有点儿特别的人。

　　可能是出于职业的敏感,我发觉老周的左手食指总是蜷曲着,上面有明显的烧伤疤痕。有次我告诉他,只要做一个小小的手术,他的手指就可以伸直了。

　　"不,这是我的纪念。"老周认真地说。

　　我被他逗笑了。我想,老周肯定是不愿花手术费吧。

　　老周话不多,人豁达。久了,我们成了朋友。

　　那是冬天的一个晚上,我们邀请老周一起喝酒,他破例没有拒绝。喝了几杯,又有人提到了他的手指,这时,老周的表情凝重

起来,他说:"你们想不想听听我这根指头的故事?"

指头的故事?我们不知道老周葫芦里卖的什么药。

"十六岁那年,我去了云南农村,成为一个下乡知青。知青的日子不像你们想象的那么浪漫,而是单调、无聊、苦闷,甚至绝望。我们小组五男四女,白天开荒,晚上就睡在相邻的两间漏风的土坯房里。劳动强度大,肚子里又没有油水,到了晚上,肚子就饿得'咕咕'直叫,像养着一群蛤蟆。那时候,我最大的梦想就是能饱饱地吃上一顿肉。饥荒啊,那年月,全国都在闹饥荒,别说吃肉,饭都常常吃不饱。老百姓家的鸡呀狗的,根本就不敢放出来,能偷的都让我们偷了。有天晚上,我和陈波实在馋极了,我们带着一把匕首,悄悄地去了农民古老汉的牛棚里。牛当然偷不走,我们就用匕首在牛屁股上挖,活生生地挖下一大块肉来。那头牛痛得直弹腿,眼里都流泪了。造孽呀。然后,我们用一堆烂泥糊在那个窟窿上,跑了。我和陈波找堆野草树枝,饱饱地吃了一顿烧牛肉。那个美味,简直难以形容。

"第二天,古老汉扛着把火药枪,来到我们知青棚里要找人拼命。我清楚地记得古老汉那张因绝望和愤怒而扭曲的脸。但最后,他不知道该把枪口对准谁。古老汉号啕大哭,哭了一阵,走了。我从来没有见过一个大男人那样哭过。我和陈波对这件事一直守口如瓶,没有其他人知道。"

"说了半天,还没有说到我这根手指头,是不是?"老周一口气喝了一杯酒,继续说,"那时我们是发饭票,吃知青食堂。到了月

底,饭票不够了,就得忍饥挨饿。有一天,我和陈波打起了赌,赌两斤饭票。那天,屋里就剩我们两个,陈波说,我们俩用火机烧指头,谁坚持到最后,饭票就归谁。

"那是一场真正的豪赌。我和陈波都把食指伸出来,搁在桌沿上。我们各自拿着一个打火机,喊一二三,就同时打燃,放在了对方的指头下。钻心地痛啊,但我们俩谁也没有退缩,我们甚至还盯着对方的脸,神经质地大声笑着。我们已经不仅仅是为了那一张饭票,真的,在那种没有希望也看不到尽头的生活里,我们对生命已经麻木了,不在乎了。那完全是一种病态的发泄。大颗大颗的汗珠从我们额头上冒了出来,手指头发出'刺刺'的响声,满屋子都是焦煳味儿……终于,陈波退缩了,他把那张饭票推到我面前,苍白着脸对我说,你赢了! 这就是我的指头的故事。很荒唐,是吧? 的确,那是一个荒唐的年代。这些事,都真实地发生了。我对不起我的陈波兄弟,他最后没有回城。他死在那里了。那年夏天,很多人开始返城,高考也已经恢复。一场暴雨过后,山体滑坡,为了抢救一名女学生,他被一堵突然倒塌的土墙砸中了。临死之前,他拉着我的手,他说他认识那个女学生,她是古老汉唯一的孙女儿。他还跟我说,他放心不下城里年迈的父母,要我一定替他照顾两位老人家……

"就在半个月后,陈波的大学录取通知书来了……"

静默。外面下着雪。雪粒打在窗玻璃上,沙沙沙,沙沙沙。

良久,老周轻轻地吁了一口气,举起那根蜷曲的指头,他说:

"对我,这是一个永恒的纪念。"

### /// 学写作 ///

一个畸形的手指,引出一段伤感的故事,这样的设置,既使得叙述顺理成章,也充满神奇色彩。一个知青,为了填饱肚子,居然有活割生牛的残忍,有为饭票烧手指的变态,但也有勇救学生的高尚品格。一个人物,两种截然不同的人格,如此鲜明而富有矛盾的对比下,由此而反映出来的艰辛岁月对人性的扭曲和压抑的主题就势如破竹地呈现了。

### /// 懂人生 ///

经历知青生活的人大多都真正体验过生活的艰辛与无奈,知青生活的那种艰苦的环境是你无法想象的。我们身处 21 世纪,拥有比较舒服安适的环境,更应懂得珍惜这些来之不易的生活。

·陈耀江·

# 宽　　恕

[俄罗斯]屠格涅夫

"这件事发生在 1805 年,"一位老朋友告诉我说,"也就是在奥斯特里茨战役发生前不久。我在其间任军官的那个团驻扎在捷克的摩拉维亚。

"上头严禁我们骚扰和欺压当地百姓。虽然我们也算作是他们的盟友,但是他们仍然对我们侧目而视。

"我有一个勤务兵,名叫叶戈尔,原是我母亲的农奴。他为人诚实、温和。我从小就了解他,对他像朋友一样。

"突然,有一天,我住的那家屋子里爆发出一阵哭骂声。原来房东太太的两只鸡被偷了,她咬定是我的勤务兵偷了鸡。他申辩一番后就把我叫去作证人……'他,叶戈尔·阿夫诺莫夫!他怎么会偷呢。'我劝说房东太太要相信叶戈尔说的话,但是她什么话也听不进去。

"这时,齐整的马蹄声从街上传来,司令官带了手下的一班人马来了。

"司令官身体虚弱,垂头丧气,带穗的肩章低垂到胸口,骑马走着慢步。房东太太一见到他,便奔向前去拦住了马头,扑通一声跪倒在地,似乎痛不欲生,头上什么也不戴,一面大声诉说我的

勤务兵,一面用手指着他。

"'将军!'她喊道,'大人! 请评评理吧! 帮帮我! 救救我! 这个士兵抢了我的东西!'

"叶戈尔这时站在屋子的门口,双手下垂,身体挺直,手里拿着军帽,连胸也挺起来了,双脚并拢,俨然一个哨兵,可就是一句话也不说! 他大概被站在马路中央的这位将军和手下的一班人吓懵了,或者面对灭顶之灾惊呆了。此时我的叶戈尔面如土色,只知道站着眨眼皮!

"司令官漫不经心、郁郁不乐地瞥了他一眼,气呼呼、闷声闷气地说了一声:'嗯? ……'

"叶戈尔像个木偶般地站着,瞅着他。从旁边看去,他的样子像在笑。

"'绞死他!'司令官往马的腰部推了一下,又继续走去了——开头还是慢步走,然后便快速小跑起来。一班人马都跟着他的节奏行动起来;只有一个副官掉转马头,向叶戈尔扫了一眼。

"不服从命令是不可能的……叶戈尔当即被抓起来,送去执行死刑。

"这时,叶戈尔完全呆了,只是吃力地大声喊了一两遍'老天! 老天!',然后轻声说道:'上帝看见——不是我!'

"跟我告别时,他非常伤心地哭泣起来。

"'叶戈尔! 叶戈尔!'我绝望地喊道,'你怎么一句话也不对将军说呢!'

"'上帝看见……不是我。'这个可怜人只能哽咽着重复这句话。

"房东太太也吓坏了。她怎么也没有料到将军会有这么可怕的决定,这回轮到她大哭了。她开始央求所有人,向每个人恳求宽恕,要大家相信她的鸡都找回来了,说她愿意自己去把事情说清楚……

"当然,这一切毫无用处。先生,军人的天职就是服从!房东太太越来越大声地号哭起来。

"叶戈尔已向神甫作了忏悔并领了圣餐,对着我说:'长官,请告诉她,叫她别伤心……我已经宽恕了她。'"

我的老相识重复了他仆人的这句话,接着轻轻说道:"叶戈尔·阿夫诺莫大,亲爱的,真是一个好人啊!"

说着,泪水沿着他苍老的面孔滚落下来。

### /// 学写作 ///

《宽恕》这篇小小说的文字很朴实,只是叙述了一位士兵与房东太太之间的冲突,情感却是十分强烈,震撼了每一位读者,作者设置的结局是以士兵生命的为代价来打动读者的,这样的结局就显得十分有力。以情动人,以悲来结尾,使小说更具震撼力。

### /// 懂人生 ///

宽恕是人间的最大美德之一,芸芸众生,每个人都不可避免

会犯一两回错误，但是，最重要的是你要懂得包容，要有一颗仁厚的心，如果人人都能做到这样，那么，你好，他好，大家都好，世界就会变得更加美好。

·黄建彬·

# 闪闪发亮的音乐

海 飞

阿四是个瞎子。阿四是瞎子没有学会替人算命,却拉得一手好胡琴。阿四就走村串户拉琴给人听,换几个钱养活刘索拉。刘索拉是阿四捡回来的,阿四在那个寒风萧瑟的冬天去镇上拉琴,在路上他的竹竿探到了一个软软的包裹,然后他听到了刘索拉清脆的哭声。阿四那天没有去镇上,阿四回到了他的黄泥小屋。阿四姓刘,所以,刘索拉就叫了刘索拉。

刘索拉大了一些的时候,就牵着竹竿给阿四引路。刘索拉有一天对阿四说:我想学拉胡琴。阿四没答应,阿四沉吟了半晌才说:不行。到了刘索拉上学的年纪,阿四从贴身衣袋里颤抖着掏出许多零钱,说:人家的孩子都上学了,你也上学吧。刘索拉就上了学。刘索拉很好学,也很聪明,老是得到老师的夸奖。阿四听了高兴,他的琴声更加悠扬了。

刘索拉上了中学,又考上了大学。阿四的背驼了,但是阿四还是给刘索拉准备好了路费、学费。刘索拉出门去上大学的时候,阿四说:索拉,你听我再拉一曲。刘索拉就在院子里听阿四又拉了一曲。一曲终了,阿四说:索拉,以后的路靠自己走了,你有没有在琴声里听出什么东西? 刘索拉想了很久,最后摇摇头,

说：没有。阿四就叹了口气,阿四说：你上路吧,以后有出息了,别忘了乡亲们。

村里人把刘索拉送出村口。村里人送刘索拉不为别的,只为刘索拉是村里的第一位大学生。

刘索拉常来信,说学校里城市里的一些事。比如,学校大得比村子还大,比如城里的汽车上有两根长长的"辫子"。阿四常在院子里笑眯眯地听村里好心的吴会计给他念信,阿四高兴了,就会拉一支曲子,说：吴会计你听好了,我没有什么东西送给你,送你一支曲子吧。悠扬欢快的音乐就会在院子里响起来。

刘索拉的信越来越多了,阿四常在院子里晒那些信。他守着信的样子,就像是守着一些珠宝。刘索拉说,处女朋友了,叫英英,长得挺美,我想送她礼物,爸你寄钱来。刘索拉说,同学过生日了,爸你寄些钱来,刘索拉还说,我们要去春游,爸,你寄些钱吧。阿四的日子本来就紧巴,现在更紧巴了。只有他欢快的音乐,让大家觉得这个孤老头子真是太高兴了。

刘索拉在学校的日子过得很精彩。但是有一天他收到了阿四给他的唯一一封信,信是吴会计代写的,信上说,索拉,你来看看我吧。

刘索拉就带着女朋友英英去了老家。刘索拉回到那间破土屋,才知道阿四已经病得很重了。刘索拉因为屋子是破土屋爹又是瞎子,所以在英英面前感到很不好意思。英英倒没说什么,英英说：你看你,爹病成这样你都不知道。

　　那天的阳光很暖和,在英英的记忆中,阳光从来都没有那天那样好过。阿四说:索拉,你让我摸摸。刘索拉不太情愿地伸过脸去,让阿四摸了一会儿。小的时候,阿四就老是这样摸刘索拉的,每摸一回,都会说:长大了,又长大了。那天阿四还让刘索拉和英英把他抬到院子里,坐在一把椅子上拉了一曲胡琴。阿四说:英英,我没什么见面礼,你就收下我一曲胡琴吧。英英说:好的。然后悠扬的旋律就响起来了。

　　阿四的曲子还没拉完,阿四就倒了下去。英英看到刘索拉去扶阿四,英英静静地站在院子里,她没有去帮刘索拉,她只听到了鸟的声音风的声音云轻轻漫步的声音,她的眼泪在这一刻不停地流淌着。她说:刘索拉,你有没有听到音乐里的一些东西?刘索拉感到很迷惘,因为,英英问了一个阿四曾经问过他的问题。想了很久,刘索拉说:没有。英英很失望。刘索拉听到英英摇摇头叹了口气,听到英英说:我像看到了无垠的大海,海水在阳光照耀下闪动着动人的光泽,波光粼粼,浩如烟海,那难道不是闪闪发亮的音乐吗?

　　阿四去世了,阿四让刘索拉见了最后一面就去世了。英英在棺材前行了大礼,英英向刘索拉要走了那把胡琴。那是一把老旧的油光发亮的胡琴。英英和刘索拉还在阿四的床铺底下发现了一些纸,那些纸上,记录着阿四卖血的过程。那时候,英英一言不发,却泪流满面。

　　后来英英跟着刘索拉回了学校,在火车上,英英紧紧抱着那

把胡琴,英英后来和刘索拉分手了,刘索拉问原因,英英就是不肯说。

多年以后,刘索拉的日子过得平静而富足,他留在了城里,而且还当上了不大不小的部门领导,有了老婆孩子,只是,刘索拉的脑海里老是掠过英英微笑的可爱模样。有一天,刘索拉带着十岁的儿子去城市广场,广场上正在举行残疾学校的儿童为灾区捐款的义演。一名女老师上场了,拉了一曲二胡,赢得了阵阵掌声。刘索拉把口袋里所有的钱掏出来,让儿子送到捐款处。儿子奇怪地问为什么给那么多? 刘索拉哆嗦着嘴唇说:儿,难道你没听到闪闪发亮的音乐吗? 儿子感到很迷惘,但他还是小跑着去捐款了。而许多年前的初恋故事,又在刘索拉的面前弥漫。刚才那位残疾学校的女老师,就是依然美丽的英英。当年,英英选择了去残疾学校教书,英英说:我们是两条道上走着的人。但我得谢谢你送给我那把胡琴,还送给我闪闪发亮的音乐。

/// 学写作 ///

音乐也会闪闪发亮? 题目运用通感的修辞方式,显得十分奇特,让人忍不住去探究。而在探究的最后,读者会得出如此的感悟——英英从阿四的音乐中领悟到了闪闪发亮的东西,而她自己也成为了"闪闪发亮的音乐"。从而突出了小说的主旨:高尚纯洁的情操就像闪闪发亮的音乐那样,不但美妙动听,而且光彩夺目,而文章从头至尾都把品格虚化成音乐来表达,通过隐喻来增

强文章的诗意美和丰富文章的内涵。

/// 懂人生 ///

闪闪发亮的音乐是一个普照大地的太阳,是一轮给世界以静谧和柔和的明月,是一双双能帮助别人的大手,而不是像文中的刘索拉那样只顾自己,不顾别人的社会"劣品"。闪闪发亮的音乐既使自己发亮,也照亮了别人,何乐而不为呢?

·陈耀江·

# 系 于 一 发

[奥地利]卡尔·施普林根施密特 文　华宗德 译

　　我们想:让姑妈把秘密公开吧! 我们虽年幼,但毕竟长大了,好歹快成年啦。有什么事不能对我们说呢。埃弗里纳姑妈真不用对我们保什么密了。就说那个圆的金首饰吧;她用一根细细的链,总是把它系在脖子上,我们猜想,这里准有什么异乎寻常的缘由,里面肯定嵌着那个她曾爱过的年轻人的小相片。也许她是白白地爱过他一阵哩。这个年轻人是谁呢? 他们当时究竟怎样相爱的呢? 那时情况又是如何呢? 这没完没了的疑问使我们纳闷。

　　我们终于使埃弗里纳姑妈同意给我们看看那个金首饰。我们急切地望着她。她把首饰放在平展开的手上,用指甲小心翼翼地塞进缝隙,盖子猛地弹开了。

　　令人失望的是,里面没有什么相片,连一张变黄的小相片也没有,只有一根极为寻常的,结成蝴蝶结状的女人头发。难道全在这儿了吗?

　　"是的,全在这儿,"姑妈微微地笑着,"就这么一根头发,我发结上的一根普普通通的头发,可它却维系着我的命运。更确切地说,这纤细的一根头发决定了我的爱情。你们现在这些年轻人也

许不理解这点，你们把自爱不当回事，不，更糟糕的是，你们压根儿没想过这么做。对你们说来，一切都是那样直截了当：来者不拒，受之坦然，草草了事。

"我那时十九岁，他——事情关系到他——不满二十岁。他确是尽善尽美，当然最重要的是，他爱我。他经常对我这样说：我该相信这一点。至于我呢，虽然我俩间有许多话难以启口，但我是乐意相信他的。

"一天，他邀我上山旅行。我们要在他父亲狩猎用的僻静的小茅舍里过夜。我踌躇了好一阵。因为我还得编造些谎话让父母放心，不然他们说啥也不会同意我干这种事的。当时，我可是给他们好好地演了出戏，骗了他们。"小茅舍坐落在山林中间，那儿万籁俱寂，孤零零地只有我们俩。他生了火，在灶旁忙个不歇，我帮他煮汤；饭后，我们外出，在暮色中漫步。两人慢慢地走着，无声胜有声，强烈的心声替代了言语，此时还有什么可说的呢？

"我们回到茅舍。他在小屋里给我置了张床。瞧他干起事来有多细心周到！他在厨房里给自己腾了个空位。我觉得那铺位实在不太舒服。

"我走进房里，脱衣睡下。门没上栓，钥匙就插在锁里。要不要把门拴上？这样，他就会听见拴门声，他肯定知道，我这样做是什么意思。我觉得这太幼稚可笑了。难道当真需要暗示他，我是怎么理解我们的欢聚的吗？话说到底，如果夜里他真想干些风流韵事的话，那么锁，钥匙，都无济于事，无论什么都对他无奈。对

他来说,此事尤为重要,因为它涉及到我俩的一辈子——命运如何全取决于他。不用我为他操心。

"在这关键时刻,我蓦地产生了一个奇妙的念头。是的,我该把自己'锁'在房里,可是,在某种程度上说,只不过是采用一种象征性的方法。我踮着脚悄悄地走到门边,从发结上扯下一根长发,把它缠在门手把和锁上,绕了好几道。只要他一触动手把,头发就会扯断。

"嗨,你们今天的年轻人呀! 你们自以为聪明,聪明绝顶。但你们真的知道人生的秘密吗? 这根普普通通的头发——翌日清晨,我完整无损地把它取了下来! ——把我们俩强有力地连在一起了,它胜过生命中其他任何东西。一俟时机成熟,我们就结为良缘。他就是我的丈夫,多乌格拉斯。你们是认识他的,而且你们知道,他是我一生的幸福所在。这就是说,一根头发虽纤细,但它却维系着我的整个命运。"

### /// 学写作 ///

借用"系于一发"做文章的标题,让人耳目一新,而且让人绷紧神经,看到文章题目就想读下去,探个究竟,题目也一语双关,故事精彩之处是用一根头发来作桥梁。而文章开头作者故意花大量笔墨写自己的猜想,这样既增强了文章的悬念,也为后文的"一根头发就是一种理念,一生的幸福"造了势。

### /// 懂人生 ///

爱情是美好的,但它需要真诚、信任来小心呵护,真诚、相互信任就犹如一根头发,如果断了就难以修补,顺其自然,它就会连结两颗真诚的心。

·黄建彬·

# 女囚身后的男人

纪 萍

　　我有个习惯,每次提审女嫌疑犯都会先仔细端详她的面容,试图从其眼神、嘴角、眉间洞察她的家庭出身,她的文化程度,她的脾气个性,乃至她的秉性为人。

　　我习惯地打量起面前的这张脸。蓬乱微卷的长发遮住了大半个面庞,她把长发慢慢地掠到耳后,那优雅的手势倒像撩起一缕面纱;一颗绿豆大的美人痣镶嵌在她细白的脸颊上,清秀可人。她给我的第一感觉是一个有一定文化素养、极富女人味的小布尔乔亚。不可否认,我喜欢这样的女人。我与她的目光相撞,她正静静地端详着我。奇怪,这么一个娇小柔弱又身陷囹圄的女人,她的眼神却异常安详,竟然没有女囚常有的惊慌失措,她的神态那么从容,丝毫没有被囚禁的憔悴失落。

　　不容多想,我开始审问。她思路清晰,表达能力极强,不多时就把挪用公款的作案过程一五一十、简洁明了地全部交代清楚了。她在单位担任出纳期间,利用职务之便,先后五次将公款共计二十五万元挪用给亲戚经商。本想从中渔利,不料那亲戚根本不是经商的料,折腾了几个月,血本无归,无力偿还巨额公款。按当时我国刑法规定,挪用公款数额较大不退还以贪污罪论,就是

说她将要以贪污罪被判处十年以上有期徒刑。

我还有一个习惯，审问完犯罪事实后总要留点儿时间与犯人聊聊天儿，以平视的眼光、平和的语气、平等的心态与他们交流，没有明确的目的和意图，只是聊聊，只是习惯。她很坦率地与我聊起了女人的话题。

"我和丈夫是大学同学，毕业时他想方设法与我分配在一个单位，我在科室，他在车间。年轻时追我的人很多，说不清为什么嫁给了相貌平平的他。他做事做人都死板板的，十几年了，还在车间当技术员。我嫌他没用，升不了官，赚不到钱，更没情调，所以跟他讲话总是恶声恶气的。"她挪了挪被拦在审讯椅里娇小的身躯，继续说着她和他的故事。

"这次，我闯了这么大的祸，作了这么大的孽，害了他和女儿，可他半句责怪的话都没有，给我打点了衣被送我到检察院投案自首。临别时他说，家里有我，放心。他不善于交际，怕跟人打交道，可我进来刚一个星期，办案人员就告诉我，他四处奔走帮我退清了全部挪用款，这样我起码可少蹲五年监狱了。"她眼里放着光，一缕希望之光，是幸福之光。

"你现在想他吗?"我脱口而出。

她羞怯地笑了，几许神秘地放低声音说："他经常来看我，我拘留至今七十五天，他来过二十五趟了。"我惊讶，法律规定，刑事犯罪嫌疑人在接受审查期间不得会见家属。他们怎么能这样频频见面呢。

　　"开始他来送些生活用品，管教会传话进来。后来他来的次数多了，没人传话进来了，但是我能感觉到他来了，感觉很准，不会错。"她从号衣口袋掏出一张折叠处已磨损了的纸片递给我，我小心翼翼地展开。上面记录着她的男人隔三差五来看守所的日期，来时是晴天还是雨天，整整二十五次。女人捧着这纸片熬过了七十五个日日夜夜。我生怕弄破，又小心翼翼地把纸片折叠好递还给她。

　　都说女人与男人之间有第六感觉，他们夫妇难道就是凭着这微妙而神秘的感觉，隔着几道墙相互"看"着吗？我带着疑惑走出审讯室，经过看守所门口，问了门卫老陈："女监26号的丈夫经常来吗？"老陈说："三天两头来。叫他别来了，来了看不见老婆，老婆也看不见他，大老远地来干吗？他说，她知道我来过就够了。我催他回去吧，他还总是那句话，再多陪陪她吧！来多了跟他聊聊，才知道他每天还得去医院照料岳父。唉，是个多好的男人！"我释然，所以她在接受我的审问时会有那么安详的眼神，会有那么从容的神态。

　　开庭那天，见到了她的丈夫，这个极普通的男人更让我惊讶了：他竟然带着他们十三岁的女儿来旁听审判。一般情况下，大人们总是编造着善意的谎言瞒着孩子，以免父母的罪过在孩子稚嫩洁净的心灵留下阴影。他与女儿坐在前排，一只手臂拥着女儿的肩，另一只大手把女儿柔弱的小手紧握在掌心，他在倾注热量传授坚强。

不是吗？窗户纸早晚有被捅破的那一天，不如趁早正视伤口，让孩子与父母同舟共济经历家庭的不幸，品尝人生的苦涩，一家人手拉手奋力游向光明的彼岸。这样的不幸、苦涩将是孩子一生的财富。

审判长洪亮的嗓音打断了我的思绪。"下面请公诉人宣读起诉书。"不知为什么，我一改往日的威严，用极其平和委婉的语调宣读完起诉书。是因为女人，或是因为女人身后的男人，还是因为他们的女儿？几种因素都有吧。法庭调查很顺利，中途休庭时，经合议庭许可，一家三口坐到一起。他们窃窃私语，女儿塞了一瓣橘子在妈妈的嘴里，丈夫为妻子捋着凌乱的长发，没有眼泪，没有叹息，更没有沮丧。两个星期后，像母亲一样清秀、拥有着坚韧的父爱的女儿走进了中考考场。在女人被宣判的那天，喜获女儿被重点高中录取的佳讯。

### /// 学写作 ///

作者运用第一人称的叙述角度，并以对话的方式进行故事叙述，从而使得插叙、倒叙、夹叙夹议等叙述手法得以灵活自由地在文中穿梭，而女囚身后的那个男人也在这样的插、倒叙中逐渐由神秘而转向清晰，同时亦带出一缕让人为之动容的人间温情。

### /// 懂人生 ///

生活的艰涩，人生的不幸，却在一个男人粗犷、坚强、温柔的

大手中缓缓融解,此时一个女囚的目光从容释然,她的心中也终于明白,这个世间,没有什么比能获得一份患难与共,至死不渝的爱情、亲情更为重要的了。

·文刀天平·

# 我看见了大海

马　得

我是一个腿有残疾的女孩子。母亲嫌我丢她的脸,也怕我出门遭人讥笑,于是,在我八岁前的童年里,我从没迈出门一步。我拥有的只是院子里的一方天空,一群转瞬即逝的飞鸟。

我八岁那年,父亲死去了。母亲不久后就改了嫁,嫁给小镇上一个退休的海员。当时,母亲才四十出头,而继父已近六十。

继父让我叫他伯伯。"来,沙子,伯伯带你去串门儿。"

"不,不!"我吓得直往后缩。

"去外面看看吧,沙子,外面有好多好玩的东西。"

我动心了:"我长得太难看,还有我走路一瘸一瘸的,妈说人家会笑话我的。"我哭了。

"放心吧,沙子,谁笑话你,我就这样——"继父扬起巴掌,做了个揍人的动作。

我忍不住破涕为笑了。

第二天,继父带我上街了。有生以来,我第一次看见这么多人,我真是怕极了。我羞怯地低着头,两手死死拽住继父的衣角,就像他的一条尾巴似的。

"沙子,抬起头,别害怕!"继父大声说。继父响亮的嗓门儿立

刻引来了许多目光,尤其是和我同龄的孩子,边瞧边叽叽嘎嘎。

"喂,过来认识一下,小家伙们,这是沙子,你们的小朋友沙子。"继父亲热地招呼他们。于是,他们走过来,友好地问这问那,邀请我和他们玩。

冬天里,继父的哮喘病犯得很重。睡不着的时候,就让我陪他坐在火炉前,听他讲大海的故事。

"海水是蓝的,和天空一样蓝。海水是咸的,海很大很深,海里有鱼,海上有船,大鱼小鱼,大船小船……"

我听得着了迷:"我能看见海吗?"

"能! 等你再长大些,长到十五岁,我就带你去看大海。"

我的眼前豁然亮了。

我一年年地长大了,长高了,懂得了许多事情。按照继父的规定,每天我要做一件对我来说难度较大的家务活。学校不收残疾儿,继父就自己当老师,我每天要学五个生词,并背熟一篇课文。其余的时间,便是听继父讲那永远也讲不完的海的故事。

母亲终于走了,是跟一个在门口摆摊儿的湖州裁缝跑的,丢下我和继父相依为命。

继父的身体越来越坏,但他仍然拖着病歪歪的身子,成天带我去这儿去那儿,鼓励我独自进商店买东西、做家务活。每当我做了什么我原先不会做的事情的时候,继父就变得欣喜若狂,仿佛我做了件惊天动地的大事。

"你真能干,沙子。"

我们把看海的日子定在来年的夏天,到那时候我就十五岁了。继父说现在所做的一切,都是为看海做准备。继父说去海边之前,我必须学会应付一切。

漫长的冬季熬过去了。整整一个冬天,继父病倒在床上。我一个人穿街走巷,为继父请医生、买药,办各种各样的事情。我独自承担了全部家务。正是在这样的时刻,我觉得自己真正长大了。

一个春日融融的正午,继父把我叫到床边,慢慢地说:"沙子,我就要死了,有件事情我必须告诉你。早在我退休的前一年,医生就说我是过敏性哮喘,必须远离海洋,所以我是永远都不能带你去看海的。我对你撒了谎,请你原谅我!"当时,我觉得非常失望,非常委屈,我做了这么多年的准备,到头来却是一个美丽的神话。我伤心地哭了。

就在这天夜里,继父安静地去世了。我失去了在这个世界上唯一的亲人。现在,我这个残疾女孩子一个人生活着。

当我穿行在闹市时,当我熟练地做着家务时,当我受邻居的委托替她照看孩子,从而每月从她那里得到四十元的生活费时,我突然明白了继父所说的"看海"的意义。有无数次,我站在继父的遗像前,悄声对他说:伯伯,我看见了大海,真的,我看见了……

### /// 学写作 ///

小说虽然是用一种回忆的口吻去写的,但主要是以时间作为

全文的线索,而且除了时间这条明线外,"我"对渴望能看见大海的起因、经过以及理解又构成了作品的一条暗线,在一明一暗间,两者得到了很好的结合,其中的思想就自然而然地表现了出来。

### /// 懂人生 ///

有人说,梦想是用来实现的;也有人说,梦想是用来追逐的。以实现梦想为目标的人常常感到生活是劳累的,追逐梦想的人却会觉得生活是用来品味的。因为我们把目光只放在事情最后的终点的时候,已经忘记了欣赏一路的风景。

·黄 棋·

# 父亲是个"大忽悠"

宁国涛

父亲是邮电局一名普通的职员,干了将近半辈子分拣工。

父亲喜欢吹牛,动不动就在我们面前吹嘘,说自己与市里某某领导有多少多少年的交情了,与某局的头头关系是多么多么地铁,经常说得有鼻子有眼的。我们知道他说话的水分很大,我们家背地里都称父亲为"大忽悠"。

弟弟考高中的时候,与重点中学的分数差八分,一分需要"建校费"五千元。母亲是普通工人,家里根本没什么积蓄。但是,父亲却一个劲地说:"这事我有办法,根本难不倒我!"然后眉飞色舞地说出自己认识教育局的某某副局长,只要托他批个条子,一切搞定。父亲说的时候,大拇指挑挑的,一副胸有成竹的模样。我们尽管半信半疑,但是,大家毕竟有了一线希望,也就不发愁了,母亲半夜也能睡好觉了。

半个月后,弟弟果然进了那所学校,家里人一派喜庆,都夸父亲厉害。父亲得意地一扬眉毛:"啥事我都能摆平,没有难倒我的事情。"

没多久,弟弟就知道自己是高价生,是钱买的而不是条子批的了。母亲追问是怎么回事,父亲掩饰不住了,只得坦白:"我把

多年收集的邮票卖了,交了'建校费'……"

因为在邮政部门工作,父亲对集邮很热衷,年轻的时候就开始买邮票,不沾烟酒,二十二年如一日地集邮。结果,这二十多年精心积攒的邮票,都用来给弟弟"建校"去了。

母亲下岗后,一直闲在家里,父亲一直安慰母亲:"别急,慢慢来,我一定想办法给你找个工作,这事难不倒我,我认识……"

一天,不怎么喝酒的父亲喝酒喝多了,在医院里挂了两天的点滴,回家后,就说自己与市委副书记在一起喝酒,喝高了,喝酒的原因就是给我母亲找工作。结果,市委书记很给面子,就把工作给安排好了,当时,母亲气得没理睬他。但是没过两天,母亲就到电信局收费大厅做收费员了,虽然是合同工,可总比在家里闲着要强很多。

其实,这个事情是这样的:父亲以前邮政局与电信局没分家时候的一个老同事,现在在电信局里做副总,在一次婚宴上,两个现今地位悬殊的曾经的同事喝着喝着就喝高了,副总还让我父亲喝,我父亲肚子里在揣摩着母亲的事情,立即说道:"如果你能给我爱人安排个事情做,这半斤酒我一口气喝完!"喝高了的副总立即答应,结果,父亲就喝进了医院。

这个副总酒醒后,得知我父亲喝酒喝进了医院,很不好意思,于是,遵守诺言给我母亲找了个差使。其实,这也不算开后门,本来电信局招聘,下岗女工就优先的。当然,如果父亲不喝那半斤酒,母亲是进不了电信局的。

去年快过年的时候,爷爷需要做胆结石手术,市医院外科主任是个女的,技术特别高明,但是,如果病人不托关系走人情,她是不会亲自主刀的。爷爷年龄大了,做手术有些危险,为了让爷爷手术安全,父亲决定找这个女主任给我爷爷主刀。他说:"好歹我也在这城市混几十年了,这点小事还能难倒我?"

果然,爷爷的手术是她做的,效果很好。

但是,从此父亲晚上八点钟总是出去,出去大概一个半小时,说是找老朋友下象棋。我们不信,好奇心驱使下,有一次,我跟踪了父亲,发现父亲居然是去本市师范学院美术系的画室接一个女孩,然后把她送到市医院家属区。

我明白了,原来这个女主任夫妻俩都是医院里的骨干,常常加班,晚上根本没有时间接送这个上高考美术辅导班的女儿,一定是父亲主动提出了条件,以换取女主任的亲自主刀……

我的眼泪涌了出来……

父亲是个没有任何权势的普通小人物,然而,他用全部的身心呵护着这个家,承担着沉甸甸的家庭责任。亲爱的父亲,虽然你用可笑的吹牛来维护你的自尊心,虽然你是个"大忽悠",但是,父亲,我内心非常感激非常尊敬你……

/// 学写作 ///

这篇小说的最大成功之处是在对描写人物的取材和写作手法的运用之上。文章选取了"父亲"爱吹嘘,却最后又能把自己吹

嘘的话语实现的几个特别的例子，来说明父亲是个"大忽悠"的个性特点，而最后一个事例则揭示了父亲的每个"忽悠"都是对家人的一份浓情厚意。这种写作手法有点像一种"设问"，通过设置悬念来提出问题，又通过出人意料的结果来回答问题。

### /// 懂人生 ///

水中的鱼，因为一直都生活在水中，习惯了水的幸福，当你问它水在哪里的时候，也许它会反问你水是什么。父母的爱也是，他们的付出都是在不经意间，当我们发现自己原来一直生活在这种细致的关怀之中时，收获的是一生的感动。

·黄　棋·

# 弗利克斯回来了

[德国]凯斯特纳 文　张念东 译

1921年圣诞前夜,将近6点钟,普赖斯一家刚刚互赠了节日礼品。父亲摇摇晃晃地站在一张椅子上身子紧贴着圣诞树,用他那沾湿了的手指在掐灭淡红色的小小烛焰。母亲在外面厨房里忙碌着,她把餐具和土豆色拉端进了起居间,说道:"小香肠马上就热了!"她的丈夫爬下椅子,高兴地拍拍手,大声对她说:"有芥末吗?"她没有答话,回身取了盛芥末的瓶子嘱咐说:"弗利克斯,买芥末去! 小香肠已经热好了。"

弗利克斯正坐在灯下摆弄着一只廉价的小照相机。父亲轻轻地打了这个十五岁的男孩一巴掌,厉声说道:"以后还有时间玩,你把钱拿着,快去买芥末! 带上钥匙,回来你就不用按门铃了。还要我赶你走吗?!"

弗利克斯拿着盛芥末的瓶子,似乎还想用它来拍个照。他接过钱,拿了钥匙就上了街。

店主们都不耐烦地站立在店门里边,认为命运亏待了他们。所有楼房的窗子里都闪烁着圣诞树的微光。

弗利克斯信步走过无数家商店,朝里面张望,什么也没有看到。他心中飘飘忽忽,把芥末和小香肠的事抛到了九霄云外。他

沉浸在幸福之中，以致芥末瓶子不知不觉从他手里滑落在地。橱窗前"哗啦啦"地落下了百叶窗，这时，弗利克斯发现自己在城里已逛荡了一个小时。这么长时间小香肠肯定早就煮爆了，弗利克斯吓得不敢回家。两手空空，一点芥末也没有买着……而且回去这么晚！偏偏要在今天挨耳光，他受不了！

普赖斯夫妇吃着没放芥末的小香肠，一肚子怒气。8点钟了，他们开始担起心来。9点时他们跑出家门，去按弗利克斯朋友们的门铃。——圣诞节的头一天，他们报告了警察。一连等了三天，音讯杳然！他们又等了三年，仍不知所终！久而久之，他们的希望破灭了。最后，他们不再等了，从此陷入了绝望的忧伤之中……

打这起，圣诞前夜成了这孤寂的老两口生活中的忌辰。每到这天，他们总是默默地坐在圣诞树前，端详着那架廉价的小照相机和一张儿子的相片——那是他受坚信礼时的留影，孩子穿着蓝色西服，齐耳戴着黑色毡帽。老两口太爱孩子了，以致父亲有时信手就揍他几下，可他并不是发火，不是吗？——圣诞树下每年都摆上他昔日送给父亲的十支雪茄和送给母亲的暖和的手套。老两口每年吃土豆色拉加小香肠，但出于忌讳，都不放芥末，他们再也吃不出香味了！

老两口并排坐着，他们眼泪汪汪，燃着的蜡烛看上去像是圣诞树上闪闪发光的大玻璃球：他们并排坐着，父亲每年都要念叨这句话："这次的小香肠可是真不错。"母亲照例答道："我还要去

厨房把弗利克斯的那份给你取来。现在我们再也等不到他了。"

闲话少说,弗利克斯回来了!

那是 1926 年的圣诞前夜。6 点刚过,母亲把煮热的小香肠端了进来,这时父亲说道:"你什么也没听见吗? 刚才门上不是有动静吗?"他们屏息静听,一面继续进餐。有人进了屋,他们不敢回头看。一个颤抖的声音说:"买来了! 这是芥末,爸爸!"接着,一只手从二老之间伸了出来,一点不假,一个满装芥末的瓶子放到了桌子上……

母亲双手合十,深深地低下了头。父亲擦着桌子站起身,虽然热泪盈眶,却微笑着回过身来,举起胳膊给了儿子一记响亮的耳光,说道:"去了这么长时间! 你这个调皮鬼,坐到那边去!"

要是小香肠凉了,世上再好的芥末又有什么用呢? 不过,小香肠凉过——这倒是千真万确的!

### /// 学写作 ///

这篇小小说奇妙的地方在于一种离奇、曲折的构思方式。作品通过描写主人公在圣诞节前夜失踪,然后在三年后的同一时间出现。整篇文章充满一种奇幻、虚实相混之感,不仅在情节上深深吸引了读者,而且思想上的一种升华也给人带来了启发。

### /// 懂人生 ///

每个小孩都有贪玩和天真的时候,那是他们的本性使然;大

人常常责怪小孩,并不代表他们不爱这个小孩,而是一种爱的方式。没有什么比亲人离异更痛苦的了,假若小孩和大人能够更好地沟通,或许就不会有这样的悲剧了。

·杨春照·

# 父 母 心

[日本]川端康成 文　小竹 译

　　轮船从神户港开往北海道,当驶出濑户内海到了志摩海面时,聚集在甲板上的人群中,有位衣着华丽、引人注目的、年近四十的高贵夫人。有一个老女佣和一个侍女陪伴在她身边。

　　离贵夫人不远,有个四十岁左右的穷人,他也引人注意:他带着三个孩子,最大的七八岁。孩子们看上去个个聪明可爱,可是每个孩子的衣裳都污迹斑斑。

　　不知为什么,高贵夫人总看着这父子们。后来,她在老女佣耳边嘀咕了一阵,女佣就走到那个穷人身旁搭讪起来:

　　"孩子多,真快乐啊!"

　　"哪的话,老实说,我还有一个吃奶的孩子。穷人孩子多了更苦。不怕您笑话,我们夫妻已没法子养育这四个孩子了! 但又舍不得抛弃他们。这不,现在就是为了孩子们,一家六口去北海道找工做啊。"

　　"我倒有件事和你商量,我家主人是北海道函馆的大富翁,年过四十,可是没有孩子。夫人让我跟你商量,是否能从你的孩子当中领养一个做她家的后嗣? 如果行,会给你们一笔钱作酬谢。"

　　"那可是求之不得啊! 可我还是和孩子的母亲商量商量再决定。"

傍晚,轮船驶进相模滩时,那个男人和妻子带着大儿子来到夫人的舱房。

"请您收下这小家伙吧!"

夫妻俩收下了钱,流着眼泪离开了夫人舱房。

第二天清晨,当船驶过房总半岛,父亲拉着五岁的二儿子出现在贵夫人的舱房。

"昨晚,我们仔细地考虑了好久,不管家里多穷,我们也该留着大儿子继承家业。把长子送人,不管怎么说都是不合适的。如果允许,我们想用二儿子换回大儿子!"

"完全可以。"贵夫人愉快地回答。

这天傍晚,母亲又领着三岁的女儿到了贵夫人舱内,很难为情地说:

"按理说我们不该再给您添麻烦了。我二儿子的长相、嗓音极像死去的婆婆。把他送给您,总觉得像是抛弃了婆婆似的,实在太对不起我丈夫了。再说,孩子五岁了,也开始记事了。他已经懂得是我们抛弃他的。这太可怜了。如果您允许,我想用女儿换回他。"

贵夫人一听是想用女孩换走男孩,稍有点不高兴,看见母亲难过的样子,也只好同意了。

第三天上午,轮船快接近北海道的时候,夫妻俩又出现在贵夫人的卧舱里,什么话还没说就放声大哭。

"你们怎么了?"贵夫人问了好几遍。

父亲抽泣地说:"对不起。昨晚我们一夜没合眼,女儿太小

了,真舍不得她。把不懂事的孩子送给别人,我们做父母的心太残酷了。我们愿意把钱还给您,请您把孩子还给我们。与其把孩子送给别人,还不如全家一起挨饿……"

贵夫人听着流下同情的泪:

"都是我不好。我虽没有孩子,可理解做父母的心。我真羡慕你们。孩子应该还给你们,可这钱要请你们收下,是对你们父母心的酬谢,做你们在北海道做工的本钱吧!"

### /// 学写作 ///

小说的构思十分精妙,作品以想卖儿女展开描写,却以拒卖儿女进行结尾。采用的是小小说中一种突然反转的写作方法。欲卖儿女是生活所迫,不卖儿女是父母爱子之情深,所以这种反转并不随意,只有在意料之外却又在情理之中变换,才会形成一篇优秀的作品。

### /// 懂人生 ///

有一种人,在你失意的时候总是靠你最近,无私地给予你最需要的帮助;有一种人,在你得意的时候,喜欢远远地看着你高兴,因为在他们心中看着你的幸福也是自己的幸福;有一种人,他们与你一生相伴,永远不舍不弃。这就是父母,在这个世界爱我们最深的人。

·王清玲·

# 大 钱 饺 子

张 林

那一年,是动乱的第二年吧,我被划进了浩浩荡荡的"黑帮"队伍里。那时的"黑帮"也真是多,可以整班整排地编制起来。我在那长长的队伍里倒不害怕,觉得不孤单。怕的就是游斗汽车开到自己家门口,这一招太损了。嘻,越害怕还越有鬼,有一次汽车就真的开到了家门口。那八旬的老母亲看见了汽车上的我,嘴抖了几抖,闭上眼睛,扶着墙,身子像泥一样瘫了下去。妻子竟忘了去扶持母亲,站在那儿,眼睛都直了,跟个傻子一般。

我担心老母从此会离我而去。谢天谢地,她老人家总算熬过来了。转眼到了除夕。还算万幸,除夕这一天竟把我放回家了。

一进家门,母亲用一种奇怪的眼光打量我,好像我是撞进这个屋里来的陌生人。然后,她一下扑过来,摸着我的脸,像摸一个婴儿的脸那样。最后,她竟把脸埋在我的怀里,"呜呜"地哭起来。妻子领着孩子们只远远地站着,好像不好意思往前来,也在那儿哆哆嗦嗦地哭。

"媳妇,快包饺子,过年!"母亲对妻子说。妻子痛快地答应,只是样子有点慌乱。

于是,一家人忙起来,剁馅、和面,孩子们也像上足了发条的

玩具车,开始跑动起来……节日的味道总算出来一点了。一会儿,全家就围在一起开始包饺子,这时,母亲忽然想起一件什么事,拍一下大腿说:"哎呀,包个大钱饺子吧,谁吃了谁就有福!"

大钱饺子,我小的时候包过,可我一次也没吃到。现在已经多年没有包了。为了使母亲高兴,我同意了,而且希望母亲能吃到这个大钱饺子。我要真诚地祝福她,愿她多活几年。为了我,母亲已经完全憔悴了。

母亲从柜里拿出个蓝布包,从包里掏出一枚铜钱来,还是道光年间的古货。我看见她颤抖地把这枚古钱放在一个面皮上,上面又盖了点馅,包成一个饺子。这就是大钱饺子了。

我看见,母亲包完这个饺子之后,用手在饺子边上偷偷捏出一个记号,然后,若无其事地把它和别的饺子放在一起。但我已经清楚地记住了这个饺子的模样了。

饺子是母亲亲自煮的。母亲煮饺子最会掌握火候。什么时候煮皮、什么时候煮馅,总是恰到好处。妻子这些年总也没把这项技巧掌握到手。现在饺子要熟了,像一群羊羔一样漂上来。我一眼就看见那个带记号的大钱饺子。

母亲在盛饺子的时候,把那大钱饺子盛在一个碗里,又偷偷把它拨在紧上边,然后把这碗饺子推到我面前:"吃吧,多吃,趁热吃。"我觉得心里一阵热,鼻子也酸疼起来。我怎能忍心吃这个饺子呢?应该让母亲吃,让她高兴高兴。但我真的想不出办法,因为母亲认识这个饺子。

我想那就给妻子吧,她跟我生活了二十年,现在已经是快半百的人了。为了我挨斗,她整天整夜睡不着,心血都快要熬干了,头发也变白了。我趁妻子上厨房去拿辣椒油的工夫,偷偷把大钱饺子拨在她的碗里。等一会她吃到了,我就领着孩子们欢呼。谁知,妻子从厨房回来,看了看碗,呆呆地不动筷子。半天,她才抬起头,用一双深沉和感激的眼睛望着我,眼圈都红了。啊!她也认识这个大钱饺子。

妻子没有作声,显得很平静。她吃了几个饺子,忽然说了声:"都快粘在一块了。"说着,就把所有的饺子碗拿起来摇晃,晃来晃去,就把那碗有大钱饺子的放到了母亲跟前。母亲显然没有注意,她的双眼一直看着我,大约有些奇怪,儿子吃了那个饺子为什么不吱声呢。她边看我边吃饺子,突然"啊"了一声,大钱饺子硌了牙。

"妈妈有福!吃到大钱饺子了!"妻子像孩子般喊着。

"我……这是咋回事?"母亲疑惑着。这时,"当啷"一声,一个东西从她的嘴里掉在碟子里,正是那个大钱。

于是,我领着老婆孩子一齐欢呼起来:"母亲有福!"

"奶奶有福!"

"奶奶有福!"

"……"

母亲突然大笑起来,笑着笑着,流出了一脸泪。我和妻子也流了泪。

### /// 学写作 ///

这篇小小说最精妙的地方在于它的细节描写非常出色。小说设置了"我"一家人吃饺子过程中的几个情景，通过在这些情景中每一个人不同的表现，以及对这些动作行为进行一些类似电影特写的描写镜头，把其中的浓浓亲情都融进了一言一行之间。

### /// 懂人生 ///

爱是什么？爱，就是在雨天给你送上一把小伞；爱，就是在你寒冷的时候给你添上一件衣服；爱，就是在吃饭的时候把最好吃的那个留给你。爱有时候仅仅是一句话语，或者一个不经意的动作，很简单，也很美妙，足以让我们用一生来珍藏。

·黄　棋·

# 一个老人的问题

[埃及]阿里 文　张亮 译

酒店快关门的时候,一个衣衫褴褛的老汉迈进门来。酒店伙计惊奇地望着这个陌生客人。看上去,他是位饱经风霜的老人,满面皱纹,步履蹒跚,走起路来甚至跌跌撞撞,鼻梁上架着一副老花镜,右手拄着一根看上去已伴随他二十多年的拐棍。

老人一屁股坐在门口的凳子上,打了个手势,请酒店伙计过来,声音颤抖地问:"有人问起过我吗?"

伙计闹懵了,忙说:"没有啊!"

老人抬起右手,用手指揩了一下脸上的汗水,伤感地说:"那么,请给我倒一杯酒来,先生。"

老人叹着气,两只眼睛忧愁地望着门口,慢慢饮完了酒。随后,他用拐棍支着地,哈着腰,低着头,好像寻找坟地似的步出酒店。伙计目送着他,觉得他既可怜又古怪。

十多天过去了,顾客不断光临酒店,酒店伙计几乎忘记了那可怜的老人。但一天夜里,当酒店最后一个顾客走出门时,老人的面孔又出现在门口。他一声不吭地挪进屋内,又坐在门口的凳子上,悲伤地问:"有人问起过我吗?"

伙计不安地答道:"没有!"

老人抬起右手,用手指揩了一下脸上的汗水,像受了伤似的喃喃地说:"那么,请给我倒两杯酒来。先生。"

老人一口一口地抿着酒,两只眼睛呆呆地凝视着门口。酒杯空了,老人用拐棍拄着地,慢慢站起身,缓缓地挪动着步子,磨蹭着出了酒店大门。

几个月过去了,老人一直未再"光临"酒店。一天夜里……

"有人问起过我吗?"

几年过去了,酒店伙计的答复仍是那两个字:"没有!"

老人凄惨地说:"那么,请给我拿一瓶酒来,先生!"

伙计同情地问:"一瓶酒?"

老人点点头,抬眼看了看他,好像明白了他正在故意找话说。

酒拿来了,老人喝着,喝着,喝光了一瓶酒。伙计的眼睛始终注视着他的脸。

老人用拐棍吃力地撑起身,向酒店大门方向挪动着步子,但一个趔趄,拐棍滑出手,他,一下跌在地上。

他的两腿神经质地勾住一张桌子,颤颤巍巍地伸出右手,抓住桌子腿,挣扎着想站起来,但桌子倒了……

伙计赶忙奔过去,两眼涌着泪水,哭着说:"最近好像有人问起过您,爸爸!"

### /// 学写作 ///

这篇小小说的人物只有两个,但作者无论在语言还是细节描

写上都非常出色。文章采用一种递进式的写法,这种递进不仅仅表现在老人一次次增加的酒量上,还在于老人与伙计之间的行为动作之上。"忧愁"、"凄惨"、"吃力地"这些形容词的出色运用,使全文的语言多了一份感染力。

### /// 懂人生 ///

人在生活面前有时候会感觉到自己的渺小,渺小得如同海滩上的沙子,引不起任何人注意。可在每一个人的心里,都有着一种被人重视被人关怀的渴望。相对众生而言,我们是平凡的;相对自己而言,我们又是珍贵的。多给自己一份自信,多给别人一种关怀,世界会因你而变得更为美好。

·黄 棋·

# 两 棵 枣 树

生晓清

　　院里有两株树,一株是枣树,还有一株也是枣树。院里住着两户人家,一户是刘师傅,另一户也是刘师傅,都是师傅,不必客气,东边的叫西边的为刘大哥,西边的称东边的为刘二哥。两个哥哥,必有两位嫂嫂,她们不是一家人,却胜过亲姊妹。瞧,天下雨了,刘二嫂家没人,刘大嫂帮着收衣裳。刘大嫂上夜班,儿子小龙就在刘二哥家吃住,幸亏他家也有个小虎陪他玩,两个男孩睡一头。

　　不知怎么的,两家哥嫂忽然成了仇人,见面不理睬,进屋就关门,再也听不到两位嫂嫂的说笑声,再也见不到两位哥哥在枣树下扳腕劲的情景。

　　于是,院里的两棵枣树也陌生起来了。风和空气告诉着它们之间的距离。

　　二十年后的一天,大人们不在家,明明(刘老大的孙子)和英英(刘老二的孙女)在院里办家家。一阵秋风过后,"叭嗒!叭嗒!"几粒熟枣落到地上,明明说是他家树上掉下的,英英却说是她家树上的。两个小家伙争执不休,最后,你揪我的头发,我揪你的头发,纠缠在一起。刘老大和刘老二回来见此情景,眼睛红红

的,脸色沉沉的,空气紧张极了,有点火星就能爆炸。然而,他们毕竟是老头子了,两人像两条牯牛对视了足有三分钟后,便抱走了自家的孩子,一句话也没有说。

这天三更时分,月亮又圆又亮。刘老大睡不着,拿起一把铁锹,悄悄来到院里,在两棵枣树中间划了一条细线,然后就一锹一锹地挖起沟来。他要趁着夜深人静,分清各家枣树根须,明日好用红砖在院中砌一堵墙,把两棵树彻底分开。挖着挖着,他忽然发现大根小根、粗根细根纵横交错,越往深处挖根须越多,分不清它们是从哪棵树上生长出来的。他愣愣地望了一会,突然发疯似的将土又全部填上了,最后还用脚把土踩得结结实实。他悄悄回到屋里,愧疚地站在窗前,久久地凝视着那两棵枣树。

四更天,圆月西转,银河南移。刘老二也拿一把铁锹来到院中,也是先在两棵树中间洒一条白线,然后一锹锹挖土,后来又将土全部填上,回到屋里,愧疚地站在窗前,久久地凝视着院里的枣树。

院里还是两株树,一株是枣树,还有一株也是枣树。


/// 学写作 ///

这篇小说采用的是一种借物寓理的写法。小说围绕发生在两户人家的故事进行描写,而寄寓了作者思想感情的是这两户人家的那两棵枣树。文中把两家人成为仇人的缘故隐藏了,这样的省略,可以使文章更为简洁,也使作者可以集中精力写两家人的

关系。最后以枣树连根这个隐喻表达了人的情感是无法分割的主旨，寓理于物，又折射着人物命运，是一种较为别致的写作手法。

### /// 懂人生 ///

"本是同根生，相煎何太急。"不要把生命放在更多无意义的争夺之上，利益的冲突常常模糊了我们的双眼，吞灭自己的美好情感，当往事如烟散去，再回头才发现原来一直自己失去的要比得到的要多得多。

·黄　棋·

# 真情从头说

*王海群*

阮大白天上班,晚上骑三轮车搭客。

阮大走后,女人就回屋,打开电视,边看边打毛线,一直要等男人回来。阮大哪天晚上挣了多少钱,听动静女人就能晓得。三轮骑到门口猛的一刹,然后是门口那只母狗被踢得一声痛叫,门被"咚咚"敲响,那晚至少挣了二十元。一点动静没有,做贼似的轻敲两下门,最多挣了五块。挣钱多呢,女人像个奴婢,起身把三轮车拖进屋,又是泡茶,又是点烟,还说:"哟,我家阮大近来好像瘦多了,得好好补补,阮大,要喝排骨汤还是鸡汤? 鲫鱼汤好不好?"阮大就一瞪眼:"废话,我想喝什么汤你不晓得,过来——"女人就过去依偎着阮大,阮大一只手夹烟,一只手从茶杯上移到女人的衣衫里,女人娇嗔地说:"哦,阮大要喝奶呢。好好好,这最补人……"要是没挣到钱,阮大自己把三轮车拖进屋,皮笑肉不笑地讨好:"香芹,还在等我呀,我给你杯里加些水……"女人就瞅也不瞅他,说:"把你那臭脚洗干净,上床挺尸去。"

阮大想,要是有一天发个横财,一下子弄个一二十万的,就不受这窝囊气了。可是怎么能发财,阮大又实在想不出办法来。只好依旧一日一日地上班、蹬三轮。

有天晚上,阮大没搭到几个客,12点多了,想到女人的嘴脸,又不敢回去。这时来了一男一女,要去城北双桥街,阮大说14里路,又是夜间,至少十五块。男的说八块行吗?阮大说我不是瞎侃的,最少给十三块。女的对男的说那我们走着去吧。男的说我怕你走不动,你一天晕车,没吃饭还呕吐……阮大动了恻隐之心,愣了一下说,上车吧。

男的对女的说,这次惨了,把贷款三万元也赔进去了。女的说,赔就赔了,不就是钱吗,慢慢挣了还就是了。男的说,什么时候才能还完啊。女的说,不碍事,回去以后,你还干以前的老本行,我呢,也买一辆旧三轮上街搭客。男的说,你跟我受苦了。女的说,你老讲这话。我嫌过你?

阮大听了,忍不住插话说:"你们现在去双桥街干吗?"女的说:"去找个亲戚,托他把我们的一件首饰卖了。"

下车时,阮大说钱就算了吧。人家哪肯。阮大说:"我说算了就算了,都是苦命人,唉……"阮大又把身上备找零的钱掏出往那女人手里一塞,"大姐,一时找不着熟人,住个便宜的旅社吧,外面冷哪……"说完,骑上车就跑。

阮大的车速慢下来后,他才感觉自己的脸上挂着两行泪水。他擦一把,泪水还是往下流,他就索性任泪水恣意流着。

女人连打几个哈欠,才发现阮大今晚的神色异常。

阮大就对女人讲了刚才那对夫妻的故事,女人听了也很感伤,说:"我也不想让你老这样苦下去呀。可是,你想想,孩子十五

岁了,才读初中,你父母退休金又不高,我父母还在乡下,没个儿子,生老病死样样都得有个准备啊。不积点钱行吗?"阮大说:"我没本事,让你跟我吃了不少苦,哪天晚上你都等我到深更半夜。香芹,我们家虽说不上大富大贵,可也不缺衣食住行了,我再苦也不怕,就是觉得我们之间还缺点什么。"女人说,"是哩……"

阮大说:"香芹,明天晚上咱们一起上街逛逛,搭人家的三轮车乐一乐。"

第二天傍晚时分,阮大下了班,换了一身新衣,对女人说:"你也打扮打扮,别老是不讲究。"

坐到供销商城不过一里路,阮大掏了十元给车夫,一挥手:"不用找零了。"阮大要给女人买什么,女人都不要,女人给阮大买一根皮带,悄声对阮大说:"把你那根布条换了吧。"

两人到了公园,露天舞场俊男靓女翩翩起舞,几个民工身上沾着砂浆、白灰,站在栏杆外瞧热闹。阮大对女人说:"这些人比我们苦多了,可是你看,人家一样会找乐儿。"

两人又来到风味小吃街,阮大对女人说想吃什么尽管吃,女人只要了一碗煮螺蛳。阮大自己要了一碗水饺,几瓶啤酒。阮大一气喝了三瓶,有些醉了。

回来的路上,阮大对女人说,我想为你唱支歌。女人说,你想唱就唱吧。阮大把空酒瓶对在嘴上,说这就是话筒,他大声唱起了:

悠悠岁月,欲说当年好困惑,亦真亦幻难取舍……

女人跟着唱了起来：恩怨忘却，留下真情从头说……

不觉间两人都流下了动情的泪水。

### /// 学写作 ///

　　小说先是用大量的笔墨描写了生活的平淡，从那些生活的细节中，让读者感受到那份苦中带甘的生活情趣。尔后，又通过一对患难夫妻的对话，以及"男人"带"女人"去逛街的情节进一步强化小说的主题：只要有真情在，生活再苦也快乐！小说没有起伏跌宕的情节，没有出人意料的巧构，但在平淡却真诚的语言和大量平凡却亲切的生活细节中，却蕴含了作者对生活独特的理解和感悟，从而走进了读者的内心，引起他们的共鸣。

### /// 懂人生 ///

　　生活，很多时候需要我们适当地注入一些新鲜的血液，需要一些特定的方式，让亲人、朋友彼此进行交流和情感的交融，从而发现生活更多的乐趣和甜蜜。只要我们将心灵敞开，献出那一份真情，那么生活的最美的部分就会紧紧握在我们手中。

·文刀天平·

第七辑

## ～荒谬的存在式～

　　生活往往被人的欲念压抑得夸张变形。人的意志在不断的否认和反抗中,浮沉出许多欺骗世人的谎言。但是生活的灼痛依然存在,并且在诗意的无奈中衍生出许许多多充满戏剧性的可能。或许那些故事不是真实的,但我们却可以在现实生活中轻而易举地找到它们的影子。

# 独 角 兽

[美国]詹姆斯·瑟巴

清晨,阳光灿烂。他正在吃早点,偶尔从一盘炒鸡蛋上抬起头,突然发现花园里有只白毛金角的独角兽在悠闲地吃玫瑰花。

他冲进卧室,摇醒酣睡的妻子:"花园里有只独角兽,正在吃玫瑰花哩。"

妻子睁开睡眼,恼怒地瞅着他,"独角兽是神话中的野兽。"说着便转过身,不理睬他。

丈夫慢慢踱下楼梯,走进花园,见独角兽正在吃郁金香。"喂,独角兽!"他随手摘了一朵百合花扔给它。

由于花园里来了只独角兽,他喜不自胜,又奔上楼去,再将妻子摇醒,"独角兽还吃了一朵百合花。"他说。

妻子霍地从床上坐起来,冷峻地盯着他:"你是个疯子,我要将你送进精神病院。"

他历来讨厌"疯子"、"精神病院"这类字眼,尤其在这样一个阳光和煦、异兽光临的美景良辰。他思忖片刻,说:"我们走着瞧吧。"

到了门口,又补充道:"它的额头长着一只金灿灿的角。"

他复入花园去看独角兽。可是,独角兽已毫无踪影。于是,

他走进玫瑰丛中,安然地睡着了。

当他一走出屋子时,妻子便立即跳下床,以最快的速度穿好衣服。她暗暗高兴,眼睛闪着幸灾乐祸的光芒。接着,她给警察和精神病医生打了个电话,请他们带上束缚衣火速赶来。

警察和精神病医生来了。他们坐定后,非常好奇地审视着她。

"我丈夫今天看见一只独角兽。"她说。警察看看医生,医生又望望警察。"他告诉我独角兽吃了一朵百合花。"警察同医生又互相看了一眼。"他告诉我独角兽额头长着一只金灿灿的角。"

精神病医生严肃地使了个眼色,警察一跃而起,将女人按住。女人拼命挣扎。他们费了九牛二虎之力才将她制服,给她套上束缚衣。这时,她丈夫进来了。

"您有没有跟您妻子说过您看见一头独角兽?"警察问。

"没有,"他说,"独角兽是神话里的野兽。"

"我们想知道的就是这些,"精神病医生说,"将她带走吧! 很抱歉,先生,您的妻子疯了。"她高声叫骂着,但终于被带走了,关进一所精神病院。


/// **学写作** ///

这是一篇具有荒诞意味的小说,小说运用想象和夸张的手法,创造了一个似真非真的神秘气氛,通过对话和情节的跳转,把夫妻之间的冷漠、互不信任、互相猜疑和陷害展示得淋漓尽致,同

时带给我们一种新奇的阅读感受。在以虚构为主的小说写作中，想象是小说的翅膀，起着重要的作用。但必须把握一点：虽然故事内容可以充满想象力，但故事情节必须符合生活逻辑，让人觉得真实可感，小说才是成功的。

### /// 懂人生 ///

人与人之间的关系应该建立在真诚和信任的基础之上，多一分坦诚的沟通，就会少一分伤害的猜忌。对别人设计陷害，就像往高空扔石头，很可能石头坠地的时候砸到的并不是对方，而恰好是你自己。

·陈 雄·

# 照 章 办 事

[德国]拉里夫·维内尔 文　颇志侠 译

深夜,我走进车站理发店。

"非常抱歉,"理发师殷勤可亲地微笑着,"按照规定,我只能为手里有车票的旅客服务。"

"反正现在你们店里连一个顾客也没有,"我试着提出异议,"既然如此,是不是可以来个例外……"

理发师朝我这边稍稍转过他的脸:

"尊敬的先生,要知道现在是夜里。我们得遵守规定。一切都应照章行事呵!只有旅客才能在这儿刮脸理发!"说完,他又把脸扭过去了。

于是我走到售票窗前。

"请给我买一张火车票。"

"您上哪儿?"

"哪儿都行,反正对我都一样。"

"别装疯卖傻了!"年轻的女售票员发火了。

"我一点儿也没装疯卖傻,"我平心静气地说,"您只要卖给我一张离本站最近的那一站的票就行了。"

"您指的哪一站?"

"可爱的姑娘,我已经对您说过了,随便哪一站都行。"

女售票员显然焦躁不安了:

"您起码应当知道要上哪儿去呀?"

"我根本不打算上任何地方去。"

女售票员感到十分好奇:

"既然您不打算去任何地方,干吗买票呀?"

"我想理个发。"

"砰"的一声,售票的小窗子关上。我等了一会儿,又小心翼翼地敲了敲窗玻璃。

"姑娘,"我竭力使自己的语气和缓一些,"好了,请给我买张票吧!"

她像瞅一个疯子似的打量着我。然后便开始翻起一本什么书来。

"是理发店问我要车票!"我朝那紧闭着的小窗子喊了起来。

女售票员把窗子打开了一条缝:

"理发师要什么?"

"他要车票。他只给有车票的旅客刮脸。"我重复道。直到这时,女售票员似乎才弄清楚是怎么回事。

"好吧,卖给您一张去莱布尼茨车站的票。您付六十分尼吧!"

我手里攥着买到的火车票,第二次走进理发店:

"请看,这是我的车票,现在我想刮一下脸。"

然而，理发师的头脑并不那样简单。

"您并不打算乘车上路？"他问。

"可我已经给您看过这张到莱布尼茨的车票了呀！难道这还不够吗？"

"非常抱歉，"理发师把双手交叉在胸前，"如果您只是为了刮脸才买车票，那么在我们理发店您就难以达到自己的目的。我们这儿只为有车票的乘客服务。"

我艰难地喘了一大口气。

"可是劳驾！"我大喊起来，"我只要有这张车票，就可以上莱布尼茨去。在这种情况下，对您来说，我就是乘客！"

"但是您并不打算上任何地方去，"理发师冷淡而有礼貌地反驳着，"这样一来，尽管您手里有车票，也不能算是乘客了。因此，我劝您放弃这种打算吧！"

我只好又来到售票窗前。

"姑娘，"我对女售票员说，"车票也不顶事。请给我退掉吧。"

"不能退。"她遗憾地把两只手一摊。

"为什么？我还没有用它乘车旅行呀！"

"如果您是为旅行而买的车票，结果没有乘车，那我可以把票钱退给您。"女售票员笑容可掬地解释道，"一切都应照章办事。但是刚才一开始您就宣称并不打算旅行，因此您就无权退票。您是不是再找一下那个理发师？要知道您是为了他才买的车票呀……"

"也许您能代我为这张票付款？"我又找到了那位和蔼可亲的

理发师。

"请等一下!"理发师放下手里的报纸说道,然后拿起桌上的电话。"好了,"打完电话他说道,"您现在可以刮脸了……"

"总算可以了!"我高兴地喊出了声。

"……不过不是在这儿,"理发师最后的一句话是,"而是在那儿——在莱布尼茨车站。"

/// 学写作 ///

矛盾是小说情节发展的重要推动力,这篇小说就是利用"我"想理发和理发店只给乘车的旅客理发的规定这一对主要矛盾展开情节,再扩展到买车票与拒卖票、有车票仍拒绝理发、退票与拒绝退票等几对矛盾,矛盾的激化使小说的情节层层转折变化,因而产生戏剧性效果,这样,虽然小说的语言本身并不风趣,却能产生幽默的效果。

/// 懂人生 ///

俗话说:树挪死,人挪活。在充满不确定性的环境中,有时我们需要的不是朝着既定方向的执著努力,而是要学会灵活变通,在随机应变中寻找求生的路。变通是智慧中的智慧,是一种策略,更是一种艺术。学会变通我们才能真正体会"柳暗花明又一村"的豁然。

·陈 雄·

# 新鲜空气可以使你致命

[美国]阿特·布奇沃德 文　郑恩 译

　　烟雾曾经一度是洛杉矶最大的吸引力,而现在则遍及全美国,从比尤特、蒙大拿到纽约城,人们都在习惯于这种被污染了的空气,以致呼吸别的空气反而感到很困难。

　　最近我到各处讲演,我停留的地方,其中之一就是亚利桑那州的弗拉格斯塔夫,那里海拔大约七千米。

　　当我走出机舱的时候,我立即就闻到一种独特的东西。“这是什么味道?”我问了一下在机旁接我的人。

　　“我什么也没闻到。”他答道。

　　“有一种很明显的气味,这是我所不能适应的。”我说。

　　“啊,你讲的一定是新鲜空气。许多人从飞机走出来就呼吸到他们从未呼吸过的新鲜空气。”

　　“这会怎么样呢?”我不免有所顾虑地问。

　　“没关系。你刚才呼吸的就像别的空气一样,这对你的肺部会有好处的。”

　　“我也听过这种说法,”我说,“不过,要是这是空气的话,我眼睛为什么不淌水呢?”

　　“对于新鲜空气,眼睛是不淌水的,这就是新鲜空气的优点;

你还可以节省许多揩眼泪的优质纸。"

我环顾周围一下,各种物体一片清晰明澈,这可是一种奇特的感觉——我反而感到非常不舒服。

我的主人意识到这一点,他想使我消除顾虑,说:"请不必担心。反复试验证明你可以日日夜夜呼吸新鲜空气,对你的身体是不会有任何损害的。"

"你刚才所讲的,无非是叫我不要离开这里。"我说,"在大城市生活过的人,谁也不能长时间呆在有新鲜空气的地方,他忍受不了新鲜空气。"

"好吧,新鲜空气要是烦扰你的话,你为什么不给鼻子捂上一块手帕而用嘴巴呼吸呢?"

"对了,我要试试。不过,如果我早就知道要到一个除了新鲜空气便没有别的空气的地方的话,我就应该准备好一个外科手术用的面罩。"

我们沉默地开着车。大约十五分钟后,他问道:"现在你觉得怎样?"

"是了,我想对了。现在可以肯定,我不打喷嚏了。"

"这里是不需要打什么喷嚏的,"这位陪同的先生承认说,他又问道,"你原来那地方是不是要打大量的喷嚏?"

"老是要打。有些日子,整天要打。"

"你喜欢打喷嚏吗?"

"打喷嚏并非必要,可是,你要是不打,你就会死亡。——让

我请问别的事情吧,这一带为什么没有空气污染呢?"

"弗拉格斯塔夫大概吸引不了工业的光临。我猜想我们确实是落在时代的后头了。当印第安人相互使用通讯设备的时候,我们弗拉格斯塔夫才开始嗅到唯一的一点烟尘;可是风似乎又把它吹跑了。"

新鲜空气实在使我感到头晕目眩。

"这里周围有没有内燃机汽车?"我问道,"让我呼吸三四分钟也好。"

"现在不是时候。不过,我可以帮你去找一部载重汽车。"

我们找到了载重汽车的司机。我在暗中塞给他一张五美元的钞票。于是,他让我把脑袋靠近汽车的排气管半小时,我立即就恢复了充沛的精力,又能够和人家长谈了。

离开弗拉格斯塔夫,再也没有人像我这样高兴的了。我的下一站就是洛杉矶,当我走出飞机的时候,我在充满烟雾的空气中深深地吸了一口长气,我的双眼开始出水了,我开始打喷嚏了,我觉得又像一个新的人了。

### /// 学写作 ///

小说最大的特点就是运用了反话正说的手法:本来人应该是无法忍受污染空气而向往新鲜空气的,而在小说里,"我"却忍受不了新鲜空气,迫不及待地想回到严重污染的空气中去,这种异于常规的夸张和对比,使小说产生强烈的反差效果,更能揭示

工业现代化对环境造成的严重污染和对人身体健康的严重损害。在揭示反面现象时，反话正说手法不但能令文章耳目一新，而且能起到更有冲击力的说理作用。

### /// 懂人生 ///

在生活中，我们身上的坏习惯从无到有，从微弱到顽固，其实就像空气污染一样，并不是一天就形成的，而是一点一点地加重，有一天我们抬头的时候蓝天白云已变成烟尘漫天，才发现我们对此已习以为常很久了，污染自然而然地成为了我们生活的一部分。

·陈　雄·

# 新型的农村副业

[美国]马克·吐温 文　孙善康 译

"嘟,嘟,嘟——嘟!"

开汽车的人谨慎地以每小时二十公里的速度,沿着农村公路行驶着,注意到那些靠路边的农舍,他放慢速度,响了三次喇叭。立刻一阵蜂拥,有几百只母鸡从门口跑出来,它们跟在鸭子后面,刚巧来到汽车路上。赶快急刹车,但已经来不及了,车子滑过去,无法停住,已经在蜂拥的鸡群中冲出一条血路——鸭子停住,又逃回去了,轧死了几只母鸡。车主人心里很不安,把车开到路边,然后出了车厢。一个非常愤怒的老人从农舍里跑出来,后面跟着一个傻乎乎的大约十四岁的少年。老人看到这个情景:两只鸡死了躺在路上,还有一只鸡轧坏了翅膀躺在尘埃里。

"一个人该这样子闯过别人门口吗?"他吼道。他穿过马路,拾起那只被轧坏翅膀的鸡,气冲冲地一把拧断了它的脖子,然后转身冲着那个谋杀者,好像要再找几个脖子来拧断似的。

"为什么你不鸣响喇叭?"他质问。

"我做了,"车主人低声地说,"响了三次。"

老人回过头来问傻小子:"你听到了吗?"他用愤怒的语气问道。那个男孩子摇摇头,好像因为有人竟能轧死了鸡还来扯谎,

而感到很难过似的。

"我要问你的姓名和地址，"鸡主人继续说，"到警察局去，我们绝不罢休……"

"你听我说，"车主人说，"这些轧死的鸡，我愿意赔偿。"

"每只鸡不能少于三镑！"主人宣称。

"可是一只鸡一般价格还不到一镑。"车主人说。

农民大发雷霆："你自己看看，这是什么样的鸡？"他吼着，"二十里方圆找不到这样好的鸡！你真交好运，我的妻子不在家，不然的话，她会告诉你一些情况。我告诉你，这里的鸡她只只都叫得出名字来，在伦敦街上，能有这样好的鸡么？"车主人只好被迫说是没有。

"那么三只鸡赔我九镑。"农民说。

"五镑吧。"车主人说，看了一下他的表，到家还要行驶几百里路呢！

最后妥协：七镑。

两分钟以后，车和它的主人从山那边消失了。

老人把钱塞进腰包，把死鸡交给傻小子："把这交给女主人，杰克，"他说，"告诉她，我已经等不及要吃饭了，在你吃饭之前，把鸡喂一下。"

傻小子进去，不久又出来，一只手拿着一盆谷粒，另一只手是一只旧的汽车喇叭。他把盆子里的谷粒，倒在公路正中央，于是吹响喇叭，又长又响。

母鸡跟着鸭子奔涌而出。

### /// 学写作 ///

巧设悬念是这篇小说情节起伏跌宕、引人入胜的主要手法。小说有两个悬念，一是农村副业是指什么？第二是鸡鸭听到喇叭为何会蜂拥而来？到结尾我们才知道，所谓的副业，是用汽车喇叭作为鸡鸭的喂食信号，设计骗局，引过路人上当，然后索取高额赔偿的丑陋做法。有悬念的情节是小说吸引读者阅读兴趣的最佳亮点，在文章中悬念的设置能令情节起伏，令内容前后对比鲜明，从而使文章富于变化。

### /// 懂人生 ///

我们的幸福是建立在勤劳努力的基础上的，贪婪和欺诈虽然可能会在短时间内让我们在物质上富足，但同时也会让我们变得卑鄙和丑陋，把我们带入良知丧尽的深渊，永远不可能带给我们踏实的幸福感。

·陈　雄·

# 第一位委托人

[德国]威吉兰兹 文　否定 译

约翰·史密斯的律师事务所里还散发着油漆的气味。约翰很年轻。他的事务所今天早晨刚开张,只有一间等候室和一间工作室。现在,这位刚开业的律师正坐在他的大办公桌后面等着他的第一位委托人呢。

第一位委托人会是什么样呢?一个女人?一个男人?也许是个巨贾?或是一个老百姓?不管他长得怎么样,是个什么人,我绝不能让他知道他是第一位委托人。约翰想,谁也不想当第一个,无论是医生还是律师。一个才开张就非常忙碌的律师事务所准能马上赢得顾客的信任。

他正想着,外面楼梯上响起了男人沉重的脚步声。来人慢慢向等候室走过来。约翰满意地听着开门和关门的声音。接着,工作室半掩的门上响起了敲门声,约翰看见走进来的是一位头发灰白、衣着朴实的男子。他想,这是个会给我带来好运气的老百姓,和老百姓一起耕种的人准会获得丰收。

"请您原谅……"来人说。

约翰迅速拿起面前的电话:"实在对不起,请稍等一下好吗?我有两个要紧的电话要打。"他随便拨了个号码,静了一秒钟,然

后报出了自己的姓名。

"我是……"来人想打断他的话。

约翰摇摇手："请稍等一下，先生。我马上就招待您。"他清清嗓子，对话筒说："是的，我是史密斯律师。我可以同五金工人工会主席菲普西先生讲话吗？不在？那今晚六点可以见见他吗？什么？对，就是为机械工狄克逊提出权益要求的那件事。您说什么？对不起，不行，再早我没时间。今天下午我还有好几位委托人。好！那就六点。再见。"

"律师先生……"来人说。

"好吧，"约翰亲切地微笑道，"既然您这样着急，我就先办您的事。我等会儿再打另一个很重要的电话。您要委托我办什么案子，先生？"

来人走近几步，报以同样亲切的微笑："是的，我很着急。您知道干什么工作都是这样的，不过不是委托您办案。我是邮局的，来为您的电话接上线。"

### /// 学写作 ///

年轻的律师为了赢得第一位委托人的信任，精心设计在有人来的时候，装腔作势地表演让自己显得很忙碌且很热情。这本身是一个不坏的愿望，但在知道底细的邮局工人面前，他的表演就变得荒唐可笑。这篇小说所运用的制造误会的写作方法，在小说中很常用，小说还用夸张的手法不断地强化误会，到最后才解开

误会,从而产生荒唐滑稽、出人意料的效果,但又不把误会产生的后果写尽,而让读者去想象,增强可读性和喜剧色彩。

### /// 懂人生 ///

常言道:纸包不住火。再完美的谎言,也总会有被识破的一天;这个世界其实是美丽的,这个社会其实也是清澈的,只是人的内心过于复杂。只要我们坦诚地面对自己内心,就会活得平和、美好,幸福也就不请自来。

·陈 雄·

# 彩 票

[德国]哈尔姆

画家尤利乌斯喜欢画快乐的世界,因为他自己就是一个快乐的人。不过没人买他的画,因此他想起来会有点伤感,但这种情绪不会成为他的麻烦,因为只需两分钟,他就会忘掉的。

"去买足球彩票吧!"他的朋友们劝他,"只花两块钱便可赢很多钱。"

于是尤利乌斯就去买了一张,没想到真的中了! 他获得了五十万奖金。

"哇!"他的朋友对他说,"你运气多好啊! 现在你还经常画画吗?"

"现在我就只画支票上的数字!"尤利乌斯笑道。

尤利乌斯买了一幢别墅,并对它进行一番装饰。他很有品位,买了许多好东西:阿富汗地毯、维也纳柜橱、佛罗伦萨小桌、迈森瓷器,还有古老的威尼斯吊灯。

看着自己亲手装饰的别墅,尤利乌斯感到很满足,他坐在沙发上,点燃一支香烟,静静地享受他的幸福。突然,他感到好孤单,便想去看看朋友。他把烟往地上一扔——这是他在那个石头做的画室里养成的习惯,然后就出去了。

在华丽的阿富汗地毯上,香烟在燃烧……一个小时以后,别墅变成了一片火的海洋,最后变成了一堆废墟。

朋友们很快就知道了这个消息,他们都来安慰尤利乌斯。

"尤利乌斯,怎么会这样? 这太不幸了。"他们说。

"有什么不幸的?"他问。

"损失呀! 尤利乌斯,你现在一无所有了。"

"不是的,我同原来一样,只不过是损失了买彩票的两块钱。"

### /// 学写作 ///

这篇小说叙述很平静很客观,小说写作中常用的对比和反差两种方法并没有强化运用,但是简单平静的语言恰好与小说所要反映的主题不谋而合:面对得失,我们应该用一种平静的心态去应对,而不应该患得患失,给我们传达出一种平和自在的生活态度。在写作的过程中,选择切合主题的叙述语调对小说来说已经是成功了一半。

### /// 懂人生 ///

得与失永远是生活天平上的两只砝码,有时"得"的砝码重,有时"失"的砝码占上风。得到的时候,不必欣喜若狂,倍加珍惜就是;失去的时候,也不必懊恼连连,适时调整就是。坦然地面对得失,才能坦然地生活。

·陈　雄·

# 优 哉 游 哉

[德国]海因里希·伯尔 文　雷夏鸣 译

在欧洲西海岸的一个码头，一个衣着寒碜的人躺在他的渔船里闭目养神。

一位穿得时髦的游客迅速把一卷新的彩色胶卷装进照相机，准备拍下面前这美妙的景色：蔚蓝的天空、碧绿的大海、雪白的浪花、黑色的渔艇、红色的渔帽。"咔嚓！"再来一下，"咔嚓！"德国人有句俗语："好事成三。"为保险起见，再来个第三下，"咔嚓！"这清脆但又扰人的声响，把正在闭目养神的渔夫吵醒了。他睡眼惺忪地直起身来，开始找他的烟盒。还没等找到，热情的游客已经把一盒烟递到他跟前，虽说没插到他嘴里，但已放到了他的手上。"咔嚓！"这第四下"咔嚓"是打火机的响声。于是，殷勤的客套也就结束了，这过分的客套带来了一种尴尬的局面。游客操着一口本地话，想与渔夫攀谈攀谈来缓和一下气氛。

"您今天准会捕到不少鱼。"

渔夫摇摇头。

"不过，听说今天的天气对捕鱼很有利。"

渔夫点点头。

游客激动起来了，显然，他很关注这个衣着寒碜的人的境况，

对渔夫错失良机很是惋惜。

"哦,您身体不舒服?"

渔夫终于从只是点头和摇头到开腔说话了。"我的身体挺好,"他说,"我从来没感到这么好!"他站起来,伸展了一下四肢,仿佛要显示一下自己的体魄是多么的强健,"我感到自己好极了!"

游客的表情显得愈加困惑了,他再也按捺不住心中的疑问,这疑问简直要使他的心都炸开了:"那么,为什么您不出海呢?"

回答是干脆的:"早上我已经出过海了。"

"捕的鱼多吗?"

"不少,所以也就用不着再出海了。我的鱼篓里已经装了四只龙虾,还捕到差不多两打鲭鱼……"渔夫总算彻底打消了睡意,气氛也随之变得融洽了些。他安慰似的拍拍游客的肩膀。在他看来,游客的担忧虽说多余,却是深切的。

"这些鱼,就是明天和后天也够我吃了。"为了使游客的心情轻松些,他又说:"抽一支我的烟吧?"

"好,谢谢。"

他们把烟放在嘴里,又响起了第五下"咔嚓"。游客摇着头,坐在船帮上。他放下手中的照相机,好腾出两只手来加强他的语气。

"当然,我并不想多管闲事,"他说,"但是,试想一下,要是您今天第二次、第三次,甚至第四次出海,那您就会捕到三打、四打、

五打,甚至十打的鲭鱼。您不妨想想看。"

渔夫点点头。

"要是您,"游客接着说,"要是您不光今天,而且明天,后天,对了,每逢好天气都两次、三次,甚至四次出海——您知道那会怎样?"

渔夫摇摇头。

"顶多一年,您就能买到一台发动机,两年内就可以再买一条船,三四年内您或许就能弄到一条小型机动渔船。用这两条船或者这条机动渔船您也就能捕到更多的鱼——有朝一日,您将会有两条机动渔船,您将会……"他兴奋得好一会说不出话来。"您将可以建一座小小的冷藏库,或者一座熏鱼厂,过一段时间再建一座海鱼腌制厂。您将驾驶着自己的直升机在空中盘旋,寻找更多的鱼群,并用无线电指挥您的机动渔船,到别人不能去的地方捕鱼。您还可以开一间鱼餐馆,用不着经过中间商就把龙虾出口到巴黎——然后……"兴奋又一次哽住了这位游客的喉咙。他摇着头,满心的惋惜把假期的愉快几乎一扫而光。他望着那徐徐而来的海潮和水中欢跳的小鱼。"然后,"他说,但是激动再一次使他的话噎住了。

渔夫拍着游客的脊背,就像拍着一个卡住了嗓子的孩子,"然后又怎样呢?"他轻声问道。

"然后,"游客定了一下神,"然后,您就可以优哉游哉地坐在码头上,在阳光下闭目养神,再不就眺望那浩瀚的大海。"

　　"可是，现在我已经这样做了，"渔夫说，"我本来就优哉游哉地在码头上闭目养神，只是您的'咔嚓'声打扰了我。"

　　显然，这位游客受到了启发，他若有所思地离开了。曾几何时他认为，他今天工作为的是有朝一日不必再工作。此时，在他的心里，对这个衣着寒碜的渔夫已没有半点的同情，有的只是一点儿嫉妒。

### /// 学写作 ///

　　对比映衬是这篇小说的最突出亮点。时髦的游客和寒碜的渔夫、同情怜悯的开导和慵懒冷淡的回应，这两组对比将人物之间的性格差异展示得淋漓尽致。人物语言是小说人物性格展示的窗口，小说中的人物对话，一动一静，一急一缓，富于节奏感。而且两组风格截然相异的对话，对比之下就产生了活泼幽默的效果，文中的哲理也自然流出笔端，这就使小说充满着机智和明快的气息。

### /// 懂人生 ///

　　要想让自己拥有优哉游哉的心境，我们就要学会控制自己的欲望，就要学会知足。俗话说：知足者常乐。人的欲望是无止境的，欲望多了，我们的快乐也就少了，而知足是一种智慧，常乐更是一种境界。

·陈　雄·

# 给爸爸买苹果

[德国]施悌恩 文  华霞 译

慕尼黑,星期五晚19点左右,警官舒斯特登上了开往科隆的火车。他走进软席车厢,里面已经坐着两个人了,于是就在他们对面坐了下来。

年长的这位靠窗而坐,在这么炎热的夏季里带着那足有两百磅的身躯旅行肯定够呛,因此他显得疲惫不堪。而他身旁的年轻人却精神十足,看起来他好像在全神贯注地看着窗外的景色,但却没有忘记时不时地关照一下身边的年长者——这个大胖子看来已经睡着了,深沉的呼吸声告诉我们他睡得很瓷实。

"嗨,打扰您了,"年轻人小声和舒斯特攀谈起来,"我真替爸爸担心,他又在车上睡着了! 这太危险了,睡着了要出事的!"

"您爸爸会出什么事呢?"舒斯特笑着问他。

"会出什么事?!"儿子好像生气了,他提高了嗓门,"他身上的东西会被全部偷光! 如今旅行谁知道会碰到什么样的人! 有的人看起来老实巴交的,可却是骗子,要是碰到这样的人,父亲的金表肯定就要被偷走了——您瞧,他的表就那么随便地放在口袋里,有人拿走,他根本不会察觉。"

"不,我相信您父亲一定会发觉的。"舒斯特不紧不慢地答着

他的话。可是这个儿子还真有点倔："那我们就试试看！我把爸爸的表拿走，看他会不会察觉，怎么样？然后让他知道麻痹大意的后果，好吗？"

舒斯特心中不赞成他这么做，因为他觉得作为儿子不应该跟父亲开这样的玩笑。

可是还没有等他说出自己的看法，儿子已经把父亲的金表从口袋里掏出来迅速地藏好了。那位父亲真的一点儿也没有察觉，他还睡得很沉、很香呢。

就在这时火车进了普福尔茨海姆站。

儿子站起身来，"我去给爸爸买几个苹果，"他笑着说，"他旅行的时候爱吃水果。"

儿子走后不到一分钟，父亲睁开了眼，他的目光迟缓地环顾了一下车厢。

"您儿子刚刚出去给您买苹果了。"舒斯特先生热心地告诉他。

这个胖子瞪着两眼迷惑不解地瞧着舒斯特："我一点儿也不明白您说的话……"

"我是说，"舒斯特又重复了一遍刚才说的话，"您儿子刚走，给您买苹果去，他马上就回来！"

"我还是不明白您说的话，"胖子乐了，"我根本就没有儿子！"

警官舒斯特一下子对普福尔茨海姆这个小站发生了兴趣，他要中辍这次旅行，去好好地看看这个城市——尽管这里并没有多少值

得游览的风景名胜！

### /// 学写作 ///

　　每一个优秀的小说作者都是情节设置的高手。这一篇小说从一开始就不断地为小偷的身份和偷窃行为进行合理的铺垫，最后情节发生180度的转折，在真相面前所有的铺垫被推翻，小伙子原来是个大胆精明的小偷。小说创作时，善于利用情节铺垫和转折能增加小说的神秘感，制造出紧凑的气氛，造成结尾的反差从而抓住读者的阅读兴趣。

### /// 懂人生 ///

　　技术再高超的小偷终有一天也都会落入法网，投机取巧，走邪路可能会带来一时的财富和快乐，但也会把我们带入万劫不复的深渊。走正路，有时会很艰难，但是踏实地走好今天的每一步，才会有美好的明天。

·陈　雄·

# 上班诀窍

[德国]席波赖特 文　肖通 译

"哈姆森先生,这是新来的同事诺伊鲍尔先生,先让他同您在一个办公室里办公。他需要全面了解这儿各部门的情况,请您多关照他、指点他,对他说明一切情况。"

哈姆森见老板信赖地把新同事托付给他,不禁受宠若惊,唯唯诺诺地说道:"我一定照办。"

他同新同事离开了老板的办公室。

"喂,诺伊鲍尔先生,让我们来参观一下企业吧,这样您就会熟悉企业的情况了。"

"参观企业?"新同事不解地问道。

"是啊,要是我们坐办公室累了,想放松一下,到处游荡,那就说参观企业。我们离开工作岗位,老板见了当然不会高兴,可我们总会找出一个理由的。"

"什么理由呢?"诺伊鲍尔饶有兴趣地问。

"您来学学吧:譬如,就说要商量和检查一些事情。当然有时确实是真的,有些事也可以检查两三次。不过您别忘了把文件夹啦,账簿啦,货单啦诸如此类的东西带在身边,做出办公事的样子。这一来,您就可以在仓库里呆上几小时。我们私下里说说,

有几个仓库保管员喜欢打牌,常常需要找个玩牌的伙伴。如此消磨时间,您觉得怎样?"

"真有意思。"诺伊鲍尔说。

"喏,这是您的办公桌。"哈姆森说,"这儿有咖啡。喝咖啡嘛,本来只能在休息时间喝,否则顾客来了,看见我们在喝咖啡,就会留下不好的印象,为此我们想出了一个专门的办法。您瞧,很简单:我们把办公桌右下方的抽屉腾空,抽出来,放上咖啡杯,人一来,马上关上。抽屉里铺了吸墨水纸,即使咖啡泼了出来,也没有问题。我们私下里说说,我们同样可以喝酒。当然在上班时喝酒是禁止的,这是大家都清楚的。不过有时有人过生日,或者觉得不畅快,需要提提神,那他就把酒杯和酒瓶也放在抽屉里。"

"这真实用。"诺伊鲍尔说。

"还有一个内部的小秘密。您瞧,这扇门里有一个小房间,那是储藏室,谁也不会闯进去的。呆在里面,倒也叫人感到挺舒服的。如果我们之中有谁喝多了感到不舒服,那他就干脆躺到里面的羊毛毯上睡觉。您可知道这句妙言:办公室里睡觉是最舒服的睡觉。当然,这是不能让老板知道的……"

"这我明白。"新同事说。

哈姆森真是一位乐于助人的同事,他把一切情况都说明了。"有一点我提请您注意:如果您早上睡过了头,就千万别赶来上班。弄得气喘吁吁地跑来,倒可能会迟到几分钟。迟到给人的印象不好。您可以这么办:干脆打个电话来,说您在医生或牙医那儿看病,要来得迟一点。您与其迟来一刻钟,倒不如迟来3个小时。您要去理发或者干诸如此类的事,也可照此办理。我们在上班时间理发,这是因为我们的头发也是在上班时间长长的。"

"这种见解是合乎逻辑的。"

"是啊,难道不是这么回事吗?您要是知道了这些上班的小诀窍,就能在这儿混得很好。"

"嗯,我已学到了各种诀窍,多谢您的关照。"

"嘿,这是我理应做的,我们是同事嘛。不过,您能对我说说,您是怎样搞到这份差事的?为什么要您熟悉各部门的情况呢?通常这儿雇的人只做某一件事。"

诺伊鲍尔说:"要我熟悉各部门的情况,是因为老板一退休,我就要接替他。那位老板是我的岳父。"

### /// 学写作 ///

本文结构奇巧,成功地运用语言刻画人物,通过企业职工哈姆森与新同事诺伊鲍的对话,以小见大,旨意深远,表现企业职工哈姆森腐败的工作作风,全文自始至终都没有从正面对不良工作作风的直接描写,但是,对话的主旨明确,效果显著。这种语言运用的方法,值得学习。

### /// 懂人生 ///

"金玉其外,败絮其中",拥有赏心悦耳的外显语言,未能完全

说明拥有一个良好的内心，"热情帮助"、"乐于助人"也并非全都是好事；不好的方面，往往会深藏在亮丽的外表之下，需要慧眼才能发现。

·黄建彬·

# 我是一只实验室老鼠

[美国]亨特·佩雷特 文　郭君 译

还记得外出吃饭是放松，是享受的时光吗？那时，有人为你做饭、为你端饭，你走后还会为你清理桌子。可惜啊，现在这一切都过去了，今天当你再去饭馆吃饭时，你仿佛就像那些为得到一块奶酪而必须穿过道道迷宫的实验室老鼠。

那次我一进饭馆的门，侍者就迎了上来："晚上好。要张坐4个人的桌子？"

"是的，谢谢。"

"在吸烟区还是无烟区就座？"

"无烟区。"

"你喜欢在室内还是喜欢在室外呢？"

"我想室内好一些。"

"你想坐在大厅里，还是单间还是我们那可爱的能享受阳光的地方？"

"嗯，让我想想……"

"我可以在能享受阳光，能看到外边景色的地方找个桌子。"

"那好。"我跟他来到那里。

"现在，你是想要可俯瞰高尔夫球场的，还是可眺望湖上落日

的,还是要看远山树色的?"

"随你便吧。"我说,"也让你给我做个决定吧。"

他让我坐下,我也不知道窗外到底是什么景色,因为天已经完全黑了。

然后,一个更年轻漂亮,穿着也更好的侍者又走了上来,他说:"我叫保罗,将是你这顿饭的侍者。你都订什么菜呢?"

"用不着订什么,你只要给我端来小牛肉和烤土豆就行了。"

"要汤还是要沙拉?"

"沙拉。"

"我们有混合的青菜沙拉,还有几种别的,你要哪一种?"

"就给我青菜沙拉吧。"

"用什么拌呢?"

"随你的便吧。"

他又给我说了好几种拌沙拉的配料,我说随便一种吧。这时我已烦透了他的虚假客套。

"你的烤土豆呢?"

我一听就知道他又要问什么,就说:"我只要烤土豆,什么也不带的烤土豆。"

"不要黄油也不要酸奶酪?"

"不要。"

"也不要细香葱?"

"不要! 你懂不懂英语? 我什么浇头也不要,你只要给我拿

烤土豆和烤小牛排就行了。"我喊了起来。

"那你是要哪一种牛排呢？4盎司、8盎司或12盎司的？"

"随便。"

"什么火候的,嫩的、半嫩不嫩的、老的,还是半老不老的?"

我气急了,说:"我真想到外边教训教训你。"

"太好了,你想在哪儿打,停车场、胡同还是饭店前的大街上?"

"就在这儿!"说着我一拳打了过去,他一低头躲过,随后一个左勾拳打在了我的眼上。这是这个晚上他第一次没再让我挑选。我半昏半迷地瘫在了椅子上。迷蒙中听到有人赶来了,正训斥保罗。过了一会儿,我完全清醒了,发现饭店经理正在向我赔罪,他还提议给我买一杯饮料。我说一杯水就行了。他又问我:"那你是要进口矿泉水呢,还是带柠檬的苏打水?"

### /// 学写作 ///

夸张是本文的一大特色,文章抓住饭馆服务员"废话"连篇进行夸张,以对话的形式行文,使全文结构紧凑,一气呵成,让读者有一种句句紧接心情绷紧把它读完的效果,深刻揭露了现代化饭店的名不符实的可怕的真实。

### /// 懂人生 ///

真正舒适的生活应是去繁就简，自然率性。而非像一只实验鼠一样任人摆弄，吃上顿饭也要经历重重的"考验"。我们要坚决摒弃那些繁文缛节、形式主义等不健康的东西。

·黄建彬·

# 与一个窃车贼的通信

[德国]内尔比 文 冯小虎 译

尊敬的布劳恩先生：

您一定已经发觉您停在歌德大街的那辆蓝色小轿车被人偷走了。我就是那个窃车贼。我一向喜欢与被偷的人保持良好的关系，所以我向您提出以下建议：您的车里有一个装着信件与公文的皮包。这个包对我毫无用处；然而对您，我想，必定十分重要。我将为您把这个包放在歌德大街4号的后面，如果您也把您的轿车证件放在那里的话，您给我的回信也可一并放在那里。

非常感谢。

您的窃车贼

1964年4月3日于法兰克福

尊敬的窃车贼先生：

我急需那些公文，因此我接受您的建议。我的，也就是您的蓝色四座轿车的证件可以在今晚12点去歌德大街4号后面取。

谨致敬意。

马克斯·布劳恩

1964年4月5日于法兰克福

尊敬的布劳恩先生：

本周您的轿车必交的分期税款真的高达 246.97 马克吗？

您恭顺的窃车贼

1964 年 4 月 7 日于法兰克福


尊敬的窃车贼先生：

我非常遗憾地告诉您，您必须在本周内到税务局去付清那笔分期税款。拖欠税款会被课以很高的罚款。

谨致崇高敬意。

您的马克斯·布劳恩

此外：请勿忘记向"西克瑞塔斯"保险公司交纳汽车保险费。

1964 年 4 月 9 日于法兰克福


尊敬的布劳恩先生：

请您原谅我又写信前来打扰。我只是想问一下，12—14 升汽油够这辆轿车用吗？另外，左后轮好像有些漏气。

谨致敬意。

您的窃车贼

1964 年 4 月 10 日于法兰克福


尊敬的窃车贼先生：

我完全忘了写信提醒您，我的，也就是您的汽车，必须立即更

换新轮胎。汽车的耗油量您说得很正确。现在您一定已经发现了这是一辆老掉牙的破车了吧？就您的职业而言您一定常常用车，为了您的安全我建议您快换上新的风门。

您的马克斯·布劳恩<br>1964 年 4 月 12 日于法兰克福

尊敬的布劳恩先生：

税务局令我在十天之内补交税款 698.57 马克。另外，车座的软垫坏了，左转弯指示灯也失了灵。您能给我推荐一个又小又便宜的停车房吗？最好车房里的温度高一点，因为马达很难启动。现在我停车得花 50 马克。

谨致诚挚的谢意。

您的窃车贼<br>1964 年 4 月 18 日于法兰克福

尊敬的窃车贼先生：

您别无选择，只有如数交付税款。另外，昨天夜里我突然想起刹车已经失效。您马上去检查一下。还有，如果遇到像现在这样的坏天气，您一定得去把车顶修一修。

您恭顺的马克斯·布劳恩

又：关于停车房我提不出什么好建议。我一向是把车停在露天的。

1964 年 4 月 23 日于法兰克福

尊敬的布劳恩先生：

我偷了您的汽车，却吃足了您的苦头。福无双至，祸不单行，昨天变速器又坏了。我这个地道的小偷又怎么承担得起这许多款项呢？我请求您收回这辆汽车，我会付给您一笔为数不多的赔偿费。衷心希望您能接受我的建议。

谨致最崇高的敬意。

您的窃车贼

1964 年 4 月 25 日于法兰克福

尊敬的窃车贼先生：

您突然做出如此生硬的决定，打断了我们友好的通信，令人十分遗憾。您偷走了我的汽车，我才弄清了上帝给我一双脚是用来做什么的。我又开始四处漫游。我现在已减肥达数磅之多，心脏情况正常，"经理病"（西方上层人物多患的心血管病——译者）与我已经久违。现在我很少有客人，经济情况大为好转，可突然您要把汽车还给我！对此我绝不会加以考虑！就是您向法院提出起诉，我也绝不会答应。此外，我从不接受偷来的东西。

谨致最崇高的敬意。

您的马克斯·布劳恩

1964 年 4 月 28 日于法兰克福

### /// 学写作 ///

以书信的方式叙述是本文的一大特色。成功塑造主人公亲切的态度、友好的语言又是本文的一大亮点，也是这一亮点让失车主布劳恩先生一步步地"请贼入瓮"。特别的"风格"演绎特别的行为，窃车的以一种"高傲"的态度写信向失主勒索，而失主却也"乐意捧场"，并给他提了许多建议，意想不到的结果在后头……

### /// 懂人生 ///

古语有云："塞翁失马，焉知非福"，乍看似不好的事情也并非完全一无好处，失车主布来恩先生因丢车而让贼付一大笔账，自己却又得到了有效减肥、久违"经理病"、经济情况大为好转……这难道不是一种福吗？

·黄建彬·

# 忏 悔

[日本]佐佐木大善

一个男子慌慌张张地跑到神父面前忏悔："实际上,杀人犯是我!"这样的忏悔让神父感到很困惑。

那位男子道出了一起杀人刑事案件中的杀人经过。可是,在那一案件中,已经有一嫌疑犯被捕,并且被判为死刑。作为神父,他应当马上把那个男子送到警署,将他绳之以法,但根据宗教教规,忏悔之人的忏悔内容是绝对保密的,不能向外泄露。

神父真不知该怎么办了。如果他始终缄默不言,那名无辜者就会被处以死刑,他的良心就会不安,他的灵魂也会不安,而违背教规,起誓将终生献给上帝的他来讲,无论如何是做不到的,神父左右为难。

最终,神父认为沉默是最好的办法。

一天,他到另一教堂去忏悔,这一教堂的神父是他的朋友。

"对无辜者被处斩一事,我选择了沉默。"

他将事情的经过一一坦言相告,这次感到苦恼的是他的朋友了。

出于无奈,他的神父朋友又到另一神父那里对此事进行了忏悔。

　　那个无辜者受刑的那一天,神父问"罪犯":"你还想说什么吗?"

　　"神父,我是无辜的!"罪犯大声喊道。

　　"是的。"神父回答道,"全国的神父都知道你无罪,但是事情的真相谁也不能公之于众。"

### /// 学写作 ///

　　此文以"忏悔"为题,文眼标新立异,全文自始至终都未曾远离主旨而紧扣文眼,先是杀人犯的忏悔,再是神父的忏悔,接着是全国神父的忏悔,环环紧扣,使全文紧凑,最后带出一个令人意想不到的结局,这种写法值得借鉴。

### /// 懂人生 ///

　　"沉默"并不是在所有情况下都是"金",如果神父抛弃"沉默是最好的办法",及早向众人泄露事情的内幕,他的良心也许不会感到不安,同时也会使含冤的嫌疑犯脱离无辜,造福大众,远离一个不该酿成的冤枉结局。

·黄建彬·

# 特　技

〔日本〕星新一 文　郭富光 译

电视台的新闻广播员，某日，一如往常，刚要播放稿件，竟违背自己的意志，信口开河起来。

"下面报告新闻。发现了一起行贿受贿案件。据报，K 企业定期向主管机关的高级官员重金行贿……"

播后，电台内部掀起了轩然大波。有人问他：

"你为什么讲了原稿上根本不存在的事儿？"

"我也不知道，是无意之中说出口的。是脑袋出了毛病吧？"

"脑袋出毛病？真丢人，人家会抗议的。胡诌下去，我们电台就会威信扫地。"

电台里的人都吓得面色如土，广播员也静等着革职。然而，奇怪的是压根没有人打来电话表示抗议。

不仅如此，电台还得到情报说，电台点名的那几位高级官员已经引咎辞职。还听说，对此报道半信半疑的警方，在 K 企业进行搜查，很快就发现了行贿的证据，立即逮捕了嫌疑者。

电视台里的气氛一下子变了，肯定播音员第一个报道了爆炸性新闻，赞许的呼声代替了责难。

"真是惊心动魄！你说的全是事实，你是怎么知道的？"

"我也不大清楚。只是这个念头在脑子里一闪，就变成话语脱口而出了。"

"说不定这是特技哪。你具有发现暗地违法的能力。今后可要大力发挥你的才能哟，我们电视台的观众，会一下子增多的。"

"噢，但不知能否一帆风顺。"

第二天的新闻节目时间里，这位广播员又胡诌起来：

"播送去年偷税者前十名名单。第一名……"

随后，不仅播放了偷税的金额，还详细地报道了他们偷税的手段。这次又给他说中了。

税务署的人员立刻出动，不费吹灰之力就获取了证据。于是，这个新闻节目大受欢迎，听众和观众不断打来电话，一个劲儿地打气。

"了不起，是大众的战友！用你的特技，毫不留情地把那些坏家伙揪出来，让我们大家心里痛快痛快！"

这位播音员便住在电视台，每天三次上电视，每一次他都报道一条爆炸性新闻，声望越来越高。

但是，接连几天，他的身体便支持不住了，每周都想方设法地请假。他打算回家。可是就在他回家的一路上，不管是谁，一见了他便逃之夭夭。

有的也许骗取了公司的旅差费，是违章乘车的人；装病不上班、学生时代考试作过弊的、骗过女人的等等，全都有点什么把柄。他们不愿接近这位电视台里最有威信的播音员，也许害怕自

己的弊端也被宣扬出去,那就吃不消。因此,尽作鸟兽散了。

他心神不快,总算回到了家。但是,妻子不见了,据说前几天就逃之夭夭。特技即使对她,也毫不例外。

### /// 学写作 ///

小说用很大的篇幅写主人公的"辉煌成就",到结尾时,笔锋一转,让主人公突然去承受因成功带来的灾难,这正是作者的高明之处。多写播音员的成功,目的就是突出他将要付出的惨重代价,成功越大,代价就越惨重,对比就越强烈,从而更加扩大我们的视野,把目光从播音员转向社会,思考更加深刻。

### /// 懂人生 ///

"平生不做亏心事,夜半敲门心不惊",每个人做了亏心事,心里总是不安,总是心虚,总是担心真相被揭露。要想人不知,除非己莫为,何必活活折磨自己呢? 那么,你就得光明磊落,坦荡做人。

·陈 雄·

# 退 刀 记

[新加坡]希尼尔

干了多年的店员，遇到的怪事可真不少。

就说前些时候吧！一位老妇来到柜台前，硬说要把东西退回。

"老太太，这把刀您已经用了一个时期，退不得呀！"

"可是——可是这把刀太阴冷，用了令人厌恶心寒！"

"哼哈，老太太，您看看，这种牌子与款式，市面上流行得很啊！"

"我知道，我知道的。不过，以前被用来杀了不少人呢！"

"不可能吧？这是最新设计的。"

"有，有，杀了人……"

"您看见了？"

"哦，这——倒没有，我若看见，我也没命了。"

"那可别乱说，小心警察找您问话。"

"但是，我老伴，还有幼弟全家是被杀了！"

"全家！真的？报警了没有？"

"没有！不可能的……凶手还歪曲了真相……"

"哦——"

我不知如何接下去才好。老妇看到我的态度强硬，没有意思接纳她的退货，也就怅然离开了。

临走时，我想，不可能吧！这么一把小刀，杀不了这么多人的。我拉开喉咙问道：

"老太太，是在哪儿发生的啊？"

"南京。"

"什么？南京街？"

我蹲下柜台，把那种款式的刀子取出，研究了好一阵子，没什么特别，只是刀锋较光亮了些吧！还有一排小小横行的字样：

日本制造。

### /// 学写作 ///

这篇小小说紧扣日本侵略中国的历史背景，反映现实生活，使它有了蓬勃的生命力，意义深刻。文章从老妇的退刀事件说开，整个过程中对话简短，到最后才出现"日本制造"这个关键细节。人物不多，时间不长，却反映了一部灾难的历史，这种截取一个事件来反映社会问题的写作手法往往会取得令人意想不到的效果。

### /// 懂人生 ///

灾难的历史已成为历史，但留在灾难经历者的心中的阴影却是难以挥去的。日本侵略中国，南京大屠杀，仍是很多"经历者"

心中的"痛"。为此,我们要不忘国耻,自立自强,才能振兴民族,振兴祖国,维护世界和平。

·陈 雄·

# 电 话 时 代

金 波

"喂,我是先河广告公司客户部经理尤过之……你好你好……贵公司的产品广告已设计完成,马上就送交媒体……"

"喂,你好!我是先河广告公司,前天传真给您的一份广告协议,请问收到了吗?"

"喂。我是尤过之,请问贵公司付给我们的广告费汇出来没有?"……

整个上午,尤过之一共打了二十个电话,全是谈业务的,其中喜多忧少。喜的是,自己与客户的电话沟通能力日臻成熟,达到炉火纯青的地步,每一句话的细节、每一个词语的语气都能做到恰到好处,既像是谈业务,又像是交流和谈心,尤其是能够在对方犹豫不决的险情下使对方下定合作的决心。这也是其他人难以比拟的地方,不然他怎么会年纪轻轻的就担任客户部经理呢?刚才,他电话咨询了银行,最近两天又有几笔广告费到了账,全是他尤过之的业绩,他能不高兴吗?当然喽,并不是所有客户都想合作,情况各异嘛,但这是正常现象,倒也不至于太"忧"了。

尤过之靠在沙发上,脸上的笑容一直没有消失掉。他想,电话这个玩意儿是谁发明的?真是妙不可言!从来没有见过面的客户,只要几个电话、几张传真,一宗买卖就成交了。这是梦吗?可银行账户里不断增长的钱可是千真万确的呀!自己做了多年广告,腰缠万贯了,可从来没离开过这张桌子,没放下过这部电话,换言之,就是坐在沙发上挣来的。你瞧,这不是奇迹是什么?

正在这时,手机响了。尤过之一看电话显示,知道是表姐打来的,提起这位表姐,也许人们不会相信:已经二十年没见过面了。但这并不意味双方关系冷淡,恰恰相反,逢年过节,彼此都要电话问候,平时有什么事,都要互相关照。比如,表姐的小汽车被交警扣了,一个电话打给过之,过之便知道了原委,然后自己又是个电话打到警察局的一个同学那里,车便还给了表姐。再比如,尤过之想买楼房,一个电话打到表姐那里,表姐又一个电话打到负责商品楼销售的朋友那里,很快一套又便宜又适用的楼房便给准备好了;然后,尤过之一个电话打到礼品公司,预订份礼物,请他们送给那位朋友。一切就这么简单!既然电话能帮人交流、为人办事,还有亲自出马的必要吗?大家都在忙嘛,有时间躺在家里休息多好!

尤过之拿起手机:"喂,是表姐吗?"

"尤过之,王燕燕那边已经说好了,晚上要去你家与你见面,商量结婚的事。"

"电话里商量不是挺方便的吗?"尤过之不以为然。

"胡说!这么大的事,电话能说得清吗?再说了,你们都谈大

半年恋爱了,连面都没见过。"

"那好吧。"尤过之关了手机,不由得苦笑起来。

表姐说得对,自己与王燕燕都谈大半年了,尽管双方情投意合,但却从来没有见过面。奇怪吗?一点都不奇怪。王燕燕是表姐在电话里介绍他认识的,双方用传真电话把自己的简历传给对方。当尤过之得知王燕燕在一家专门与电话打交道的咨询公司谋职时,便有三分满意,毕竟是一位志同道合的女孩嘛;在电话交谈中,王燕燕那莺歌燕啭般的声音一传过来,尤过之就有七分满意,声音甜的女孩子,肯定也长得漂亮喽;果然,当王燕燕把她的画像通过彩色传真机传过来后,一个亭亭玉立的女孩形象便呈现在眼前了,尤过之当时就感到十分满意。你想,既然电话能解决一切,还见那个面干什么?

"唉,人能够在电话里谈情说爱,却不能通过电话商量结婚。这也算是一大缺憾吧。"尤过之无奈地摇摇头。

尤过之立即打电话给总经理,请半天假,总经理答应了。

尤过之当即驱车赶回自己的家,表姐已经和王燕燕坐在家里等候着他。一见表姐,尤过之便惊叫起来:"表姐,你变化真大呀,都成老太太了!"

"你不是也变成一个风度翩翩的大小伙子了吗?"表姐笑道,"你只顾和我说话,怎么把燕燕晾在一边啦?"

尤过之这才回过头来,对王燕燕点点头,结结巴巴地说:"燕燕,你、你好。"

王燕燕也急忙站起身还礼。

"你们好不容易见了面,好好商量结婚的事吧。"表姐说。

可万万没想到,他们彼此对视了半天,竟一句话也说不出来。两人都想开口,就是不知道从何说起。

表姐急了:"害羞啦？过之,你平时在电话里不是挺会甜言蜜语吗？还有燕燕,一位著名的小甜姐,今天怎么都成哑巴了？"

"我也纳闷呢,怎么一张口词儿就没了？"尤过之也迷惑不解地说。

"好,你忘了词儿,让我来教你。先自我介绍一下,我叫尤过之……"

"我叫尤过之……"尤过之说,并习惯性地把左手捏成拳头往面上一贴。

"燕燕你说,我叫王燕燕……"

"我叫王燕燕……"王燕燕道,也习惯性地把左手捏成拳头往脸上贴。

"我明白了!"表姐掏出尤过之的手机。拨了一串号码,王燕燕的手机便响了,"过去你们都是用电话交流的,今天干脆还用手机说话吧。"

"你好,我是过之……"好像血液里注入了一股活力,尤过之满肚子的词语全排起了队。

"你好,我是燕燕……"燕燕也是。

"燕燕。见了你我很高兴,你像照片上一样美。我爱你,我打

算在国庆节这天与你完成结婚的最后程序。"

"过之，我听你的。不过我建议在国庆节之前就达成一项正式结婚协议，只要该协议一经合法化，我就提前承担做妻子的责任和义务。"

"太好了！看得出你是一个知情重义的女孩。这本来就是一项互利互惠的合作嘛，我相信你的承诺。"

"好的，祝我们合作愉快。"

"……"

"你瞧，这不是谈得很好吗，"表姐笑了，"我已经电话预订了一桌酒菜，去吃饭吧。"

只见尤过之和王燕燕放下手机，紧紧地盯着对方，眼睛瞪得比月亮还大还圆……

### /// 学写作 ///

作者用"电话"作为中介物，题材选取很有时代感，容易引起读者的兴趣，用一个"电话"带出三个主要人物的故事，而反映出的却是"电话时代"存在的一些问题，这是明显的、也是十分成功的以小见大的写法，从小事件、小事物中反映大问题。

### /// 懂人生 ///

任何事物都有它的两面性，当它一方面给你光明的时候，同时也给你光明背后的阴影。这时我们要学会控制，学会合理利用

光明,避免或减少阴影对我们的影响,只有不为物所役,我们才不

会迷失自己。

·陈　雄·

# 进城·出城

卞之琳

头上戴斗笠，身上随便穿一件什么，大踏步走去，单凭脚上北方所不惯穿的草鞋，就给老百姓认出了是什么人："八路"。

老百姓像潮水一样的把他夹带到已经"太平"了的城门口。

伪警察在心里笑："八路"，伸过手去，把站岗的日本兵挡一挡，让他从身边溜过去了。走进第二个日本兵的岗位，望见敌人向他一伸手，"八路"摘下帽子来一鞠躬，"皇军"得意了，心里说："顺民"，就让他过去了。

"八路"在街上买了一切他所想买的东西。

"八路"在街上碰见了"皇军"。"皇军"向他一瞪眼，他摘下帽子来一鞠躬，"皇军"得意了，心里说"顺民"，就让他过去了。

"八路"在街上又碰见了"皇军"，"皇军"要他手里新买的那支牙刷，他把牙刷送给了"皇军"，"皇军"满意了。好和气的"皇军"。

半天以后，回到城门口，"八路"望见守门的"皇军"在打瞌睡，机关枪在旁边休息。"八路"眼快手快，把机关枪弄到了手里。

他向城外跑吗？不，城外边有敌人的岗位，

那么他向天上飞吗？瞧，他已经向城里跑了，好小子，"八路"，那个"八路"！

　　过了会儿,城里一条僻街的住户的门口响起了敲门声,轻轻敲门,"八路"知道敲重了,里面的老百姓一定以为是鬼子兵临门,进去找东找西,找女人……门开了,机关枪得了躲藏地。

　　"八路"换了原来的服装,像鱼一样游在老百姓的水流中,敌人的毛手到哪儿去捞摸他? 敌人开始搜索了,他开始逍遥自在地玩了。

　　一个礼拜了? 十天了? 走吧!"八路"借一辆运菜的大车把机关枪运出城门,心里想:"还上算,一支牙刷换一挺机关枪。"

### /// 学写作 ///

　　没有正面的交代,没有作者评说,整篇文章仅仅是通过"百姓"、"伪警察"、"皇军"的眼睛,摄下了一幅幅与"八路"相关的镜头,就把整个故事交代清楚了,这样写的好处是语言简洁,且意蕴含蓄,耐人寻味。全文只是通过几个动作"摘帽子"、"鞠躬"、"送牙刷"、"敲门"、"藏枪"的描写,就成功地把一个鲜活、机智勇敢的"八路"形象表现了出来。

### /// 懂人生 ///

　　困难和挫折就像上天赐予人类的一份份答卷,考验着人类的心,只有有了自我智慧的人,才能不仅生命的答卷答得好,而且在人们看来那些不可逾越的困难也总会超越。有智慧的人从来不惧怕苦难,因为他们知道怎样去面对和战胜它。

　　　　　　　　　　　　　　　　　　　　·陈　雄·

# 强盗的苦恼

[日本]星新一

黑社会的强盗们聚在一起，商议着下一步的行窃计划。

"真想痛痛快快地干它一桩震惊社会又成功无疑的大买卖呀！"一个歹徒异想天开地说，谁知这个集团的首领竟接着他的话爽然应允道："说得对！我也一直这么盘算着，现在想出了些眉目，大伙准备一下吧，我要干活了。"

这一番话让强盗们吃惊不浅，大家争先恐后地问道："究竟怎么干呢？"

"干咱们这一行的，大家都把行动时间选在夜里，但由于四周太安静，下手时难免惹人注目。这次我打算反其道而行之，出乎人们意料之外地搞它一家伙……"

"有道理，您到底不愧是咱们的头儿，想出的主意总是高人一招。不过，如何下手呢？"

"光天化日之下，持枪闯进银行抢劫！"

首领的话恍若呓语，喽啰们不禁大失所望。

"别开玩笑啦！简直不着边际。照你说的去干，恐怕还没跨进银行的大门，就被抓去蹲牢房了。"

"蠢货，你们的脑子里怎么总少根筋。好了，听我来说个

端详……现在我们编写了一个电视剧脚本,送给银行附近的交通警察,然后大家装扮成电视摄制组的工作人员,到银行去拍摄一个袭击银行的场面,这样银行方面毫无防备,必定给打个措手不及,到时候,大家只管动手抢钱,即使万不得已开了枪,警察也会无动于衷,只当做剧情所需而特意安排的音响效果呢,最后,大家听我的命令,一起撤退……"

首领的话音未落,喽啰们早已七嘴八舌地议论起来,一个个佩服得五体投地。

"高见,太棒了!妙不可言!"

"这下可以过大瘾了,伙计们,快着手干起来吧!"

强盗们弄来一辆面包车,在车身上写下"电视剧摄制组"的字样,不一会儿,电视摄影机也找来了,自然无需准备胶卷。待脚本印刷完毕,喽啰们将自己精心地装扮起来。有的扮作穷凶极恶的打手,有的扮成维持群众秩序的工作人员,最后一切准备就绪,首领一声令下,这个精心策划的计谋便开始付诸实行。

强盗们把车开到银行门口,握着手枪刚刚走出车门:在附近执勤的交通警察果然都围上来询问。一个强盗赶忙给他们送上几份电视剧脚本,并说明缘由,很好,他们就心领神会不再追问了。

万事如意!没想到事情一开头便如此顺利,强盗们精神十足,相继冲进银行,大声喝道:"银行的诸君,我们是真正的强盗,赶快把钱交出来!谁敢乱动,马上要他的小命!"

谁知,计划到此就乱了阵脚,发生了意外。一个门卫突然嬉皮笑脸地凑上前来,打破了这里的紧张气氛。

"先生们,我可以帮忙吗?你们来拍电视,我真的一点都不知道。上司真有意思,这种事也不先通知一下,好让职员们准备一下。要知道宣传工作是何等地重要啊,可他们……"

另一位青年顾客也挤上前来热心地说道:"我是作家。你们刚才的那句台词不太适合,什么'银行的诸君',简直像在发表竞选演说。另外,'我们是真正的强盗'这种说法也欠含蓄,一下就把底亮给观众了。脚本是谁写的?下次让我来帮你们的忙。"

他拿出名片,絮絮叨叨地纠缠不休,强盗们好不容易才摆脱他们来到窗口,在那里工作的一位姑娘慌忙站立起身来说:"什么时候播放呀?请签名留念,我也能上镜头吗?等等,让我再化妆一下……"

银行的女职员们纷纷离座,朝这边拥了过来:"嗳,把我们也拍进镜头吧,我们都是电视迷,挺在行的,不用排练啦!"

对这乱哄哄的场面,一个强盗不耐烦了,他忍不住扯起嗓子叫起来:"够了!这不是演戏,弟兄们,来真格的!"接着他扣动了扳机,子弹呼啸着飞向天花板,击碎了照明灯。

然而此举也并未奏效,一个男孩儿挤过来说:"呵,真够劲!简直跟真的一样。"另一个人接上话又说道:"大概天花板内的电灯里预先装进了火药,然后让它爆炸的吧,要是不知情的人,倒还真给唬住了呢!"

这时,这家银行的行长露面了。

"喂,先生们。你们能否再加上一个枪击玻璃的镜头!那是防弹用的特殊钢化玻璃,倘从侧面为我们作宣传,将会提高顾客对本行的信赖……"说着递上一个装有钱的信封。

"先生,让我们来扮演不屈服于强盗的威胁、饮弹而亡的光荣角色吧,拜托了!"男职员们也围拢过来求着。

强盗们无奈,只好百般解释,可此时却没有一个人把他们的话当真。甚至连那个最初帮助维持秩序的交通警察也苦苦哀求道:

"让我们来扮演捉拿强盗的警察吧,这样或许能使电视剧表现得更逼真,更扣人心弦。先生,您知道,如果我们还在家乡的父母能在电视荧幕上看到自己的孩子,该有多么高兴啊!"

事情闹到如此地步,早已难以收场,强盗首领站出,愤愤地大声吼道:"大家听着,今天暂停拍摄,回去修订脚本,改日再来重拍!"

强盗们狼狈地撤出现场,一个个牢骚满腹。

"再也想不到会弄出这么个结局来,当今社会准出毛病了。从来没见过这么多无法无天的人!"

### /// 学写作 ///

短短千把字,一个故事,一个地点,一点儿时间,却包含了十分丰富的内容,是该文的成功之一。作者把本来是抢劫银行的强

盗却遭"被抢"的行为,把社会中的各色人物等看似正常但有悖常理的戏剧性行为淋漓尽致地刻画了出来,深刻地警醒、鞭挞了这个病态的社会,这种反转手法的运用确实高明。

### /// 懂人生 ///

生活是丰富多彩的,但我们往往会在杂乱的社会中迷失了自己,乃至于导致有悖常理的行为,是为名声,为荣誉,为利益。所以,最难得的是,你要找回你自己,坚守心灵的净土,才能永远不受世俗左右。

·陈　雄·

# 策划大师的时代

吴晓波

在枯燥的生活中,人们总是心甘情愿地被一些热门话题包围着,有时候哪怕是你卖了一个破绽,那本身就可以构成一个热门话题。对此,作为国内"最著名"的策划大师,吴先生是心领意会得很。

日前,失业在家的吴先生开办了一次"热门话题培训班",就在这次人数严格限制的培训中,他一下子就救活了十来个"奄奄一息"的社会名流。

第一个来讨教的是一位作曲家:"我作了一首流行歌曲,但就是流行不起来。"

"首先你要有一个可以流行的大新闻。比如说,这首歌曲的歌词是你在西北的某个乡村客栈的土墙上发现的,现在你愿意出价一百万元寻找这位歌曲的作者。"

"但那是我自己写的。"

"这不挺好嘛,你可以省下这一百万元。"

"可是,如果真有人硬说这是他写在土墙上的呢?"

"难道你不会对当今社会的世风日下表示你的极大愤慨吗?这样,你很快可以树立起一个正义者的形象。"

热烈的掌声之中,一位大胡子画家哭丧着脸说:"我画了二十年的油画,到现在还没有找到知音。"

"在市场经济中,人的价值首先是以货币的形式体现的……"

画家听得一头雾水。吴先生不耐烦起来:"你应该立即把你的画背到上海外滩,并标价一百万美元,少一分钱也不卖。"

"一百万美元? 如果有一百美元,我就给你30％的回扣。"

"傻瓜,你难道真的指望进账一百万美元?! 只是这样一炒,你的名声不就上去了,人一著名,画不就同时著名起来了吗?"

画家听得热泪盈眶。这时,一位身强体壮者把他挤到了一边:"我们企业的品牌老是打不响,你能给想个法儿吗?"

"企业的品牌就像一个苹果,你说,什么样的苹果最好吃?"循循善诱的吴先生说。

"甜的苹果。"显然,这位企业家智商很有限。

"错,是大家都来抢的苹果最好吃。如果有一家美国公司打算出价五千万美元收购你的品牌,而几乎同时又有日本和德国的公司愿意出更高的价格,你猜会出现怎样一副激动人心的景象?"

"但是我到哪里去找这样的美国企业?"

"你不会自己到美国或德国或日本注册一家公司吗? 在那里注册一家公司,就像是到菜场买一株白菜一样容易。"

"如果真的被收购了……"

"错,你绝不可以被收购。应该是这样的,你经过百般讨论、研究之后,在董事会上一举否决了外国人的收购建议。很快,你

的品牌就会成为一只国产名牌。"

一阵更热烈的掌声。这时，一个娇滴滴的声音越过所有的嘈杂，打动了吴先生的心："吴先生，我演的电影已经好久没有轰动了……"

"这已经不是新闻了，你为什么不让自己成为一个癌症患者？"

花容顿时失色。只听吴先生慢条斯理地说："你应该知道，没有什么比同情心更具有票房价值了。"

"但如果我一直不死呢？"恍然大悟的女演员还有点心有余悸。

"那不正好吗？你每年可以炒它一把，你演的每一部电影都会成为自强不息者的典范。"

接下去的是一位可怜的导演："我有一部片子，卖了一年还没有出手一个拷贝。"

"这很简单，你可以让片中的男主角突然失踪了，然后在每个电影院都贴上寻人启事。"

"听说这一招已经有人用过了。"

"那你可以请观众来修改细节。"

"这一招好像……"

吴先生咬了咬牙，看来他并不是唯一的策划大师："那只有最后的一招了，你可以请广电部封杀这部影片。"

"你还不如建议我自杀算了。"

"当然这只是传闻。当这一消息传遍了国内所有晚报之后，你便出来辟谣，并同第一个发布谣言的记者打一场轰轰烈烈的官司。"

导演若有所悟，但他还是不放心："这不是坑了那位记者吗？"

"嘿，当今的记者谁不争着想当被告？炒来炒去，大家的知名度全上去了。你可千万不要把这个机会轻易给了别人！"

/// 学写作 ///

小说最大的特点是：思想深刻独到，能在生活中发现问题，故事讽刺幽默。作者从策划大师"吴先生""救名流"的故事出发，笔锋直指社会的荒诞，集中通过几个富有讽刺意味的、来自于现实生活中的事例，于幽默中表现了现代社会中的悖理，这样使得小说主题集中、鲜明，很有意义。

/// 懂人生 ///

策划大师"吴先生"是一个把假话炒三遍便能卖钱，能救活名流的所谓"大师"，这无疑是很大的夸张，夸张的后面则很深刻地告诉了我们社会上一些"大师"们名不副实的真实，以及关于被"救活"的谎言。

·陈　雄·

# 敬　　启

　　本书的编选,参阅了一些报刊和著述。由于联系上的困难,部分入选文章的作者(或译者)未能取得联系,谨致深深的歉意。敬请原作者(或译者)见到本书后,及时与我们联系,以便我们按国家有关规定支付稿酬并赠送样书。

　　地　　址:广东省湛江市赤坎区寸金路 29 号　湛江师范学院教育技术部

　　邮　　编:524048

　　联系人:刘天平

　　E-M:ltp531@163.com